U0061894

南粤出版社

Beijing

三十年北京
三十年香港

我的跨世紀故事

江紅 著

Hong Kong

北京師範學院歷史系一九六二年，文藝會演話劇《三月三》劇照。
右一是作者。

北京市立新學校（原香山慈幼院）

作者女兒在彈琵琶，牆上掛有老師寫的贈言"天道酬勤"。

Preface

前言

世界上有許多人為了生活，為了理想，為了追夢，遠離故土，三十年河東，三十年河西，奔波勞碌，與命運之神抗爭，我就是其中的一個。

我在北京生活了三十餘年，度過了我的青少年時期，為了追求我理想的生活，中年移居香港，轉眼在香港已經生活了三十餘年。

誰都年輕過，誰都亦會老，人生短暫，歲月如梭，如今我已是一個白髮老人，回顧我的人生，我有很多感受，其中之一是時間的寶貴。

我的一生中，有太多的時間都不知不覺地流逝了，直到生命快到盡頭，才真正醒悟到，有不少我能做或可以做得更好的事情都已經過去了，再也沒有可以彌補的時間了，我感到很遺憾。

時間對每一個人都是公平的，只要你善用時間，把握機遇，刻苦學習，努力工作，時間與功夫是不會辜負有心人的，你一定會有所收穫，甚至會得到自己都料想不到的成果。

我不甘心輸給時間，我用我生命的餘輝，跟時間賽跑，終於寫出了長篇小說《三十年北京　三十年香港》。

每個人都有自己的故事，我把我自己的故事和聽來的、看到的一些故事，都彙集在《三十年北京　三十年香港》的小說中了。

好的文學作品，不管是一本小說，一篇散文，一篇報告文學，一個童話故事、寓言故事……，都能使讀者得到不少精神食糧，吸取各種營養。我就是因為從一些書、文中得到過不少營養，增強了我前進的動力，所以使我在人生崎嶇坎坷的道路上，能自強不息，奮發圖強。

希望此書能給讀者多少帶來一些啟示：每個人都應該珍惜生命，抓緊時間。如果你在不同的生活環境中都能發揮自強不息的精神，不怕困難，不畏艱險，勇往直前，你一定能使自己活得有意義，有價值，生活得更精彩。

江紅

二〇二三年六月

Contents

目
錄

Part I

三 十 年 北 京

Part II

三十年香港

三十年

Part I

北京

第一章

南京到北京

1. 火車乘輪船過江

　　一九五三年底，在我讀小學五年級第一學期末的時候，因我父親的工作單位 —— 中國科學院地球物理研究所要搬遷到北京，我們全家即將離開生活了近三年的南京，移居北京。得知要去首都北京的消息，我們全家人都非常高興，尤其是我，興奮得幾天都沒睡好覺。

　　我去學校辦理退學和轉校手續的時候，老師和同學們也都為我能去首都生活而感到高興。他們問長問短的，要我去北京後常寫信給他們，還要我代他們向毛主席問好。

　　我們是集體乘火車去北京的，車廂裏全是熟人，有父親的同事，還有其他工作人員和家屬，大家有說有笑，車廂裏十分熱鬧。火車開了一段路後突然停住了，正在大家感到疑惑的時候，列車員走進車廂說："請大家安靜，請大家靜一靜，我們現在已經到長江輪渡口了，因為長江上還沒有建好橋，火車需要一節一節地開到輪船上，由輪船運到對岸，再把一節一節的火車連接起來，整個列車才能繼續往北開……」

他還沒說完，馬上就有人問：「那我們要不要下車啊？」

列車員耐心地回答道：「不用下車，你們不用緊張，會很安全地把你們運到長江對岸的。」

列車員剛走，車廂裏又熱鬧了起來，大家又七嘴八舌地聊了起來，聊什麼內容的都有：「這一節一節車廂怎麼上輪船啊？」

「什麼時候才能建成長江大橋啊？」

「聽說北京冬天特別冷，經常會下雪，我還沒見過下雪呢……」

我很想繼續聽他們的話題，但不知怎的，我頭暈得很，什麼都聽不進去了，只好閉目養神，沒多久，我竟睡著了。

我一覺醒來，發覺火車已經在繼續往北開著，窗外的樹木、田野、房屋飛快地向相反的方向移動，看得我頭又暈了。

母親和父親剛去餐廂吃了午餐，給我帶來了一盒飯菜，見我睡醒了，父親便問我：「海燕，頭還暈不暈？」

我說：「還有點兒暈。」

「快喝點兒水，吃一片藥，再吃點兒東西就好了。」母親一邊說著，一邊準備溫開水和藥。

我喝了水，吃了藥，勉強吃了半盒飯菜，還沒吃完就全吐了。

我暈車了，吃什麼吐什麼，整天昏昏沉沉，車廂外面有多好的風景我都無福欣賞。

也不知道過了多久，火車終於到達北京了，我的腿雖然還有點兒軟，但從火車上跳到月台，腳踏實地的那一刻，感覺就好像復活了一樣，四周圍人山人海的嘈吵聲也漸漸地敲醒了我昏昏沉沉的腦海。我好奇地看了看車箱和車箱間的銜接處，還沒看出什麼名堂來，母親便不讓我看了，催我快跟上父親工作單位的人群，不要走丟了。但我邊走邊又開始東張西望起來，想努力看清楚這個全新的環境。

一出火車站，我父親的工作單位——中國科學院的幾輛專車已經在等著我們了。負責接我們的工作人員用小喇叭喊著話：「大家不要急，請帶好自己的隨身行李，排好隊，一個一個地上車。」

我們有秩序地上了車，當專車經過東西長安街時，天安門漸漸地出現在我們的眼前，司機特意放慢了車速。我的頭這時已經徹底不暈了，便不由自主地高聲歡叫起來：「天安門，我看見天安門了！」

這時，專車裏所有的人也都興奮地、歡笑著伸長了脖子，昂首凝望車窗外那高大雄偉、見證了中華人民共和國成立的天安門。

專車緩慢地開過了東西長安街，不久便把我們送到了近郊的中關村。

2. 剛開建的中關村

據歷史地理學者考證，今天的中關村一帶原為永定河故道，曾經被叫做「中灣」。「中灣」一帶有過一座明代的太監廟，由於太監又名「中官」，所以「中灣」後來便改稱為「中官」。清朝晚期繪製地圖的時候，負責官員認為「中官」有太監的意思，太不雅了，就改成了「中關」。中華人民共和國成立後設立行政村，就依「中關」一名設立了「中關村」，屬於北京市海淀區轄下。

建國後，在制定北京總體規劃時，將中關村這一帶規劃為首都的科研、文教區，大批科研機構從全國各地匯聚到這裏，其中就有從南京搬遷到北京中關村的中國科學院地球物理研究所。

後來，經過幾代人數十載的不懈努力，終於在二十世紀九十年代初，將北京海淀區的中關村建設成聞名中外的科學城和高新科技專區。很多中國的高尖科學都是從這裏起步的，可誰又能想象得到，剛開建的科學城，只有屈指可數的幾座低矮的辦公樓和宿舍樓，它們孤獨地佇立在四周都是荒地的郊野中。

在剛建好的家屬宿舍小區中，現有的宿舍樓是不夠分配給從四面八方一下調集到北京來的眾多科研人員和其家屬居住的。所以，只有極少數從國外回國的知名科學家能一家住一套較寬敞舒適的單元房。一般剛來中關村的國內科學工作者，都是兩家合住一個兩房或三房的單位，連廚房和廁所都是要共用的。

我們一家三口，便是被分配到這樣一套兩個家庭合住的、有三間房間的單元房裏。

回想在南京時，我父親的工作單位跟我們住的地方，都是好到無可挑剔的。

我父親在南京工作的中國科學院，就在南京的一個著名景點雞鳴寺的附近，旁邊緊挨著的是風景優美的北極閣山，父親每天上下班都要在北極閣山山腰處的一條清幽的小山徑上走十多分鐘。

而我們家，就住在北極閣山半山上的中國科學院宿舍裏。在宿舍小區裏，有單身人士住的集體宿舍樓，也有有家室的工作人員住的平房、小單元樓房。我家住的則是有六個單位、六戶居住的上下兩層，類似別墅式房子的連體樓座。我們家住在其中一個單位裏，樓下有一個大客廳、廁所和廚房，走出廚房後門，有一小塊空地，可以擺放盆栽花卉等物；樓上有一大兩小三間房間。

相比之下，剛到北京中關村的時候，就像到了一處荒郊僻壤，一處堆放了一些器材雜物、準備動工的大面積工地。所以，在生活環境上，我們每個人都是會留戀南京的。

正因為北京的科學城剛開始興建，當時的工作環境、生活條件確實都不太好，所以來北京之前，父親工作單位的領導早已向我們做了多次的思想工作，大家都有了一些思想準備，雖然暫時要兩家合住一個單元房，但誰都沒有怨言。

我們一家三口，拎著行李，爬樓梯上了一棟家屬宿舍的三樓，來到其中一個單元的門前。父親用工作單位分配好的住房鑰匙，打開了新居的大門。

剛一開門，住在其中一間房間的沈先生夫婦倆便迎了出來，熱情大方、年輕俊秀的沈太太先搶著問候我們說：“你們來了，一路上辛苦了。”

我母親說：“不太辛苦，你是沈太太吧。”

“我是。他是我先生。”沈太太指著站在他身旁戴著眼鏡，文質彬彬的沈先生介紹了一下。

沈先生笑著說：“靠門口的兩間房是你們的房間。你們一定很累了，快進屋休息吧，我們就不打擾你們了。”

沈先生說完，便和他太太回到自己的房間去了。

我父親又用鑰匙打開了屬於我們的兩間房間的門，我父母親兩人住大房間，我住小房間，房間裏的傢具都是公家給的，雖然簡單樸素，但基本的床、衣櫃、桌椅等都一應俱全，甚至連窗簾都給佈置好了。而我家的一些衣被、書籍、鍋碗瓢盆等大件行李，也早已有人搬上來放在房間中央了。我們家同一單元的鄰居沈先生夫婦都在科學院的微生物所工作，雖然和我父親不在同一個所，但兩家人都是上海人，所以我們兩家相處得很不錯。

在我們的生活小區裏，有一個可以買到糧食、油鹽醬醋、少量蔬菜的小合作社。但要買魚肉、蔬菜水果、日常生活用品什麼的，就要走二十分鐘左右，去海淀區中心的街上買。

剛到北京時，科學院的很多員工和家屬都是到職工食堂去買飯菜吃的。

我們到北京安頓下來後，科學院地球物理研究所專門組織了員工和家屬，用了三天時間，分別到頤和園、故宮、長城等著名的景點遊覽了一番，也去了王府井、西單商場，讓大家購買了禦寒的衣物、春節年貨等物品。

3. 保福寺小學

到北京後，我轉學到離科學院家屬宿舍較近的保福寺小學。學校是由一個大寺廟改建的平房大院。大院裏有教室、老師辦公室和一個很小的傳達室。操場設在大院牆外，供學生上體育課和全校師生集會時用。

從科學院宿舍到學校，一路上要經過好多已經荒廢了的莊稼地，荒地上還有很多乾枯了的莊稼，沒有像樣的路，只有幾條人踩出來的小徑。每逢下雨下雪，被雨水或雪水浸泡的泥地又濕又滑，很難走。

保福寺小學很小，雖然一到六年級都有，可每個年級只有一個班，每個班只有二、三十個學生。

我和李玉蓮都是從南京來的五年級插班生。入學的第一天，班主任向全班同學介紹了我們：

"今天我們班又來了兩位新同學，一位是李玉蓮同學。"長著一張娃娃臉，彎眉杏眼，梳著兩條短辮子的李玉蓮從座位上站起身笑著向大家鞠了個躬。

"另外一位是姜海燕同學。"我也站起身微笑著向全班同學鞠了躬。

班主任又介紹了幾句，然後說："……這兩位同學的學習成績都不錯，李玉蓮在小學四年級的作文比賽得過獎；姜海燕還是班裏的文藝幹事。希望你們來這個新的班集體後，能發揮你們的長處，同學之間要互相學習，共同進步。"

我們入學的頭幾天，課間休息時，放學的路上，都有同學問我們一些差不多的問題：

"你們來北京生活習慣不習慣啊？"

"你們覺得北京好不好啊？"

"南京好玩兒不好玩兒啊？……"

我們都有禮貌地一一回答了他們：

"剛來那幾天不太習慣，但很快就適應了。"

"北京很大，天安門廣場、故宮，遊玩兒一天都參觀不全。王府井、西單商場裏的物品琳琅滿目，穿的、用的、吃的，什麼都有，來買東西的人群熙來攘往的，真是太繁華了。"

"北京的冬天屋子裏有暖氣，很暖和，可屋外實在是太冷了，把我們這些南方來的人都凍怕了，不敢出去玩了。"

"南京也有不少優點，冬天沒有北京冷，家裏都不用燒暖氣，住房條件也比北京好……"

"南京還有不少好玩兒的地方，中山陵、夫子廟、玄武湖……在南京的明孝陵有好多梅花樹，冬天有黃色的臘梅，春天有紅色、粉色的春梅，每年都吸引不少遊客去觀賞呢。"

我和李玉蓮也問了他們一些問題，其中我最想知道的是："你們參加過'十一'國慶節遊行嗎？見過毛主席嗎？"

可同學們都沒有參加過"十一"國慶節天安門前的遊行，有同學告訴我："……只有市區中學的少先隊員才有機會參加'十一'遊行。"

於是我暗自下定決心，一定要好好學習，爭取考上市區的中學。

我們班上大多數學生都是北方人，身材、體魄都比我和李玉蓮這兩個南方來的插班生要高大、健壯。我和李玉蓮雖然長得比他們略顯矮小些，可學習成績都不比他們差。

我們班裏女同學多，男同學少，男生中最引人注目的是朱大為，他是全班同學中個子最高，學習成績最差的一個。

朱大為長得傻大黑粗，劍眉虎眼，有點兒兇相，他使我想到了大寺廟裏守門的四大"金剛"，於是我給他起了個"金剛"的外號，這個外號只有我和李玉蓮知道，對其他人是絕對保密的。

朱大為不愛學習，只愛打籃球，打球後被汗水浸濕了的運動衫穿兩三天都不換洗，穿到學校散發出陣陣酸臭味；他又不講衛生，經常隨地亂扔紙屑、瓜子殼，於是我又給他起了第二個外號："豬"。當然，這個外號也是絕密的。

雨季來了，有一次下了一晚上的大雨，第二天雨雖然小了些，可上學的路已經變得很難走了。小徑差不多成了泥沼，我深一腳淺一腳地走著，兩腳都沾滿泥漿，又黏又滑，一不小心就摔了一跤，扭傷了腳，坐在泥地裏起不來了。正在我不知所措的時候，突然，有一雙黝黑有力的手把我從泥地裏拉了起來。我抬頭一看，啊！是"金剛"。我差點兒把這絕密的外號叫了出來，但馬上便下意識地說了聲："謝謝你了，朱大為。"他笑了笑沒說什麼，然後把我揹到了學校，又問學校借了一輛三輪板車，把我送到了中關村醫院。

一個星期後，我的腳好了，能上學了。為了感謝朱大為，我跟李玉蓮說："別看他有不少缺點，卻還真是個大好人。我正式宣佈取消我給他起的兩個外號。我還要想辦法幫他把學習成績拉上去，爭取幫他考上中學。"

李玉蓮聽我說完，對我說："真是人不可貌相啊！我贊同你的意見，我跟你一起幫他溫習功課，幫他爭取考上中學。"

於是，我和李玉蓮在畢業考試前，每天下午放了學都幫朱大為複習一個多小時功課，有時複習完功課，還跟他一起到學校院牆外的小籃球場上練一會兒籃球投籃。

小學畢業了，李玉蓮考了清華附中，朱大為考上了北京體育學校，我則考上了離家較遠的市區中學，北京市西城區女十中。

4. 科學城的興起

我家到北京之後的幾年裏，中關村起了日新月異的變化，在這片小區的土地上，很多嶄新的高樓大廈像雨後春筍那樣拔地而起，樓群中聳立起一座座氣勢非凡的辦公大樓，這些樓中有中國科學院的地球物理所、微生物所、自動化所、原子能所……

中國科學院的家屬宿舍區也建起了很多新的宿舍樓。大小不同的樓房鱗次櫛比，整齊地排列著。

中關村社區的配套設施也日漸完善起來，大禮堂、運動場、百貨商店、菜市場……樣樣俱全，還興建了小學、中學。

隨著科學城的興起，幾年後，便找不到保福寺小學了，取而代之的是一所新誕生的中關村第一小學。

第二章

女十中

1. 女十中概貌　開學典禮

小學畢業後，我考上了北京市女十中。

女十中的校址在北京較繁華的西城區新街口，校舍是原清朝一個王爺的官邸。

走進校門，右手邊有一個設有雙槓、高低槓、吊環等運動器材的小操場。左手邊有一個可供全校學生集會、做廣播體操、上體育課的大籃球場，球場左方盡頭靠圍牆處，有可以表演文藝節目的大露天舞台。

走過兩個操場中間的過道再往裏走，有類似頤和園中雕刻著各種花鳥、古裝人物的曲折長廊，長廊的左手邊有怪石嶙峋的假山和奇花異卉。假山後面有公共廁所。假山南面的平房是學校的圖書館、學生宿舍和食堂。

在長廊右手邊的幾個四合院中，便是整齊清潔的學生教室和教師的辦公室了。

女十中的學生全是女孩子，家在學校附近的可以走讀，家住得遠的可以申請住校，我是住校生。

九月一號開學了，全校同學都拿了自己的課椅，按年級、班級排坐在有露天舞台的大操場上。

開學典禮的第一個項目是校長講話，雖是女校，校長可是個男的，四十多歲，高個身材，穿著中山裝，戴著近視眼鏡，他嚴肅認真地唸完了有十多分鐘長的講演稿，主要內容是歡迎新生入讀女十中，鼓勵大家好好學習，將來成為一個對社會有貢獻的、有用的人。其中一段記憶猶新的講話內容是這樣的：

"……大家都知道法國科學家居里夫人吧，她是首位獲得諾貝爾獎的女性，曾經獲得諾貝爾物理學獎、諾貝爾化學獎。她是放射性科學研究的先驅者，是法國巴黎大學第一位女教授。

"我們中國也有很多女性經過自己的努力奮鬥，實現了自己的理想，做出了對社會有很大貢獻的事跡。下面我給大家舉幾個例子：

"廣東香山人朱慕菲，從小喜歡習武，少年時就善騎馬，練得一手好槍法，她在一九二〇年開始駕駛飛機，是中國最早的女性飛行員。

"五十年代初，遼寧省大連人田桂英，二十歲就成為了中國第一位女火車司機。

"一九三六年，中國女運動員第一次參加了奧運會的比賽。

"以上的例子都證明，凡是男性能做到的，女性也是都可以做得到的，包括你們在坐的每一位女同學。……"

校長講話時，台下鴉雀無聲，好像沒有人在操場似的。

開學典禮的第二個項目是學生代表講話，先是舊生代表，後是新生代表，寂靜的校園裏頓時響起了熱烈的掌聲，台下的同學們交頭接耳，小聲地議論了起來：

"聽舊生代表講了學校課外活動有化學小組，自製的雪花膏又香又不傷皮膚，我都想買一瓶試試，等我學了化學課，我也參加化學組。"

"我想參加畫畫組。"

"咳！我本來好想當第一個女飛行員，校長這一講，我才知道早就有第一個女飛行員了，我當不成了，還得重新想。"

開學典禮的第三個項目是文藝節目，這是最受同學們歡迎的。

文藝節目有合唱、獨唱、詩朗誦……，最後的壓軸節目是舞蹈《大雁舞》，由校舞蹈組的同學演出。隨著"啦——哆唻、啦——嗦，啦哆、哆哆咪……"的樂曲聲，六個蒙古族打扮的"男"演員展開雙臂，抬腿踢腳，扭動雙肩，動作剛勁有力、豪邁奔放地在台上跳起了《大雁舞》。

台下的同學有的目不轉睛地欣賞著台上的蒙古族舞蹈，也有的邊看邊評論了起來：

"跳得真好！"

"真棒！"

"真像男生跳的。"

文藝節目演完了，同學們餘興未盡地拿起課椅，回到各自的教室去了。

2. 班委會的工作

　　我們初一一班的班主任姓顧，三十來歲，中等身材，眉清目秀，梳了齊耳短髮頭，很精神。她是河北省師範大學中文系畢業的，在中學工作有六年了。

　　顧老師在教室的講台前介紹完自己後說："你們都是新生，互相都還不瞭解，我對你們也只是從小學老師給你們寫的鑒定裏，還有你們的學習成績表上瞭解了一些情況，所以我先挑選了四個同學，臨時擔任班委會的工作。我叫到誰，就請誰上講台前讓大家認識一下。"

　　臨時班幹部中，班長兼少先隊中隊長是唐月娥同學，學習委員是江華，生活委員是林婉勤，她們一一上了講台向全班同學鞠了躬，表了態。

　　突然，老師把目光投向我，叫了我的名字："姜海燕，請你上來，你是文體委員。"

　　我嚇了一跳，要我擔任文藝、體育兩項工作，我在小學只當過文藝幹事，從來沒當過體育幹事，我的體育課成績並不太好。我既害怕又高興地走上講台，也向全班同學鞠了躬並表了態："我從來沒當過這麼大的班幹部，要擔任兩項工作，我一定努力做好工作，希望大家支持我。"

　　同學們聽了之後，給了我支持的掌聲。

　　班會結束後，顧老師把我們四個班委會幹部留下開了個會，她講了講這學期要做的三大工作：

　　（一）辦好學習園地的牆報。

　　（二）組織同學們練好隊，準備參加"十一"國慶節少先隊的遊行隊伍。

（三）組織春節聯歡活動。

我們這些剛從小學升到中學的學生，對中學的生活都充滿了好奇心和新鮮感，中學的學科增多了，什麼化學、物理、生物課⋯⋯在小學都是沒有的。

在我們班的第一期學習園地牆報裏，除了有關國慶節的專題內容外，還介紹了不少物理、生物、化學方面的科學知識，很多稿件都是班裏的同學從圖書館的書籍、報刊中找的資料。有的同學看了牆報後，還把一些科學小常識抄寫在自己的筆記本裏了。

3."十一"國慶日少先隊遊行

每年十月一日國慶節的遊行隊伍裏，都有手拿花束、氣球、和平鴿等的少先隊隊列。他們步調一致，充滿活力，他們是祖國的花朵，是未來國家的棟樑。

今年我將第一次參加少先隊遊行，將會經過天安門廣場，接受國家領導人的檢閱，我可以見到毛主席了。我懷著激動、期盼的心情，認真組織好全班同學的隊列操練。

經過近一個月的苦練，我們學校初中班的少先隊員也將加入遊行隊伍的行列了。

在彩排前一天，有幾個走讀的同學找我提出了一個問題："遊行和彩排那天都一定要天沒亮就到學校集合，如果要是鬧鐘突然壞了，起晚了怎麼辦？"

當時，國慶節遊行對我們來說就是天大的事情，不容任何失誤，所以，這的確是一個很大的問題，我想了想問她們："你們能不能兩三個同學在一個同學家，湊和著睡一個晚上，每人都帶一個鬧鐘去。」

這個主意立刻得到了她們的贊同，總算把問題解決了。

十月一日國慶節終於到了，我們身穿白色長袖衫，繫上鮮艷的紅領巾，穿著花裙子，手拿著色彩繽紛的花束，隨著潮水一樣但又整齊有序的遊行隊伍，由東長安街一直走向天安門。

天安門就在眼前了，我矇矇矓矓看到了天安門城樓上很多國家領導人的身影，那個站在最突出的位置，正在向遊行隊伍揮手的一定是毛主席了，我的心好像就快跳出來似的，臉也發熱了，我激動地跟著隊伍高呼著：「毛主席萬歲！」

我見到毛主席了！遊行後我迫不及待地把我見到毛主席的好消息寫信告訴了我在南京讀過書的小學老師和同學，他們紛紛回信問長問短，羨慕不已。

4. 豐富多彩的生活

轉眼之間，秋去冬來，快到春節了，我組織我們初一一班的同學在學校對面的新街口電影院看了一場電影，是黃梅戲的《天仙配》。

我們這個班的同學個個都很聰明、活潑、好動，看完電影，就有好幾個同學你一句，我一句地唱起了《天仙配》的唱段：

「大姐諗諗常說人間好噢噢，快快下凡走一遭……」

春節聯歡會上的節目是按小組準備的，也有同學自願結合報名的，節目內容五花八門，形式除了老一套的唱歌、跳舞、朗誦等，還多了一個黃梅戲《天仙配》片段對唱表演，由我們班外號

"假小子"的關瑞敏演董永，我演七仙女。

我穿的衣服是用床單縫成的，頭髮梳了個簡單的古裝頭。關瑞敏把她那粗黑的兩條長辮子剪掉了，頭頂上多了一個用白綢條圍著的圓髮髻，上身穿了一件黑色中式對襟衫，左手拿一把破雨傘。

表演開始了，班裏的幾個女同學合唱了七仙女下凡的那一句，我甩起雙袖，走起輕快的舞步，飄飄然來到了人間。關瑞敏抬頭朝天看了看，邁開雙腳朝我的方向走來，我迎上去左擋右擋，她向我開腔了："大姐啊！我家住丹陽姓董名永，父母雙亡孤單一人，有勞大姐讓我走，你看那紅日快西沉……"

中間唱詞的空白處，由班長在座位上旁白了幾句，接下來，七仙女又和董永對唱了兩段：

七仙女："樹上的鳥兒成雙對，"

董永："綠水青山帶笑顏。"

七仙女："你耕田來我織布，"

董永："我挑水來你澆園。"

最後合唱："你我好比鴛鴦鳥，比翼雙飛在人間。"……

演出在熱烈的掌聲中成功地結束了。

春節聯歡會結束了。不久，春天來到了，一個新的學期又開始了。

女十中有很多課外活動小組，我的愛好很廣，在上小學時，我就參加過朗誦組、舞蹈組，當過班裏的文藝委員。

剛上女十中時，我想參加舞蹈組，但因為老師讓我當文體委員，我的體育成績不太好，我很怕做高低槓和跳馬的動作，打籃球也常犯規，所以我必須加強體育鍛煉。於是，我參加了體操隊，後來又參加了籃球隊。好幾次球隊活動時，我都會想起我的小學同學"金剛"——朱大為，不知道他在體校上得怎麼樣了，將來會不會考上體育學院，會不會加入國家籃球隊……

我除了喜歡參加文體活動外，還喜歡看書。在我上學的年代，電視還沒有普及，所以我經常去學校圖書館看報刊、雜誌，還借一些小說、科技書閱讀。小學和初中階段，我就看完了一遍《西遊記》《紅樓夢》《三國演義》等文學名著。

學校的生活豐富多彩，我們無憂無慮，像小樹一樣茁壯地成長著。

5. 大煉鋼鐵

在我上初中二、三年級時，為了趕超英、美等國，而鋼鐵又被直觀地認為是工業發展的重中之重。因此，一九五七年底至一九五八年底，在全中國展開了全民大煉鋼鐵的運動。

當時，全國各地和各行各業，不管是農村、城市，還是機關、學校，全都投入到大煉鋼鐵的運動中了，當然，北京女十中也毫不例外。

在女十中，全校師生在大操場集合，開了大煉鋼鐵的動員會，校長要求少先隊員、共青團員在這次大煉鋼鐵的運動中起帶頭作用。

各年級、各班又開會動員和佈置了任務。年輕的我們都懷著對祖國強大的憧憬，興奮地投入到自己力所能及的工作之中。

全校師生立即行動了起來，很多同學把家裏的鐵鍋、鐵鏟、煤爐、鐵煙囪……拿到了學校。也有同學到街邊的垃圾桶裏，從大街小巷的垃圾堆裏撿了破鐵罐、鐵棍、鐵板⋯⋯拿到學校。還有同學把自己的鐵鉛筆盒、鐵玩具也捐出來煉鋼鐵。

我家的舊鐵鍋早讓我母親捐出去了。於是我便把家裏炒菜用的鐵鏟，還有我的鐵鉛筆盒捐給了班級，我自己用布縫了一個筆袋。

很快，在女十中校園裏的操場上、教室裏、假山旁⋯⋯到處都堆滿了廢銅爛鐵。

高中班的學生還在操場的露天舞台旁，在後院的假山處，廢寢忘食地只用了十天半月，用校外找來的磚石泥土砌起了簡易的大爐灶。我們低年班的同學也在課間、課餘，甚至在體育課、自修等時間裏，七手八腳地幫忙運泥石，搬廢鐵。

聲勢浩大的大煉鋼鐵運動很快便進行得如火如荼，可誰也不知道怎樣才能把這些廢銅爛鐵在平民百姓的簡易爐灶裏煉成好鋼好鐵。高年班的同學們也只是有理論上的知識，知道煉鋼需要鐵礦、焦炭、燃料，但卻沒法弄到這些緊缺的材料。所以只能用廢鐵、煤球、煤塊、各種木料等等，不斷做各種煉鋼的嘗試，但效果卻不如人意，一直也沒能煉出好鋼，弄得全校師生都又緊張又焦急，又無奈又失望。

而在其他地方，也由於鐵礦不足，於是很多地區發動農民上山採礦。因為燃料不足，又只好上山伐木。農民放棄了下田耕作、收割，大量農作物沒能收回，導致糧食產量大減。

大煉鋼鐵又動員了各行各業幾乎所有的人力，最後也影響了輕工業和其他事業的發展。

再加上土法的煉鋼爐煉出的鋼鐵，很多又都是廢銅爛鐵。

一年多後，因沒有經驗而導致的種種後果使大煉鋼鐵沒能繼續搞下去了。簡易的大爐灶不久之後便被推倒,搬到不知道什麼地方去了。

最終,大煉鋼鐵的全民運動,就這樣轟轟烈烈地開始,卻又無聲無息地結束了。

6. 離開女十中

我在上初中二年級時參加了學校的舞蹈組。在我們班升入初中三年級迎新的開學典禮上,我組織我們初三一班排練的《擠奶圓舞》被學校選為最後一個壓軸節目。八個穿著蒙古族少年兒童服裝的演員,活潑可愛地跳著整齊而有節奏的動作,通過舞蹈把蒙古少年在草原牧場上歡快的勞動場景表現了出來。舞蹈結尾時,隨著"唻咪嗦嗦啦哆啦嗦啦,哆唻咪啦嗦啦……"的樂曲,我們左手叉腰,伸出右臂,扭動雙肩,邊跳邊向全校的同學告別,我有點兒念念不捨地離開了這個舞台。

我在女十中住校的日子裏讀了兩年半的初中課程,對女十中是很有感情的。在我上初三時,因為家庭生活起了變化,只好轉學離開了女十中:

在民間大煉鋼鐵的同時,極少數人乘中國共產黨開展克服官僚主義等作風的整風運動之機,向共產黨和新生的社會主義制度進行了猖狂的攻擊,這些有各自目的的反對人士,被簡稱為"右派分子"。

當時,對少數資產階級右派分子的猖狂攻擊進行堅決的反擊,是完全正確和必要的。但是,由於有些部門的領導人,把有的人民內部矛盾當作了敵我矛盾,"反右運動"被嚴重擴大化了。

有一天，在看報紙的時候，有同事問我父親："報上有人說外行不能領導內行，你怎麼看？"

我父親當時沒有多加思考，便說了一句："這句話麼，也不無道理。"

我父親是個一心唯讀科研書，很少留意窗外事的人，他只是單純地從學術的角度考慮這個話題的。

於是，我的父親就是因為說錯了一句話，便被戴上了"右派分子"的帽子，不僅被停職，而且還要遭受大大小小的審問和批判，連帶著我們一家都遭受到歧視和來自親友、同事的疏遠。從此，我這個無憂無慮，天真活潑的女孩子，一下像被霜打了的秧苗，蔫了起來。

不久之後，父親便經不住"風吹浪打"，他的心臟病復發了。有一次，在醫院的候診室等待看病時，他猝死在候診室的座位上，離開了人世。

十年以後，父親被平反了，他原來工作過的單位給他摘去了"右派"的帽子，還給了我母親一筆撫恤金，可是父親再也回不來了，他已經在地底下，在另一個世界定居了。

父親離世後，我家起了急劇的變化，為了減輕母親的負擔，初中三年級下半學期我離開了女十中，轉到離我家不太遠的十九中走讀了。

從那時起，我一直揹著沉重的家庭政治包袱，度過了我的青少年時期。

離開女十中後，一直到我考上了大學，我才去這個難忘的女校看望了還在該校教學的幾個教過我的老師。從顧老師口中得知，高中畢業後，原來跟我一個班的那些同學中，班長唐月娥考上了北京大學中文系，其他的同學中有人考上政法學院、建築學院、美術學院等學校，跟我一起表演過《天仙配》演董永的關瑞敏考上了鐵道學院。

我每次進城路過新街口，在車上都會看看母校女十中的校門。但多年之後不知何時，像魔術師變戲法似的，把女十中變沒了，在它原來的校址上，建立起幾幢像一個模子設計出來的城市石屎樓，女十中的校牌也改名了，改成了"北京市新街口中學"。

第三章

我的高中生活

我是一個獨生女，我的童年和少年時期是幸福的，父母皆在，家庭和睦，生活條件也不錯。我的父親慈眉善目，不太愛說話，是個做學問的人。母親細眉大眼，愛說愛唱，是個戲迷。父母親對我都抱有希望，父親說我對什麼都感興趣，好學好問，希望我長大後能做科研工作。母親說我從小就愛唱愛跳，長得也不錯，柳葉眉丹鳳眼，像戲劇演員中的花旦臉。她希望我長大後做文藝工作，當一個明星。我也常常發做科研、做明星的夢，直到父親病逝，我才從夢中驚醒。

　　父親病逝後，為了減輕母親的經濟負擔，初中三年級的下半學期我從市區的女十中轉學到離家不太遠的海淀區十九中上學，成為了一個走讀生。

1. 三年困難時期

在我上高中的三年，不只是家庭有些變化，全國也正處在三年困難時期。

一九五八年至一九六〇年，全國很多地方發生了水災、旱災等自然災害，糧食產量大減。加上國內經歷了大煉鋼鐵的運動，影響了農業生產。除了農民之外，其他行業的職工也都被號召了起來，參與大煉鋼鐵，從而令一些防災救災的部門也疏於職務，加重了百姓受災的程度。

另外，很多地方的農村人民公社裏，社員在公社食堂裏吃免費的大鍋飯，幹多幹少一樣吃飯，很多人失去了生產積極性。

為了配合當時國家急欲發展的大氣候，又有不少地方幹部為了獲得嘉獎或害怕受罰，因此誇大謊報糧食產量數字，使政府無法按真實產量制定經濟發展的計劃。

在三年困難時期，物資極其缺乏，供不應求。為了度過困難期，政府採取了一系列措施，全國上下，人人均等，領取有限額的需自己付錢買東西的糧票、布票、油票、肉票等票過日子。如果限額的米、油、肉等不夠，需買高價的，還不一定買得到。這些看似好像只是寫著幾兩半斤等的專用限額購物券，卻很快成為了當時除了鈔票之外，甚至比鈔票更寶貴的交換媒介。

一部分老百姓，始終習慣了省吃儉用，但對糧食和物品也確實各有所需。於是他們領了糧票、布票、油票等票證之後，有的拿它們互相兌換用的，也有拿糧、油等票換成鈔票買其他東西的，更有人用它們當禮物送人情的。

我是在北京十九中上的高中，十九中是建國初期新建立的學校，學校不大，但五臟俱全，教學樓、操場、禮堂、學生宿舍、食堂等應有盡有。走讀生可以交一定數目的糧票、油票、肉票和錢，在學校入夥吃一頓中午飯。

我在學校入夥吃中午飯，八個人一桌，桌子是正方形的，大家都站著吃飯。菜、飯盛在兩個大臉盆裏，由八個人輪流值日，領取和分配飯菜。

困難時期剛開始的時候，可能因為北京始終是首都大城市的原因吧，伙食還算不錯，米飯、饅頭、蘿蔔、白菜什麼的，都有得吃，有時菜裏還能吃到一些肉片、肉末兒。

但隨著全國各地災情越來越嚴重，飯桌上的大菜盆裏就漸漸只剩下漂著幾片菜葉的醬油湯，菜肉包也差不多成了素菜包。我掰開包子一看，真有意思，不由自主地說了聲："真是萬綠叢中一點紅（一粒肉）啊！"逗得全桌同學都笑了。

有一個女同學說："有幾粒肉末兒吃就很不錯了，再過些日子，可能連素菜包都不一定有得吃了。"

另一個男同學說："我姐姐那個學校，都發動學生去郊區挖野菜、摘樹葉了……"

我馬上建議："我們也去挖野菜、摘樹葉吧，我聽說槐樹花能吃……"

剛才說話的男同學說："等我們現在才去，恐怕早就讓人家挖光、摘光了……"

同學們最後還是被我說服了去碰碰運氣，於是我和吃中午飯時同桌的兩個同學及我班上的兩個同學，在星期日去了北京的近郊區，還真找到了一些白薯葉、野菜、槐樹花，拿到學校給食堂伙房了。

在往後的最困難的日子裏，大菜盆裏的菜葉子都很少見到了，我們吃過野菜做的菜窩頭，樹葉醬油湯……雖然味道和營養都是相當差劣的，但也比傳聞中吃樹皮、毒蘑菇等求生方法強得多了。

在困難時期成長起來的青少年，沒有一個得肥胖症的，尤其是女同學，個個都長得很瘦、很苗條。

2. 入團申請

初中有少先隊組織，升到高中的學生都過了十五歲就不再是少年了，於是在學生中的優秀青年都可以申請加入共青團組織。在我們那個年代，加入共青團是要經過各方面嚴格審查的，入團是無上光榮的。我自認為自己也是個優秀青年，寫了一份入團申請書，交給了班裏的團支部書記。

自從我寫了入團申請書後，問題就來了。有一天，班裏那個個子不高，不太會說話的團支部書記，找我談話說："你的入團申請書我們幾個支部委員都看過了，寫得不錯。只是，你對你父親的問題還沒完全認識清楚，還需要好好地認識認識。"我心想，怎麼認識？難道我想得不對嗎？我又想了好幾遍：

我的父親出生在江南水鄉的一個城鎮貧民之家，家裏有七口人，靠我祖父一人編賣竹器為生，因家裏生活貧困，祖父母把一個女兒送給別人家撫養了。

我父親是長子，雖然上小學時門門功課考試成績都在班上前兩名，但為了幫祖父養家，小學畢業就託人介紹到上海天文台當勤雜工去了。當時負責天文台工作的是一名法國神父，見我父親聰明勤勞，就教他外文，還讓他在天文台裏跟幾個科研人員學習一些天文地理知識，做一些助理研究的工作。

一九三七年八月十三日，日本鬼子侵略上海後，上海天文台解散了員工，發給每人一筆遣散費，我爺爺用這筆錢在昆山開了一間小木行。不久，日本侵略者把木行中的木頭都搶走了，父親只好到米行做搬運工，後來又去上海的工廠做工。在家裏生活最困難、揭不開鍋的那些日子裏，他曾經把我母親給我織的，我最喜歡的一套毛線裙子、褲子，都拿到當舖去典當了。

解放後，政府重用科技人才，由於我父親有一些天文、物理、外文的知識和工作經驗，便把他聘用到南京中國科學院地球物理研究所，使他正式成為了一名科研工作者，生活也變得越來越好。

我的父親深知舊社會的苦、新社會的好，所以他是絕對不會反對建立新中國、將大部分貧民百姓從舊社會的深淵裏拯救出來的共產黨的。我再怎麼想，父親也只是說錯了話。我不知道他還有什麼反對黨的言行，如果有，我一定會跟他劃清界線的。

但無論如何，我的思想彙報，對我父親的認識，寫了好多遍交上去都通不過，我不寫了。

團支部書記又找我談話了："你有好久沒寫思想彙報了，怎麼了，想什麼了？"

我回答他："我實在不知道怎麼寫了，這比寫作文要難多了，費腦子又費時間。我和我父親完全是兩個人，我不知道他是怎麼想的，我認為他只是說錯了話，認識不夠。怎麼他有問題好像我犯了錯誤似的，要我沒完沒了地寫認識、寫檢查，這也太不公平了吧。再說，他已經去世了，對我也沒什麼影響了。"

團支部書記在這次談話後便不再要我寫什麼思想彙報了，雖然我入團的事情再也沒有人提起了，但我一下子覺得輕鬆了好多。

高中二年級時，待人和善、性格耿直的班主任高老師找我談話，肯定了我是個好學生，要我繼續好好學習，努力提高自己的思想覺悟。

他告訴我："班裏的文藝委員宋娟同學要去學校的學生會工作了，我徵求了班委會和一些同學的意見，決定讓你擔任文藝委員。"

我馬上回答他："不行，不行，我不是共青團員，我沒有他們有威信，您還是找一個團員做班幹部吧。"

他對我說："我知道，你因為你父親的問題揹了不小的思想包袱，入不了團有點兒情緒，這也是正常的。現今國家的領導人中，也有個別家庭出身不太好的，但只要能劃清界線，不照樣可以為革命工作嗎？……"

班主任的話比較誠懇、中聽，在他的鼓勵下，我擔起了我們班文藝委員的職務。

3. 文藝活動　考播音員

很快，在克服物質的困難、多種課程的學習壓力和班委工作的忙碌之中，我心裏的傷疤癒合了不少，我又復活了。

即使在當時困難時期，我也在不同的節日慶祝活動等場合，積極地組織我們班的同學合唱演出過當時膾炙人口、旋律優美的名曲《南泥灣》，這首歌還有朗朗上口、讓人難以忘懷的美麗歌詞："……如今的南泥灣，是陝北的好江南，到處是莊稼，遍地是牛羊。"另外，我們還演出了同樣深受歡迎的表演唱《誇地瓜》等節目，激發同學們自力更生克服困難的精神。

除了在班裏組織文藝活動外，我還參加了學校的朗誦組。

在高二第二學期時，我找了我們班上語文課成績較好的兩個同學，一起編寫了一個小話劇《種養園》，大概的內容是：在困難時期，同學們行動了起來，不光是去郊區農村找紅薯、土豆、玉米等拿回學校，還想辦法向農民學習，在學校幾個角落的小塊空地上，在花盆、舊臉盆裏放了泥土，種起了紅薯秧、土豆。也有同學把大蒜頭放在裝有水的碗、盆裏，種出了大蒜葉。有的同學還到小河渠中撈起了小魚苗、蝌蚪，放在盆、桶裏養殖起來。這樣，既解決了一部分食物問題，又豐富了同學們的課外活動、科學知識。

我們自編的小話劇《種養園》在學校的文藝會演中演出後，不但受到了全校師生的歡迎、誇獎，還帶動了很多同學試種、試養一些動植物。

高二的文藝演出有了些成績後，在高中三年級時，我被校領導推薦，和另外兩個同學一起，參加了中央人民廣播電台在我們學校的高三學生中招聘播音員的一次考試。

中央人民廣播電台是專門開了裝有擴音、錄音等器材的專車，來我們學校招考播音員的。學校裏專門挑了一個錄音效果較好的教室作為考場。

我是第二個進場考試的，主考官考我的第一項是要我唱一首歌，我唱了一首當時著名歌劇《江姐》的主題曲：《紅梅讚》，歌詞的內容是："紅岩上紅梅開，千里冰霜腳下踩，三九嚴寒何所懼，一片丹心向陽開……"

第二項要我朗誦自選的題材，我朗誦了朱自清寫的散文《背影》中的選段。

最後一項是給了我一篇報紙上的文章，要我看一遍後準備三分鐘即刻讀一遍。我認真地看了一遍，也自覺較順暢地讀完了此文。

但最後，主考官對我說："⋯⋯看得出你有表演基礎，就是有點兒緊張。你朗讀的個別字詞發音不太標準，還需要下功夫好好練練。聽你的口音是南方人吧？"

"我是上海人。"我回答。

於是，因為我的語音不過關，我落選了。不過，跟我一起考試的兩個同學雖然都是北京出生的，不知什麼原因也沒選上。

雖然沒考上播音員，但經過這次考試，我得到了一次鍛煉的機會。

第四章

單親家庭

1. 家庭生活的變化

父親在世時，每到寒暑假，我都是在家度過的。我可以安靜地在家做作業、溫習功課、看小說、看科技書；也可以下樓跟樓上樓下、左鄰右舍的小朋友在院子裏一起玩跳皮筋、踢毽子、扔沙包、唱歌、跳舞⋯⋯節假日、星期天，有時父親還會帶著母親和我一起去頤和園、圓明園、北海公園等處遊玩。回想起來，真是過著無憂無慮、幸福快樂的生活。

父親去世後，我成了單親家庭的孩子，為了減輕母親的經濟負擔，平時放學回家做完功課，我會做母親託人拿回家做的刺繡、織毛衣的活兒。

寒暑假，母親還會託人介紹我去做一些室外的勞動。寒假，我參加過修路隊；暑假，我賣過冰棍兒。

在那個年代，像我這樣年歲的女孩子在室外，尤其是在科學院的社區裏勞動是極其罕見的。但為了生活，我還是忍受著堅持了下去，有些無奈地過著這樣的單親生活。

寒假修路時，我會戴一頂能遮住額頭、遮住雙耳的男式棉帽子，戴一個大口罩，為的是防寒，也為了防熟人認出我。暑假賣冰棍兒時，我會戴一頂能壓下前帽沿兒的大草帽，為的是防曬，也為了防熟人認出我。

我的母親文化程度較低，因為戰爭等原因，她小學沒有畢業就失學了。父親在世時，母親是一個全職的家庭主婦。父親去世後，母親憑著她在南京時讀夜校拿到的初級會計文憑，找到了在中關村科學院屬下的幼稚園做會計的工作。她初次工作，工資不高，勉強維持兩人的生活，還要供我上學。

母親不再寄希望想讓我做文藝工作當明星了。她告訴我："科學院有好幾個單位正在招聘各種員工，我已經託了沈太太看看能不能讓你去微生物所工作。我還託了幼稚園的幾個小朋友的家長，都說等你拿到高中畢業的文憑，就帶你去見工，問題不大。"

我對母親說："我想上大學，要是考不上大學我再找工作。"

母親說："我哪裏有錢能供你上大學？"

我告訴她："上大學要是學習成績好，可以申請助學金的，我還可以做暑期工。"

母親和我誰也說服不了誰，好幾天，我們之間話不投機半句多，誰都不愛搭理誰了。

為了打破僵局，有一天吃完晚飯，我跟母親一起織毛衣時，我誇了她兩句："姆媽，你織得真快，比我快多了。"

她說："這都是練出來的。我年輕時為了掙錢養活我母親，在工廠做計件工，要快手快腳、手快眼快才能多掙點兒錢。"

2. 聽母親講抗日戰爭故事

我怕她一說到錢又要提起讓我高中畢業後找工作的事兒了，於是我馬上轉了個話題："我蠻喜歡聽你講過去的故事的，最喜歡聽的是打仗逃難的故事。"

這下可打開了"話匣子"了，母親便滔滔不絕地講了起來：

"我聽你外婆說，我的祖爺爺是清朝地方上的一個很大的官，叫什麼'道台'，他死後給子孫留下了不少的家產，一直到你大姨結婚的時候，家裏還有不少房產，屋子裏還藏了一堆金銀珠寶。你大姨結婚睡的大床帳子上的掛鈎都是鍍金的。'八一三'日本人打到上海，你大姨夫在逃難時捨不得那些金銀財寶，用扁擔挑了兩大筐東西，他是一個賬房先生，哪裏挑得動，不久就累得吐血死了。

"在你大娘舅小時候，家裏有過一個傭人是嘉興農村人，她後來結婚回鄉下生活了，走的時候我家給了她一筆嫁妝錢，她蠻感激的。臨走時她說：'你們對我的大恩大德，我永遠也忘不了，以後有什麼需要我幫忙的，儘管來找我。'

"這次逃難本來是想逃到嘉興農村去躲一些日子的。一路上到處有飛機轟炸，還有日本兵燒殺搶掠，江河的水都染成了紅色，沒法喝。血水上飄著不少包裹雜物，甚至有一兩具屍體。路邊的樹上還看到東洋人把幾個男的、女的剝光了衣服吊在樹上……我們走走停停，帶的東西拿不動了，只好走一段路就扔掉一些。走了三四天，剛看到一些離上海不太遠的農家村落，村裏的百姓也都外出逃難去了，白天夜晚都看不到炊煙，也聽不到雞鳴狗叫。

"我們一家六口人，有你的外公、外婆，兩個舅舅，你大姨和我，走得精疲力竭，腳底都起了水泡，不能再走陸路了，於是靠近江邊又走了一段路之後，平靜的江面上划過來一艘像救星一樣的小漁船。小漁船上有一對年輕的夫婦和一個小女孩。你外公和兩個舅舅把小船喊了過來，給了船主人船費後，我們一家六個人上了小船。

"小漁船平安地向前划了小半天的路程，突然岸邊跑過來幾個日本鬼子，他們手拿著機關槍，用手勢要小船靠岸，小船靠岸停了下來。小日本鬼子上船要水喝，他們先讓船上的人喝，見水中沒有毒，便把船上能喝的水都喝光了，接著嘰哩呱啦地邊說邊動手打開我們的包裹，拿走了裏面的首飾等值錢的東西，把船板也打爛了。最後拉走了划船的男船主，還要拉走你的大娘舅，你外公走上前去攔著說：'你們已經拿走了那麼多東西，又拉走了一個人了，這個孩子不能拉走。'一個日本鬼子用槍托把你外公打倒在船板上，另一個小日本拉走了你的大娘舅。

"船上的小女孩的母親見丈夫被拉走了，她跳上岸去，拚命拽她的丈夫，被日本鬼子用槍托把她打死在岸上了。

"小船不能再用了，我們全上了岸，把船上那個小女孩也帶上了岸，後來這個小女孩被我家收養了，長大了就成了你現在的二舅媽了。你的外公被小日本鬼子打傷後，吐了幾次血，還沒回到上海，就死在逃難的路上了。你的大娘舅一直就沒有回來，也不知道是死是活。"

這段故事我已經聽過幾遍了，可百聽不厭。我還想聽她講下去，可她卻收尾了："好了，不早了，今天就講到這兒吧。該睡覺了。"

聽了母親講的故事，我恨死那些日本侵略者了。今天新中國強大了，沒有人再敢欺負我們了。我要珍惜今天的生活，努力學習，爭取多學些文化科學知識，將來好多做貢獻。我更堅定了要上大學的決心。

3. 母親引"狼"入室

母親為了提高自己的文化水準，提高工作能力，在科學院辦的夜校裏上了會計中級班。

父親去世後，科學院房管所把我家調配到了另一個小區的一個一房一廳、有一個小陽台的獨立單元房。

有一天下午，母親下班後帶了一個三十來歲，中等個子，長著一雙死魚眼、掃帚眉，其貌不揚的男人到我家來了，一進門看見我在溫習功課，母親便向他介紹說："這是我女兒。"又向我介紹說："他是我上夜校會計班裏的同學，我讓他來幫我做功課的。他在自動化所屬下的工廠裏工作，姓劉，你就叫他劉叔叔好了。"

我邊收拾放在桌上的書本、筆盒等，邊勉強應酬了一句："劉叔叔，請坐。"

我看到他那雙死魚眼直盯盯地看著我，我生氣地繃著臉斜瞪了他一眼，便躲到陽台上去看書了。

這以後，"死魚眼"總是找些藉口，三天兩頭不請自來，每次他來我家，母親總是熱情地招待他，我總是找點兒事出去避開他。

高三第一學期期末，有一天下午，我放學回家沒多久，有人敲響了我家的大門，我剛開了門，"死魚眼"便拎著兩小袋東西，從我身旁不請而入，一邊往客廳裏走，一邊叨叨著："外面真冷，我是來給你們送東西的。"

我沒好氣地說："我們家什麼都不缺，不用你送，你拿回去吧！"

他說："這裏面有你母親要的東西。"

他把兩個袋子放在一張椅子上，走到暖氣片旁取暖去了。我見他也沒怎麼樣，便倒了一杯熱開水放到桌上，客氣了一些說："劉叔叔喝水。您怎麼沒上班？"

"死魚眼"說："剛才我去了一趟銀行辦事，看了看錶快到下班時間了，就沒回單位，買了點兒東西來你們家了。"

我拿了幾張報紙放到桌上，對他說："我母親快下班了，這兒有幾張報紙，您先看著。"安排完他，我便到房間織毛衣去了。

他沒有看報紙，不一會兒就跟進了房間，說道："你在織毛衣啊，織得真好看。"他說著就一屁股坐到我身邊。

我把床上的毛線挪了挪，坐得離他遠了些，誰知他又移近了我一點兒，我剛想站起來不織毛衣了，誰知他突然一手摟住了我的腰，一手把我按倒在床上說："你長得真漂亮，我第一次來你們家就喜歡上你了。"

他像餓狼一樣，迫不及待地想咬我的臉，我拚命地掙扎著，叫罵著："放開我，你這個流氓……"

我用右手抽出了一根織毛衣的長針，一針刺進了"死魚眼"的左眼角。

這時，我家的大門被打開了，是我母親下班回來了。她聽見了我的喊叫聲，衝進了房間，氣呼呼地問："你們在幹什麼？"

"死魚眼"立即站起身來，用手捂著左眼說："我進屋看她織毛衣，她不讓我看，用毛衣針扎我，我躲不及，不小心摔倒了。我，我要去醫院看眼睛去了。"他說完就想溜走。

母親也猜到發生了什麼事，大喝一聲："你別想走！"便跟著他走到客廳去了。

她又喝令"死魚眼"道："你先給我坐下。"

他們兩人都坐了下來。沉默了兩三分鐘後，母親突然站起來拍著桌子質問道："姓劉的，我問你，我待你怎麼樣？"

"待我不錯。""死魚眼"低著頭回答。

"待你不錯你還要打我女兒的主意！"母親說完就又拍桌子又跺腳地哭叫起來："我的命怎麼那麼苦哇！……"

她鬧了一陣子，指著"死魚眼"大聲喝罵道："你給我滾！你以後再也別來了！"

"死魚眼"站起身，夾著尾巴往大門口跑，母親拿起他的兩袋東西朝他身上砸去，他狼狽地撿起袋子逃走了。

我從來沒有看見過母親發這麼大的脾氣，這麼大鬧法。我在房間裏欲哭無淚，感到很委屈。怎麼母親也不來問問我，安慰我，好像受侮辱的不是我，而是她。

"死魚眼"不敢再來我家了。不知怎地，我覺得母親對我比以前冷漠了，我們之間話也不多了。

有一天放學回家，我告訴母親："我申請住校了，已經批准了，下星期就可以住讀。"

她問我："你哪兒來的住校費？"

我說："我們學校的住校費不貴，我又只住一個學期就畢業了。我平時攢下的零用錢就夠了。"母親沒再說什麼。

於是，我住進了學校，成了住讀生，有了一個安靜的學習環境，這對我的學習、複習功課、準備升學考試，幫助實在太大了。

快畢業了，班主任做了升學輔導，我最後選擇了先考藝術院校，因為考完藝術學校還可以考大學。大學我選擇了不用交學費，還有飯費供給的師範學院。

第五章

升學考試

1. 音樂老師的熱心幫助

在我上中學的歲月裏，除了在學校上文化課，參加學校組織的一些課外活動小組外，沒有參加過任何校外的文化課或補習班，更沒有條件請過任何一位文藝工作者當我的老師。像我這樣的學生要考大學，尤其是考藝術院校，能考上的可能性真是微乎其微，可我還是想試試。

有一天下午放學後，我在校園的小禮堂門口碰上了教初中音樂課的張老師，她先跟我打招呼問我："姜海燕，我正想找你聊聊呢，你現在有空嗎？"

"張老師，您好！我有空。"我答道。

於是，張老師和我一起走進小禮堂找了一處座位坐了下來。

張老師三十多歲，中高身材，梳著齊耳鬈髮頭，花容月貌，淡妝雅服，有一種自然美。她是個秀外慧中的中年教師。

我沒有上過張老師的課，但有兩次我們高二一班在禮堂演出舞蹈節目時，請她用鋼琴幫我們伴奏過，我們就這樣相識了。說來我跟她還真有點兒緣分，在高二第二學期結束的暑假裏，有一天我在中關村科學院的馬路邊賣冰棍兒，突然有一個小男孩跑到我跟前對他母親說："媽媽，媽媽，你看大姐姐草帽上有一隻蜻蜓。"

他邊說邊用手在我的草帽上拍打了兩下，蜻蜓飛走了，但我的草帽也一下從我頭頂上滑掉到後肩上，我剛想說"討厭"，便聽見小男孩的母親對我說："真對不起，我們是來買冰棍兒的……咦？這不是姜海燕嗎？怎麼是你啊？"

"噢，是我，張老師。沒關係，小孩子貪玩，挺可愛的。我給你們拿冰棍兒。"我既尷尬又無奈地說。

這是我在外勞動碰到的第一個熟人，從此後，張老師便成了我的知己，也成了我人生的好老師。

張老師和我在小禮堂裏聊了起來，她問我："聽說你想報考藝術院校，你準備得怎麼樣了？"

我說："我也不知道要怎麼準備，我想報考戲劇學院，我母親是個戲迷，所以我從小就跟著學唱了幾句，我會唱幾句越劇、評彈、滬劇，還會唱黃梅戲。要我跳舞的話，我可以跳好幾個民族舞，都是我小學、初中時參加課外活動小組學的，不用花太多時間練。要多下點兒功夫的是朗誦，我是南方人，普通話有的字發音不太標準。"

她想了想說："這下你可有點兒難住我了。我是湖北人，發音也不太標準，朗誦麼，我看你找高老師，他一定可以幫到你。他是北京人，是語文老師，又是你們班的班主任。"

我告訴她：“高老師已經對我說過了，要我有什麼需要他幫助的，儘管找他。”

“這就好。你會唱的戲曲呢，我都不會唱，可是我會聽，等你準備得差不多了，你再找我，唱幾段給我聽聽，我好給你挑挑毛病。舞蹈麼，等你決定跳什麼舞，我可以幫你把舞曲用鋼琴彈出來，錄上音，等你要去考試那幾天，我把學校的錄音機借給你用，跟著音樂跳，效果會更好些。”

張老師講到這兒，稍停了一下，她問我：“你會彈奏樂器嗎？”

我想了想回答她：“我曾經借用同學的口琴吹著玩兒，吹過幾次‘哆、唻、咪、發、嗦、啦、吸’。我家裏什麼樂器都沒有，什麼樂器我都不會。”

張老師提醒我：“不會樂器也沒有大關係。不過，要是你會一兩樣樂器，可能會對你考試有幫助。現在離升學考試還有一些時間，要是你有時間學的話，我可以教你彈鋼琴。你可以用下午放學後的時間，用學校的鋼琴學練彈鋼琴，能學多少是多少，有備無患。你放心，我不會收你學費的。”

我高興地跟張老師學了幾個下午的鋼琴。很快，在她的認真教授下，在我的勤學苦練下，我可以彈奏一些簡單的練習曲了。臨近升學考試前，我能彈奏第一首歌曲《東方紅》了，這也是我在有老師的教授下，學會彈奏的唯一的一首歌曲。

張老師跟我的幾次談話對我的鼓勵很大，她要幫我，對我的承諾也都做到了。

2. 戲校老師的鼓勵和建議

我們學校那幾年還沒有學生報考過藝術院校的，我要報考藝術院校，很多人都關心我、鼓勵我，我覺得很溫暖。世界上的好人真多，我於是有了一個大膽的想法：我應該去戲劇學院打聽一下到底考這個學校要怎麼準備，最好能碰到一位好心的老師，可以輔導、指點我一下。

想來想去，也不知道哪兒來的一股子傻勁兒，我問了幾個人，問到了地址、怎麼坐車後，便獨自一人鼓了鼓勇氣，找到了中央戲劇學院。這裏我一個人都不認識，我求一個在校門口傳達室工作的老人："大爺，您能不能幫我一個忙？"

"幫你什麼忙？"

"幫我找一位老師。"

"找哪位老師？"

"我誰也不認識，我想考你們學校，不知道怎麼準備才好，想找一位老師幫幫我。"我不好意思地說。

好心熱情的大爺認真地看了看我說："好吧，我幫你找找看。"

於是，他拎起電話筒，撥了一個內線號碼，電話接通了："喂，是表演系辦公室嗎？……噢，是這樣的，有一個女孩子想考我們學校，想找一位老師輔導輔導她，可她誰也不認識……好，好。"

大爺把電話放下之後，高興地對我說："聯繫好了，你就在這兒等著，一會兒就有人來看你。"

聽了這個好消息，我既高興又害怕，我高興地對大爺說："大爺，太謝謝您了！"

等待的時候，我有點兒緊張了，心在怦怦地跳，我從來沒有和一個專業演員接觸過，何況是表演系的老師，我有點兒怪我自己不自量了，心裏不免有些忐忑不安，可來都來了，只好硬著頭皮，既來之，則安之了。

十來分鐘後，一個身材苗條，長相脫俗，有羞花閉月之貌，柔美的鬈髮從兩耳後自然垂盪到兩肩前，身穿貼腰淺藍色連衣裙的年輕女老師來到傳達室。她第一眼就看到了我，從頭到腳打量了我一遍，問我："是你要考我們學院嗎？"

我回答："是我。"

大爺在旁邊幫我說了一句："我看她是真想考這個學校啊。"

女老師又問我："你叫什麼名字？"

"我叫姜海燕。"

"好吧，你跟我來吧。"

於是，她帶我走進了校園，拐了兩個彎兒，走到一座教學樓裏，她開開了一間課室的門，這間課室沒有課桌，擺有二十多張排列整齊的課椅，也沒有講台，有一塊可以供表演小節目用的場地，在靠窗的一角有一架鋼琴，老師讓我先坐在課椅上，她自己坐到了鋼琴座上，把帶來的幾張紙和筆放在了鋼琴蓋上，然後問我："你都準備了什麼表演的節目了啊？"

我告訴她："我會唱幾句越劇、評彈、滬劇、黃梅戲，會跳幾種民族舞，還準備了朗誦節目。"

她讓我自選表演唱幾句戲曲，我選了越劇《紅樓夢》中王熙鳳的唱段："昨日簷頭喜雀叫噢噢，今日庭前貴，貴客到噢噢，這哪裏是老祖宗膝下的外孫女，分明是玉仙降臨蓬萊島噢噢……"

唱完越劇，她又讓我跳了一個舞，我選了一段新疆舞，一邊自唱舞譜："嗦嗦嗦哆哎，咪咪嗦咪哆……"一邊跳了起來。

老師叫了聲："停下。這個舞我知道，等我幫你伴奏吧。"

老師於是打開了鋼琴蓋，試彈了幾下，開始幫我伴奏，我順利地、有節奏地跳完了整隻舞。

老師沒有再讓我表演了，她問我："你請過專業老師教過你嗎？"

我回答說："沒有，我生活在單親家庭，沒有條件請。我母親是個戲迷，有的是我母親教我唱的，有的是看電影、聽音樂學的，也有在學校參加課外活動小組學的。"

她聽了之後鼓勵了我幾句："噢，你表演得不錯了，看得出還有潛力，好好努力。不過，今年戲劇學院招生對身高要求較嚴格，起碼要一米六五以上的，好像你還差點兒，我建議你還是去報考電影學院的好，拍電影對身高不會像演舞台劇要求得那麼高。"

我聽了既感謝，又有些沮喪地謝別了老師。老師告訴我她姓什麼了，只是我太緊張、太泄氣了，根本沒記住，但是她這麼熱心地輔導過我，她是我終生難忘的一位好老師。

3. 考電影學院　考師範學院

考戲劇學院是沒門兒了，我不甘心放棄考藝術院校的機會，最後我報考了電影學院。

我沒有什麼像樣的漂亮衣裙，去電影學院考試那天，我上身穿的是短袖白運動衫，下身穿的是我母親用手工縫製成的藍色的長人造棉裙褲，腳上穿的是白襪子、白色布球鞋，頭上梳了兩條短辮子。也許是我的裝扮有點兒特別吧，一進考場就引人注目，三個主考老師看了看我，他們笑著小聲議論了幾句。

不一會兒，考試開始了，坐在中間的主考老師問我：“你叫什麼名字？是哪個中學的？”

“我叫姜海燕，是海淀區十九中的應屆畢業生。”

“你準備什麼朗誦材料了？”

“我想朗誦《克雷洛夫寓言精選》裏的《烏鴉與狐狸》的故事。”

“好吧，請開始。”

我不慌不忙地，稍帶動作，用兩種不同的聲音、語調朗誦了《烏鴉與狐狸》的故事。接下來，主考老師要我跳一個舞，我把我帶來的錄音機從布書包裏拿了出來，我隨著錄音機裏放出來的蒙古舞舞曲跳了一段蒙古舞。最後一個考題是讓我即興表演“捉蝴蝶”，不用出聲，只看動作。

考試結束後，走出考場，我邊走邊想，我已經跳了一個舞了，還要看我的動作，我敏感地想到了我的身高剛到一米六〇，可我不胖不瘦，身材挺勻稱的，考電影演員的要求也那麼高？看來考藝校沒戲了。

我還沒走到校門口，突然聽到身後有人喊：“同學，請留步。”

我有點兒好奇地朝左右前後看了看，周圍只有我和身後離我有三、四米遠的一個男學生模樣的人，他正朝我匆忙走來，我停住了腳步，等他走近了，我問他：“是你喊我的嗎？”

他回答道：“是我，我想請你照幾張相。”

我看了看他挎在右肩上的照相機，想了想說：“可以，不過我不會用相機，你要告訴我怎麼用，我才可以幫你拍照。”

他聽完笑了："你誤會了，不是要你幫我拍照，是我想給你照幾張相。"

"給我照相？"我愣住了。

他急忙解釋道："你不用怕，我是這個學校攝影系畢業班的學生，我看到你跟一般的女孩子不太一樣，你的長相、打扮都挺有個性，所以我想請你照幾張相。"

我看了看他，此人長相雖不出眾，但挺精神，中高個，粗眉朗目，舉止斯文，像個有修養的大學生。於是，我想了想便答應了他。

他把我帶到校園一處一個供學生休閒用的小花園裏，給我照了十幾張相，有坐在長椅上的，有站在花叢旁邊的，有正面照、側身照、還有頭部特寫照，全都拍在了他的相機裏了。我從來沒有拍過這麼多的外景照，我問他："等你洗出相片兒來，能不能給我幾張？"

他痛快地說："當然可以。"然後又想了想問我："怎麼給你呢？我已經畢業了，不在學校住了，在待分配，還不知道分到哪個單位。"

我也想了想，我也畢業了，很快就要離開十九中了，我家的住址沒經過我母親的同意，不能告訴他。再說，我並不瞭解他。

於是，我對他說："這樣吧，如果我能考上大學，我會到這兒打聽你被分配到哪裏了，會去找你要照片兒的。如果我考不上大學，這照片兒就不要了。"

他聽了後又笑了："你還真有個性。這樣吧，我告訴你我家宿舍院子裏傳達室的電話，你可以打這個電話找我，傳達室會告訴我的。我叫楊衛國。"說完，他從上衣口袋裏掏出一個小記事本，撕了一頁下來，把他的姓名、聯絡電話寫給了我。

他問我：「對了，我還不知道你叫什麼名字呢？」

我想了一下，本想說等我考上大學找他時再告訴他，又覺得這樣回答有點兒不禮貌了，於是我告訴他：「我叫姜海燕。是海淀區十九中的學生。」

考完電影學院，我預感到我想入讀藝術院校是沒門兒了，那兒的門檻兒太高了。回到十九中後，我開始下功夫準備考大學，這對我來講機不可失，失不再來，是最後的機會了。

我減少了每天休息的時間，星期天也沒有回家，把時間和精力全部都集中在溫習功課、準備考試上了。真是蒼天不負有心人，最後我考上了不用交學費，又有飯吃的北京師範學院歷史系。

第六章

我的大學生活

1. 開學典禮

　　我上的大學是當年的北京師範學院，也就是現在在北京西三環北路的首都師範大學。這所學校的學生畢業後都是從事教師工作的。我們國家非常重視教育事業，入讀師院的學生全都免費住宿，也不用交學費，每月還發給每個學生十五塊錢的伙食費。

　　一九六一年九月一號開學的那天，我一早拿著簡單的行李來到師院的校門口，走進掛著歡迎新同學的大布橫幅的校門，學院鑼鼓隊的學長們也已經在校門旁邊敲鑼打鼓地歡迎從四面八方來的，拿著大包小包行李、鋪蓋捲兒的新生們。校門口還有其他高年級的學長招呼、指引新生到在校門內佈置好了的各系迎新桌前簽到，然後由各系的舊生領新生分別先去學生宿舍放置行李。

　　學校的學生宿舍樓分別叫"德齋""智齋""體齋"和"美齋"。我們歷史系的女生都住在"體齋"。

每個宿舍房間的格局佈置都一樣，在四個牆角放有雙層的單人床，中間有一張長方桌，桌旁放有八張木方櫈，房門對著的窗戶既令空氣對流，又可以觀賞校園一角的風景。

我跟另外陸陸續續進來的七個同學，按床架上已經用紙條貼好的姓名放好行李。我的床位在靠窗一邊的下舖，床底下還可以擺放兩個人的洗臉盆、小箱子等雜物。

我們一邊收拾了一下行李，鋪好床舖，一邊互相介紹了一下。睡在我上舖，短髮，戴眼鏡的秦翠萍先介紹了自己："我叫秦翠萍，是西城區一一〇中學畢業的，以後請大家多幫助。"

按次序輪到我了："我叫姜海燕，是海淀區十九中畢業的，以後請大家多幫助。"

對面上舖從朝陽區來的紮著兩條長辮子，鴨蛋臉，彎眉杏眼的同學叫葉彬彬；下舖皮膚紅黑，顴骨略突，戴副紅框眼鏡，身體結實的同學叫鄭明珠，是個印尼華僑。還有從東城區中學來的耿秀娟、豐台區的夏爽、懷柔縣的吳淑慧、通縣來的馬秋菊。

我們在宿舍休息了一會兒，就按通知的時間，十點鐘到歷史系一年級教室開會去了。歷史系就在離校門不遠的叫"東風樓"的教學樓裏。我們一年級在二樓的一個教室裏。

我們的班主任姓李，大高個兒，戴了一副近視眼鏡，笑起來嘴巴大得有點兒可笑，人挺和藹。他看到人來得差不多了，便讓秦翠萍同學幫他點了點人數，一共三十九人，全都來了。李老師隨即宣佈開會："首先，我代表歷史系歡迎你們這些新同學的到來，今後的四年裏，我們將在一起共同學習、生活在這個校園裏。我是你們的班主任，我姓李，以後你們有什麼事需要我幫忙解決的，儘管來找我好了。根據你們的學習成績和中學表現記錄，我暫時選了幾位同學當班幹部，首先是秦翠萍同學做我們班的班長。"

秦翠萍從座位上站起來向大家鞠了個躬。

學習委員是張鶴，生活委員是尹京生，他們兩人也站起身向全班同學鞠了個躬，下一個班幹部該是誰呢？不知道為什麼我的心緊張了起來，只聽得李老師接著往下宣佈："文體委員是湯雅麗同學。"班幹部沒有我，雖然這也是預料之中的事情，但我對文娛活動有興趣，也有組織活動的經驗，聽到這個宣佈後，還是有些失望地收起了笑容。

接下來是班長和生活委員給每一個同學發飯票。發完飯票，李老師告訴大家："食堂每餐都有幾個不同的飯菜可以自由選購，但每個人必須自備餐具。伙食費每月發一次，如果你們的飯費有剩餘，不用上交，可以自己用來買些學習用具、日常生活用品什麼的。等一下散了會你們可以到處走走，熟悉一下校園的環境，早點兒去食堂排隊買飯吃，吃飯時間學生食堂的人很多。下午兩點鐘請大家再來教室裏領書本，抄課表。明天上午系裏開全系的迎新會，在學校大門正對著的主樓頂層大會議廳裏開。後天開始上課，好了，現在散會了。有問題要問的同學請留下。"

同學們一一站起身準備離開教室。正當我站起來的時候，突然，李老師喊了一聲："姜海燕、周俊傑兩位同學請你們留下。"等其他同學都走了，李老師對我和周俊傑同學說："明天迎新會上我想請你們兩人代表新同學出兩個文娛節目，周俊傑你會彈琵琶，姜海燕你在中學是班裏的文娛活動骨幹，畢業後你考過電影學院，你們每人準備一個節目應該沒問題吧？"

周俊傑說："我沒問題。"

我想了一下說："明天上午就要演，時間有點兒緊了些，我想演一個老太太表演唱《誇地瓜》，本來多幾個人一起演的好，這次沒時間找人排練了，我就一個人演吧。對了，李老師您能不能幫我問問，有哪個老師的家裏人有老太太穿的上身外衣，借一件給我。嗯……最好還能有人幫我伴奏。"

李老師說："衣服我可以幫你借借看。伴奏麼……"

他還沒想好，周俊傑便對我說："這樣吧，等一下你唱一遍給我聽聽，看看我能不能幫你伴奏。"

李老師高興地說："好吧，你們就在教室裏練好了。明天的節目就拜託你們了。我還有點事兒，我先走了。"

李老師走了，我對個子不高，戴著近視眼鏡的周俊傑說："那我先給你唱一遍，你要是彈不了整個曲子，幫我伴奏一兩句前奏曲、間奏曲也好。"

周俊傑笑著點頭答應說："沒問題。"

於是，我給他唱了起來："哆哆哆咪嗦——啦，哆啦咪唻哆……""說呀麼說地瓜——呀……"

他聽了一遍對我說："下午我把琵琶拿來，再拿紙筆記一下你唱的曲譜，我練練試試，如果實在彈不下來，就按你說的，幫你彈一個前奏。"

跟周俊傑約好了之後，我回到宿舍又收拾了一下東西，便跟宿友們去食堂買飯。我們到食堂的時候比正常吃午飯的時間早了大約半個小時，但卻已經是人山人海了。可能是新學期剛開始，很多貌似新生的同學們，三五成群地也提早到食堂吃飯。雖然還在三年困難的後期，但首都的生活質量也已經恢復了不少，也可能是經歷了最困難的時候，很多同學都跟我一樣，對食堂有點兒肉和米、麵的飯菜讚不絕口。吃飯的時候，跟宿友們閒聊了一些各自的背景，彼此之間也加深了認識。

吃完飯休息了一會兒，下午我們到教室領了課本、抄了課表，才發現我們歷史系要學的科目還不少，除了中國史、世界史、語文課、古漢語之外，還要修讀外語、心理學等課程。外語課可以選讀英語或俄語，除了英語課要去另外一個教室上課外，其他各科都在本教室上。

在我們那個年代，正好中國和蘇聯的關係特別好，很多中學都設有俄語課程，我在中學學的也是俄語，而且成績一直都是在八九十分以上的，所以上大學我也就理所當然地選讀了俄語課。

領完課本，抄完課表，同學們都各自散去了。我和周俊傑自覺地留下來練了一會兒明天要演出的節目。

我們正練著的時候，突然，李老師來了。他看見我們就高興地咧開大嘴笑著說：“你們還在練節目啊！姜海燕，你看，我給你把老太太穿的衣服借來了。”

他說完從書包裏拿出來一件黑色右大襟的老太太外衣。我試穿上這件稍稍肥大了點兒的上衣，唱著歌詞，扮了兩下老太太的動作，把李老師和周俊傑都逗樂了。

第二天上午，我們系全都去了學院主樓頂層的大會議廳。頂樓整層樓都可以分成大小不同的會議廳，長長的一層樓裏，中間有兩處可以滑動的路軌和兩扇可摺合的活動門，如果把活動門拉合上，可以立刻間隔成兩三個小會議廳，把活動門分開，又可以變成大會議廳。大會議廳裏，足足可以容納下一個系的幾百個學生。

歷史系的迎新會開始了，第一項是身穿灰色長袖襯衫，頭髮花白，戴副銀絲眼鏡的系主任講話："同學們，新的學年又開始了，我們又迎來了一批新生力量，你們年輕，充滿活力，是未來教育戰線上的生力軍。我們都知道，社會上曾經流傳著這樣一句話：'家有二斗糧，不當小孩王。'在舊社會，很多人都不願意做教師這份工作，不願意報考師範院校。現在不同了，新社會教師的地位提高了。人民教師，是人類靈魂的工程師……"

系主任講完話，是高年級學生代表講話；然後是新生代表講話，上去講話的是我們班的班長秦翠萍同學。

接下來的便是文藝節目，第一個節目是集體朗誦《祖國頌》，由三年級學生演出。接著是二年級的合唱《團結就是力量》……

最後兩個是新生的節目，擔任司儀的系學生會主席在台上宣佈："下一個節目是一年級新生的表演唱《誇地瓜》。"

我和周俊傑同時從我們年級最後邊的座位上站了起來。

我早已換上老太太穿的黑上衣，下身穿著一條肥腿褲，用黑布條綁緊了褲腳，頭上裹了一條白毛巾，臉上用黑色筆畫了幾道皺紋，很像一個農村的老太太。我兩手分別拽住兩個長袖袖口，學著老太太走路的樣子，一步一小扭地笑瞇瞇走上台去，還沒登台表演，就把在場的師生都逗笑了。

我在台上表演，周俊傑坐在台下最前排的座位上幫我伴奏。我向他點了一下頭，他用琵琶彈起了《誇地瓜》的前奏曲："哆哆哆咪嗦——啦，哆啦咪唻哆……"

我隨著琴聲，開始邊唱邊表演了起來："說呀麼說地瓜——呀，誇呀麼誇地瓜，地瓜本是個好呀好莊稼，老頭子吃了不呀不粘牙，小夥子吃了幹呀麼幹勁兒大。……"我演完了，又學著老太太的步姿，歪歪扭扭地走下了台，台下響起了熱烈的掌聲，我邊走邊向大家點頭致謝。

最後一個節目是周俊傑的琵琶獨奏，他演奏了一曲《春江花月夜》，同樣贏得了熱烈的掌聲。

開學典禮在同學們的歡笑聲中結束了。

2. 開始上課和學生會的工作

開學的第三天正式開始上課了，在中國史的課上，老師在正式講課之前說："這次你們班高考歷史科成績最好的是張鶴和姜海燕兩位同學，都在八十五分以上，希望大家繼續努力學好歷史課。只有學好歷史課，才能瞭解古今中外社會的發展，才會使你更加熱愛自己的祖國，熱愛今天的生活，將來好為建設祖國，培養下一代接班人貢獻自己的一份力量。"

老師的這一番開場白說到了我的心坎上，我就是因為老師說的話，才對歷史課特別有興趣的。

接下來的第一堂語文課就要做作文，作文的題目是《我的暑假生活》。我想了想，便寫了我在暑假賣冰棍兒時的一些心理感受。第二週語文課上，我的作文被老師作為範文在班裏讓我讀給了全班同學聽，邊讀我邊流出了眼淚。從此，全班同學都知道我生活在一個單親的家庭，他們都非常同情我，關心我。

不知不覺間，開學有一個多星期了，有一天下午剛下完課，我還沒離開課室，系學生會主席、三年級的翟志遠同學突然走進課室找我："你是姜海燕同學吧？"

"我是。"我心裏有些納悶他為什麼找我。

"我有事要跟你談談，你現在有時間嗎？"他笑著說。

我雖然有些奇怪，但回答他："有時間。"

於是，他把我帶到系學生會的辦公室裏，讓我坐下，還給我倒了一杯水。他對我說："是這樣的，我們系學生會的文化部幹事已經升到四年級了，該有人接他的班了，可一直就找不到合適的人選。我看過你在中學擔任文娛工作的簡歷，又看到你在迎新會上的表演，在徵求過幾個老師和同學的意見之後，覺得你是個最佳人選，不知道你願不願意擔任學生會的工作。"

我心想當然願意，又突然醒悟到原來班主任李老師沒有讓我當班幹部，可能是因為系學生會預著我呢，我還以為我不是共青團員，所以……想到這兒，我跟他坦白說："我當然願意為同學們多做些工作，可我不是共青團員，到系學生會工作合適嗎？"

中高身材，相貌英俊的翟志遠，是個心胸豁達而且工作雷厲風行的學生幹部。他用鼓勵的眼光看著我，果斷地說："怎麼不合適，不是黨員，不是團員就什麼工作都不能做了嗎？我們這兒是學生會，任人唯選賢與能，你不用擔心……"

翟志遠又說了幾句安慰我的話，然後介紹了一下我要做的相關工作的內容。我考慮了一下之後，爽快地答應了他。這次談話後，我便擔負起了系學生會文化部委員的工作。

師院的學校生活，既新奇充實，又緊張忙碌。而且，對我更可以說是心滿意足，既能學到自己感興趣、將來可以學以致用的知識，又能在學生會的活動中積累組織經驗，舉辦和參與不同的文娛活動。

很快，半個月之後就要到十月一號國慶日了，在女十中我曾參加過三次少先隊經過天安門的遊行。在十九中，我參加過白天在頤和園裏，各校分圈舉辦的文藝節目、玩遊戲、跳集體舞等多項慶祝國慶的活動。

而這次國慶，我們師院作為大專院校被分派的任務就更讓人緊張興奮，是參加晚上在天安門廣場上的聯歡活動。按學院聯歡活動籌委會的指示，我們全系的同學都要學會跳三個集體舞。雖然舞蹈的動作很簡單，但時間緊迫，要在十多天內的課餘時間教會很多平時沒有跳過舞的書呆子們，實在是很有挑戰性。但我作為系學生會文化部幹事，還是有決心把這項任務完成好的。

我召開了全系各年級各班的文娛幹事會，做了系統的動員工作，要他們每班挑選出三個喜歡跳舞、手腳靈活、腦子快的代表先在操場上學舞，再由這些同學代表組織其他人學、練集體舞。我還親自找了師院學生會文化部的幹事黃永康，他熱心地幫我找了學院舞蹈隊的負責人，約了時間，請他們也派人到我們系來分擔教集體舞的工作。

我們班先學跳舞的三個同學是湯雅麗、葉彬彬和尹京生。葉彬彬跳得最好，學得也最快，男同學尹京生學得也還可以，跳得差點兒的反而是文體委員湯雅麗。雖然她學得很認真，可記不住太多動作，有的動作不是跳錯了，就是跳得有些可笑。

有一天晚上，還沒到熄燈時間，大家在聊天時，聊到了學跳集體舞，葉彬彬說："……這文體委員也不知道老師是怎麼挑的，唱歌、跳舞都不擅長。"

班長秦翠萍在上層床上邊整理床舖，邊說："我聽李老師介紹過她，湯雅麗打乒乓球、羽毛球都得過獎，體育方面她挺行的。她在中學是班幹部，有組織活動的經驗。文藝方面，李老師說她考過電影學院。"

我和葉彬彬幾乎同時驚訝地說："她考過電影學院？"

鄭明珠接茬說話了："我瞭解她，她也是華僑，她家是從香港來的，她父親是個有點兒名氣的民主人士，是實業家。她家來北京時，還有中央的領導人去飛機場接機呢。她母親是香港的電影明星，後來不拍電影了。她母親希望湯雅麗也能當電影演員，讓她報考電影學院，她沒報。她根本就不想當演員。後來，不知道她母親怎麼做的工作，都過了報名日期了，還能給她報上了名。她母親親自逼著她去電影學院考的試。考試那天，主考老師要她跳一個舞，你們猜怎麼著？"

"怎麼了？"大家既好奇又興奮地問道。

"結果啊……"鄭明珠故弄玄虛地拖慢著說："結果，她只做了幾節廣播體操……"鄭明珠剛說完就自己笑了出來，引得大家也都大聲笑了起來。

在大家聊得正歡的時候，真是說曹操，曹操到，只聽見兩下敲門聲，隨即推門進來的正是住在對面房間，身材健美，臉頰紅潤，濃眉大眼的湯雅麗。她一進門就微笑著問："你們笑什麼呢？"

葉彬彬忍著笑說："正說你呢，以後真得小心點兒，差點兒讓你聽見了。"

"說我什麼都沒關係，我這個人啊，從不記仇。"湯雅麗笑著說完便走到我床前認真地說："我是來找你的，明天早上鍛煉的時候，你能不能抽時間再幫幫我，多練兩遍集體舞？"

我很高興地答應她說："當然沒問題，明天一早我去你們宿舍找你。"

之後的幾天，湯雅麗就將勤補拙地硬是把集體舞給練得似模似樣了。在她的認真勁兒和國慶日氣氛的影響下，全班的同學也鼓足了幹勁兒，熱火朝天地練著集體舞。

轉眼間，"十一"國慶日到了，我們提前吃了晚飯，天還沒黑，學院租用的專車便把我們送到了天安門廣場，廣場的地上早已劃好了各單位的聯歡範圍。廣場上人山人海、旌旗飛舞，但卻井然有序。我們學院參加活動的一千多人，在指定的圈子裏又以系為單位，圍成了幾個小圈。

隨著夜幕降臨，天安門廣場變得燈火輝煌、流光溢彩，師院舞蹈隊的同學們到各系的圓圈裏表演了新疆舞、蒙古舞、西藏舞。他們剛表演完不一會兒，天安門廣場的大喇叭裏便播放出了輕快的集體舞舞曲聲，參加聯歡的人們隨著音樂翩翩起舞，跳著，笑著，在祖國的懷抱裏享受著歡樂美好的時光。

當音樂停止的時候，隨即在天空綻放出五彩繽紛的、組成各種圖案的煙花。人們目不暇接地觀看著天空出現的一幕幕絢麗多彩、宏偉壯觀、變幻無窮的千萬朵煙花，歡呼聲不停地響徹天安門廣場。

良久，慶祝國慶的聯歡活動結束了，人們依依不捨地有秩序地離開了天安門廣場。這次令人難以忘懷的、在天安門廣場上舉行的國慶日晚間聯歡活動，即使事隔幾十年，每到十月一日國慶日，都不禁令我回味一番。

3. 考上大學要照片兒

十月二號是假期，我沒有回家，中午去食堂吃飯時，看見校園裏有學生在照相，我不由得想起了楊衛國。我考上大學了，可以問他要我的照片兒了。

回宿舍後，我找出了楊衛國留給我的電話號碼，到學院傳達室借用那兒的電話，打通了可以聯絡他的那個電話，一個男士的聲音客氣地說："噢，你要找楊衛國，請你稍等一下。"

不一會兒，電話裏響起了另一個聲音："喂，我是楊衛國，你是哪位？"

我高興地回答他："你不會忘記吧？你在電影學院的校園裏給我照過相，我跟你約定過，如果我考不上大學，我就不要照片兒了。但如果我考上了大學，就一定會找你要相片兒的。"

對方在電話裏笑了："你是姜海燕！恭喜你了，考上哪個學校了？"

"我考上北京師範學院歷史系了。對了，你被分配到哪個單位工作了？"我也笑著問他。

楊衛國告訴我："我留校工作了，在電影學院攝影系當老師。"

"那我也恭喜你了！"我想了想說："這樣吧，這個星期天上午十點左右我去電影學院找你。"

"好，我等你來。"楊衛國爽快地回答。

星期天上午，我穿著一件由母親裁剪好，我自己手工縫製的深藍色對襟長袖衣，梳著兩條過肩的小辮子，揹著一個我自己做的深咖啡色布書包，高高興興地去找楊衛國了。不到十點鐘，我就到了電影學院，剛走進校門，楊衛國就從傳達室裏走了出來，見了我就笑著說："你好！我早就在這裏等你了。"

我見他空著兩隻手，就皺著眉問道："你給我拍的照片兒呢？"

"噢，在我宿舍的桌上，你跟我去拿吧。"他笑著說，似乎也沒有別的意思。

但畢竟我們不算熟，於是我想了想說：「我不想去你們宿舍，麻煩你去拿給我吧。」

他也沒多想，爽快地答應了，然後去了一趟宿舍，很快就回來了。回來的時候，他的右肩上多了一個看起來是用來裝相機的黑色人造革的書包。他從書包裏拿出一本小相冊遞給我說：「你的相片兒全在這本相冊裏了。」

我打開相冊翻看了一遍，滿意地對他說：「照得真好，我從來沒有照過這麼好看的相片兒呢。謝謝你了。」

他似乎也很滿意地說：「謝什麼啊，是你很上鏡，這是我的作業照，我還要謝謝你呢。咱們別站在這兒了，去院子裏找個地方聊一會兒怎麼樣，不會耽誤你時間吧？」

「不耽誤。好吧，聽你的。」我高興地答應了他。

於是，我跟著楊衛國走進校園裏，在上次照過相的那張長椅子上坐了下來。他有點不好意思地跟我說：「每年報考電影學院的人都很多，尤其是表演系，有幾千個考生報考，錄取的才十幾個，所以你沒有考上不要難過，這是正常的。」

其實我早就沒什麼不開心的了，我能考上師院已經很高興了。於是對他說：「你不用安慰我，我早就有思想準備了。我曾經一個人獨自去中央戲劇學院找了老師輔導過我，她認為我有表演才能，還有潛力，只因為戲劇學院今年開始，招收標準要求的身高要一米六五以上，我還差點兒，是她建議我報考電影學院的。」

「噢，原來你還挺大膽兒的啊！」他聽了之後好像鬆了口氣似地說：「今年考大學聽說報考的人不少，只錄取了三十分之一的人，你能考上師範學院已經很不錯了。」

「我也是這麼想的。我家條件不太好，要是我考上電影學院，交學費還都是個問題呢。考上了師範學院，不用交學費，還有飯吃。將來還可以成為一個光榮的人民教師，我知足了。」我很坦然地跟他說。

聊到這裏，楊衛國問我：「你的父母都是做什麼工作的？」

我告訴他：「我十五歲的時候，父親就病逝了。母親在一個幼稚園裏做會計工作，掙錢不多，供我上學不容易。不過我經常利用課餘時間做一些可以掙點兒錢的刺繡、織毛衣的活兒。寒暑假我還參加過一些勞動掙點兒學雜費，多少減輕了一些母親的負擔。」

他聽了頗為感動地說：「真是家家有本難唸的經啊！你還是挺堅強、挺樂觀的，你要是不說，還真不知道你有這樣的處境。」

我們又聊了一會兒，他想再給我照幾張相片兒，我跟他說：「不用了，相冊裏已經夠多的了，不要浪費膠捲了。我被歷史系學生會邀請當了系學生會文化部幹事了，以後可能會有需要麻煩你幫忙的地方，我會再找你的。」

他懇切地說：「如果需要我幫忙，你儘管來找我，我幫得到的一定幫你。」然後他看了看手錶說：「你看，都快到吃午飯的時間了，我請你吃頓飯吧，不知道你肯不肯賞面？」

「今天應該我請你吃飯，我都準備好了，可沒想到讓你搶先說了。」我有點兒不好意思地說。

他很直率地說：「你別客氣了，等你工作了再請我吃飯好了，要不我會吃不下去的。」說完我跟他都笑了。

我們一起吃了一頓由他請客的午餐，就在附近餃子舖吃的豬肉白菜餡餃子和一碟雞絲拌粉皮。

國慶日假期就這麼過去了，同學們又都投入到緊張的學習生活中。過了期中考試，馬上又要準備期末考試，各班還要準備春節在自己班裏舉辦的聯歡節目。

我不管怎麼忙，每個月的月初都會回家去看我母親一次。

我在學校裏每天都買最便宜的飯菜吃，學校每月發的十五塊飯費我多少能節省下來一些，加上母親給的零用錢，足夠我買一些日用品、學習用具以及回家的路費了。有時天氣好，我回家時就不坐車，邊走邊織一些方便在路上織的線襪子、毛線手套、脖套，走一個多小時到家或者走一個多小時回校，這樣可以省一程公共汽車的票錢。只要能把大學上完，生活多艱苦我都不怕。

4. 我去上海過春節

十一月初的一個星期天，我回家看望母親，順便想再拿點兒毛線活做。剛進我家大門，就看見客廳的飯桌上放著一小竹籃燒餅、油條，母親和一個四十多歲、臥眉細眼、身體微胖的男人分坐在飯桌的兩邊。母親見我回來了，馬上起身介紹說：「你回來了，這位是在建材公司做事的魏伯伯，是他送來的燒餅、油條。」

我一看就猜到大概是什麼事了。雖然我是不太喜歡母親帶男人回家的，但她始終也還是要有自己的生活，於是勉強應酬了一句：「魏伯伯，您好！」

母親又向魏伯伯介紹說：「這是我的女兒。」

他馬上有些拘謹地站起身說了句：「你好！」就又拘謹地坐下了。

母親進廚房去準備午飯了，我跟了進去對她說：「我吃過了，你們吃吧。我是回來拿毛線活的。」

母親很直接地跟我攤開了說："我已經不接織毛衣的活了，錢夠用了。這個魏伯伯是幼稚園學生的家長介紹的，人不錯，挺老實的，中學畢業的文化程度，是個技術員，工資也不低，老婆病死了，有過一個女兒，遇車禍死了。我準備春節跟他結婚。我已經寫信給你上海的大姨了，她答應春節讓你去上海過節了。"

我聽完之後覺得有點兒突然，突然覺得生活即將發生很大的變化，有點兒不知所措。於是沒有在家吃飯，連水都沒有喝一口，就回學校去了。我的頭有點兒暈，耳朵嗡嗡的，有點兒要生病似的，回學校沒吃中午飯就在宿舍躺下了。

我想來想去，根本睡不著，心想：天要下雨，娘要嫁人，誰也管不了。這下可好了，一個完全陌生的男人要入住我家的蝸居中了。我心中永遠只有我的生父，決不會認第二個人做父親的。這個家我是不會再回去過了，幸虧我就快可以獨立生活了，而且總算在學校暫時還有個窩住。

春節我還是按照母親的安排，去上海過了。上海有我母親的親戚：我的大姨、二娘舅；也有我父親的親戚：我的大姑姑；還有一個比我大十歲的同父異母的哥哥。每家我都去拜了年，看望了他們，他們都留我吃了飯，給了我壓歲錢。

這次我去上海，上海人的生活跟我小時候的印象中相比，沒有太大變化，我大姨家住在閘北平民區，住的是由磚和木板建起的、有個小閣樓的貧民房，做飯用煤球爐，要大小便的話，就在房間裏用木馬桶。

我的二娘舅和我大姑姑家都住在徐家匯區弄堂裏的磚瓦房。在弄堂口臨街處還可以看到一兩處我童年時期到處都有的、用一兩個小銅板就能買一壺開水的老虎灶。弄堂裏還有供男人可以背朝路人、向著牆壁小便的臭尿漕。

唯有我哥哥家住在閔行區，他在上海鍋爐廠做行政工作，住在工廠區新建的、廁所有抽水馬桶的宿舍樓裏。

年初二，我和我哥哥一起，拿著大姑姑提前做好的果醬包子、我哥哥買好的年貨，一起坐火車到我父親的老家昆山縣去看望了我們的爺爺、大叔父、小姑姑等親人。他們都老了，我又長大了，剛進門時幾乎誰都不認識誰了，見到久別了的親人，又想到父親，我不由得又掉下了熱淚。大家互相問了好，拜了年，吃了一頓團圓飯，我和哥哥便告別了他們，當天要回上海。

在我的要求下，我和哥哥是走路去的火車站。一路上，我們沿河岸邊走邊觀賞著老家獨有的小橋流水人家。小時候，我每過一座小橋都覺得好像在爬一座比我高好幾倍的、有石階的小山似的，現在的橋突然都變小了，我好像變成了一個巨人，走在了很小的小石橋上。我們還走過了小時候養蠶採桑葉的桑樹園；走過了一望無際的、夏季會長滿油菜花、散發著濃郁花香的農田；走過了在夏天長有荷花和蓮藕的荷花池；走過了哥哥和我都上過學的昆山縣第二中心小學……

春節的假期一轉眼就過去了，哥哥上班了，我也快開學了。於是，我告別了上海的所有親人，獨自乘火車回到了北京。

我回到了學校，離開學還有幾天，很多同學都還沒有返校。我剛進宿舍，看到從近郊豐台區回來的身體健壯、性格直爽的夏爽，她見了我眉開眼笑地問我："姜海燕，你回來了，寒假過得好嗎？"

我微笑著回答："挺好的，你呢？"

她高興地告訴我："我也挺好的，過春節吃了不少好吃的，還拿到了壓歲錢。我買了兩件新衣服，還買了一條新被子，剛才是我的男朋友幫我拿來的。"

我聽她這一說，才敢問她："剛才我在樓道裏看見有一個男生好像是從我們宿舍裏走出來的，從我身邊走過下樓去了。大高個兒，像個運動員，是你的男朋友嗎？"

她爽快地說："是他，長得挺壯實的，像頭牛。他是我高中時的同班同學，考上航天學院了，將來他要飛到天上工作。對了，家在遠郊的吳淑慧和馬秋菊也都回來了。她們去過系辦公室了，給你帶來了一封信，放在你的枕頭上了。她倆去食堂吃飯了。"

我"噢"了一聲，心想誰會寫信給我呢？"謝謝你了。"我說完就趕緊到我床前拿起了枕頭上放著的信。

我拆開一看，是楊衛國寄給我的。信的內容很簡單，本來他想問我寒假準備怎麼過，想春節給我拜年，約我聚聚，可是從上次見面後我一直沒有跟他聯繫，他也不知道怎麼找我才好，所以寫了這封信。看到這封信，我的眼睛濕潤了，我沒有一個溫暖的家，可是我有上海的親人，有身邊的同學都在關心我。還有雖然認識不久，可已經開始把我放在心上的楊衛國，我怎麼可以把他冷落了呢？

於是，我到師院傳達室借用了那兒的電話，撥通了上次見面時楊衛國告訴我的離他住的房間最近的、電影學院教師宿舍樓中的電話號碼。很快，有人來接電話了，一個似曾聽過但又有些陌生的聲音問道："喂，你找誰呀？"

我不太肯定這聲音是不是我猜想的，所以還是照慣例說："麻煩您幫我找一下楊衛國老師。"

"我就是楊衛國，你，你是姜海燕吧？"果然是楊衛國，他稍微停了一下之後高興地說。

我按捺著同樣高興的心情，不太好意思地說："是我，楊老師，您的信我收到了。寒假我去上海過春節了，今天上午剛回到學校。"

楊衛國關心地說："你剛回來一定很累吧，你先好好休息，等你休息好了，我們再見面聊聊。"

"我不累，過幾天就開學了，一開學大家都要忙起來了，我想明天下午就去找您。"我這麼想著，就趕緊說了。

楊衛國高興地問："好吧，你幾點鐘來？"

我想了一下說："明天下午兩點左右吧。"

"好，我等你。"他肯定地回答。

第二天天很冷，外面颳起了大風，我穿了一件在上海我哥哥給我新買的素花對襟薄棉衣，外面又穿了中學時買的解放軍換軍服時便宜賣給學生的黃色棉軍大衣。脖子上圍了一條我自己織的深灰色的毛線圍巾。下午不到兩點鐘，我就到了電影學院，楊衛國已經在傳達室裏等著我了。

他從傳達室中迎出來問我："你來了，冷不冷？"

我說："不太冷。"

他風趣地問我："今天我們跟上次一樣，是在院子裏的長椅上吹吹風呢，還是去我的宿舍坐坐？"

我說："都可以。"

他笑著說："走吧，去我的宿舍暖和暖和吧。"

楊衛國住的宿舍是兩個人一間房，房間的大小、間隔跟我在師院的宿舍差不多。一進門，靠牆的兩邊分別放著一張單人床，每張床頭靠窗處各有一張有抽屜的辦公桌、一張辦公椅。床尾靠門處各有一個小衣櫃，牆上各釘有一小長條的金屬掛衣鈎。屋子裏整理得比我們女學生宿舍還乾淨、整潔。楊衛國的床位在一進門靠右手邊，床上的被子疊得跟軍用被一樣四方整齊。屋子裏有暖氣，非常暖和，我們都把棉大衣脫了，掛在了掛衣鈎上。

楊衛國請我坐在他的辦公椅上，給我倒了一杯白開水，也給他自己倒了一杯。

然後，他從抽屜裏拿出了一些糖果、小點心請我吃，自己也拉開了對面老師的椅子，面對著我坐了下來。我也從書包裏拿出了從上海帶來的雪片糕、棗泥餅給他吃。他問我："上海冷不冷？"

我告訴他："不冷，比北京暖和多了。"

他又問我："你在上海有親戚？"

"嗯，有幾家親戚，有大姨、舅舅、姑姑和一個比我大十歲的同父異母的哥哥。我哥哥的親生母親病故後好幾年，我父親才娶的我母親。我和我哥哥雖然不是一個母親生的，可關係不錯。我哥哥挺進步的，解放沒多久，他想參軍，我爺爺不讓他參軍，把他鎖在了房間裏，最後他還是逃了出來參加了解放軍，還入了黨，現在在工廠裏做行政工作。"我笑著說。

他聽了微笑著問道："你每年都去上海？"

"不，我有快十年沒有去過上海了，這次是因為春節我母親要結婚，我才去上海過的年。"我說完才覺有些尷尬，楊衛國好像也一時不知道該怎麼接話，於是，我和他都沉默了幾分鐘。

不一會兒，他平靜地告訴我："我也有一個同父異母的妹妹，關係也不錯。"他又問我："你家是怎麼從上海到北京的？"

我告訴他："我父親本來在上海天文台工作，後來日本鬼子打過來時，天文台解散了，給了一筆解散費，我爺爺用這筆錢在昆山開過木行。日本鬼子打到昆山時，把我家木行裏的木頭全搶走了，我父親只好回到上海在工廠裏做工。解放後，上海天文台又找到了我父親，他被聘用到南京科學院工作。我上小學五年級的時候，北京要在中關村建科學城，把我父親在南京工作的科學院地球物理研究所調到了北京，我們全家就一起到了北京。"

聽到這兒，他點了點頭，然後又問了一句："你父親是做科研工作的？"

我回答他："是的，其實他的文化程度不高，因為家裏很窮，小學畢業就去天文台做勤雜工去了……"不知怎麼的，我這張沒把門的嘴今天會講那麼多的話，最後竟連我父親被定成"右派分子"，我怎麼努力，到現在都加入不了共青團都告訴了楊衛國。他沒有打斷過我的話，一直用那雙炯炯有神的眼睛看著我，耐心地聽我講完。

在我幾乎是一口氣把我的小半生說完之後，該我問他了："你能被留校當老師，一定特別優秀，你是共青團員吧？不，你應該是黨員了吧，你家裏的條件一定很不錯。"

他簡單地告訴我："我是團員，還沒有申請入黨，我父親在解放軍軍區工作。"

我們又聊了一會兒，他鼓勵我要好好學習，不要洩氣，不要揹家庭包袱，繼續努力做好自己，一定可以成為一名優秀的共青團員的。

我要回學校了，他幫我穿上了棉大衣，兩眼含情脈脈地看著我，我跟他近在咫尺，我的心不由得急速跳動了起來，就在這時，房門突然被推開了，跟楊衛國同屋的老師回來了。

楊衛國一直把我送到了汽車站,他問我:"你什麼時候再來找我?"

我說:"我也不知道。"

他說:"還是那句話,你有什麼事需要我幫忙的,儘管找我,我一定幫你。"

我半開玩笑地說:"沒事想找你就不可以了嗎?"

他認真地說:"當然可以,求之不得。"

我們都笑了。汽車開過來了,我們互相對望著,誰都有點兒不想離開誰。

5. 歷史系第一屆文藝會演

新學期開學了,我們有六七門課要上,有很多作業要做,忙得不可開交。我最喜歡到圖書館裏的學生自修室做功課了,那裏很安靜,有很多長方形的桌子,很多椅子可以隨便坐。做完功課,還可以就近用圖書證到圖書館借閱報刊、雜誌和各種書籍看。我的各門功課學習都沒放鬆過,學習成績全都保持在中上等以上。

我不光把精力投放在學習上,而且,系學生會的文藝工作我也想了一些辦法:組織了幾個文藝小組。系舞蹈組,由葉彬彬當組長;系民樂隊,由周俊傑當隊長;還組織了合唱組、朗誦組,分別由二、三年級的文藝積極分子負責。這樣一來,既發動了群眾的積極性,又省了我的精力,以後系裏有什麼大活動需要文藝節目時,就可以一呼百應,再也不用發愁了。

五月份,系裏組織了歷史系第一屆文藝會演,除了系各文藝小組報上來的節目外，在前任系文化部幹事的建議下，還找了不同年級的幾個同學排了一個小話劇《三月三》，是講地下工作抗日故事的，我演的是小酒店的老闆娘，是一名地下工作者。

在系學生會的幹事會上決定了在文藝會演後，要出一份簡報和一期壁報，專門報導新學年歷史系同學們的學習、課外小組的活動情況。我想把同學們演出的節目都拍下來，洗成照片後放在壁報欄裏。這時，我又想起楊衛國了。

自從上次跟楊衛國見面聊天後，經過反覆思考，他各方面的條件都是那樣完美，而我比他差多了，真是門不當、戶不對，再發展下去對大家都沒有好處。可是不知為什麼，他那含情脈脈的眼神，總在我腦海裏出現，使我無法抗拒。於是，我又撥通了可以找到他的電話，有些緊張地說："楊老師，我是姜海燕，您好，我又有事要麻煩您了。"

楊衛國好像不太習慣聽到我這麼客氣，稍微靜了一下之後，說道："我一直都在盼著你的電話呢，不用客氣，有什麼事，你說吧。"

我聽他口氣自然，於是放鬆了一些，說道："是這樣的，五月份我們系有一次文藝會演，我想請您幫忙給我們演的節目照幾張照片兒。"

"好啊，沒問題，等你們定下時間、地點後，我一定去。"他爽快地說。

雖然離五月份不到一個月了，每天上課、做作業、排練節目，忙得團團轉，可我還是覺得時間過得真慢，盼著快點兒到文藝會演那天。

我們學院各文藝社團、各系組織的文藝活動都是在學生食堂舉辦的。平時開飯時，在學生食堂最裏面的大舞台前會擺放一大排長方桌，食堂伙房做好的飯菜都放在桌子上，由食堂的工作人員賣給分幾隊排隊買飯的學生。學生們都自帶餐具，用飯票選購飯菜，買好飯菜後，可以在食堂中的任何一個方餐桌上用餐，只是沒有座椅，都是站著吃飯的。

一旦有演出，演出單位要提早幾天通知食堂的負責人，並提早張貼告示。演出那天食堂會早開飯，吃完飯把食堂的飯桌都搬到食堂兩邊靠牆處擺在一起，學生來看演出時，都得自帶櫈子。

五月初的第一個星期六晚上八點至九點半，我們歷史系在學生食堂舉辦文藝會演。因為我有節目，需要提前化妝，還要在後台組織安排演員們上台演出，所以我把接待楊衛國的任務交待給了我們班的班長秦翠萍。我千叮萬囑讓她先在學院傳達室等楊衛國，再把他領到我們宿舍坐一會兒，準備好櫈子，在演出前提早一點兒把他帶到學生食堂，選好位置，請他幫我們多照幾張照片兒。

文藝會演進行得很順利，節目有系舞蹈組跳的蒙古舞、西藏舞，舞蹈服裝是問院舞蹈隊借的，音樂是系民樂隊幫伴奏的。除此之外，有系合唱團演的合唱、獨唱，系朗誦組演的朗誦節目，還有各年級報上來的幾個節目。最後是話劇《三月三》。我一邊忙著組織活動，一邊又忙著演出，根本沒時間招呼楊衛國，時間也一眨眼就過去了。

九點半左右，文藝會演結束了。秦翠萍把楊衛國帶到了後台，他不是一個人來的，他還帶了他的兩個學生，給我們拍了很多照片兒。他們都說我們的節目演得不錯，我對他們來幫我們照相，一再表示感謝。最後，我把他們送到了校門口，楊衛國就不讓我再送了，他對我說："太晚了，你回去休息吧。下星期天你可以來找我拿照片兒。"

6. 我的初戀

星期天，我按約定的時間，下午兩點鐘到了電影學院，楊衛國精神煥發，滿面春風地把我迎到了他的宿舍，在他的辦公桌上放了大半桌子的照片兒，全是我們歷史系文藝會演節目的照片兒。他把一杯早已沏好的，散發著馥郁的茉莉花香的茶水遞給我讓我喝，我一邊喝茶一邊欣賞著桌子上的照片兒。

我看了一會兒照片兒後，發自內心地誇獎楊衛國道："真不愧是專業老師和他的學生拍出來的照片兒，把我們普通學生業餘演出的節目，拍得跟專業演員演出似的。"

他笑著謙虛地說："你過獎了，這是你們演得好。"

我認真地問他："我想請您幫算一下這些照片兒連底片兒一共要花多少錢，這是我們應該給的。"

他有點兒不太高興地說："這你又客氣了。這次拍照的膠捲兒和相紙都不是用公家的，是我自己的，不用給錢。"

我聽他這麼一說，心裏暖暖的，但還是說："那不行，不給錢我就不要了。"

他不高興地說道："你不要的話，以後我就不會再幫你忙了。"

他望著我，我望著他，一時間好像真的爭執不下。但很快，我們倆都笑了。

突然，他走近我，雙手握住我的右手，把我的手放到他的胸口說："你摸摸我的心，你那麼聰明，你怎麼就看不出我對你的心意呢？總是跟我那麼生分。」

這是我第一次被他握住了手，我把手縮了回來，誠懇地對他說：「不是我不領情，因為你的條件實在是太好了，我們的差距太大了。如果再發展下去，會影響你的前程的。」

他很坦率地說：「我看你一點兒都不差，你長得那麼嬌嫩，可一點兒都不嬌氣，你能在逆境中自強不息，這不是一般人能做到的，我敬佩你。你不要總揹著那麼重的家庭包袱，應該放下，輕裝前進。你父親是你父親，你是你。再說，他已經去世了。」

我聽了很感動，可我真是想不明白為什麼學校的共青團組織一直把我拒之門外。況且，家庭的包袱又怎麼是說放下就輕易放得下的呢？

過了一會兒，我該回去了，我正要準備整理要拿走的照片兒時，他問我：「你是不是有一個雙胞姐妹在同一個系裏上學？」

我有點兒好奇地問：「沒有啊，你怎麼會問這麼個問題？」

他從抽屜裏拿出一個裝有一張身穿蒙古服，扭動雙肩的舞蹈演員的照片兒的相夾給我看，我看了照片兒就笑了：「你可真有眼光，你看上她了？用這麼好看的相夾放照片兒。」

他也笑了：「你吃醋了？說明你還是喜歡我的，對嗎？」

我說：「我沒說過不喜歡你啊，只是我配不上你。」

我告訴他：「文藝會演那天我沒去接待你們，是因為我們系舞蹈節目裏的一個同學，她家裏有事不能參加演出了，我是臨時補缺的，又要排練又要化妝，實在忙不過來了。」

「我說呢，你只告訴我有你演的話劇，沒聽說有跳舞，你還真行，補缺都比其他人跳得好。」他笑著說，然後又問我：「今天你把相片兒拿走後，是不是要等到下次你們再有文藝會演時才會來找我？」

看得出，他是真喜歡我了，我不想傷他的心，對他說：「我也不知道。很快又要期末考試了，恐怕最近我是不會找你了。等放了暑假再說吧。」

楊衛國聽完，失望之情溢於言表，但還是依依不捨地把我送到了車站，目送我坐上車離去。

回到學校後，我把照片兒、底片兒全交給了系學生會的宣傳幹事，他們把照片兒貼在了歷史系教學樓樓道裏的壁報欄裏。這期壁報吸引了很多同學看，都誇照片兒拍得真好看。有不少演了節目的同學到學生會想要照片兒，也有一些同學想報名參加系舞蹈組、合唱團⋯⋯

緊張的期末考試快到了，除了每個月月初我要回家看一次母親外，我就一直在學校溫習功課，多數時間都是在圖書館的學生自修室。

按習慣，我每天都會到圖書館去看一會兒報刊、雜誌。期末考試剛結束，有一天下午，我正在圖書館看雜誌，突然閃光燈一亮，有人給我拍了一張照，我抬頭一看：「啊！是你，你怎麼來了？」

「我估計你們考完試了，就來看看你。」楊衛國邊說，邊在我身旁坐了下來：「我去你們宿舍找你，你不在，她們告訴我你多半在圖書館，我就找來了。」

我們在圖書館小聲說了幾句，我就帶他到大操場一角較僻靜處坐下聊了一會兒。我問了他一個我很想知道的問題：「你的條件那麼好，有女孩子喜歡過你吧？」

他若有所思地回答我：「我的父親對我要求很嚴，不許我在上學時談戀愛。我在大學三年級時，有兩個女同學對我都挺好的，一個是同班的，一個是表演系的。我在學校裏和校外的公園裏都給她們照過相片兒，也請她們吃過飯。可都只好了幾個月就散了。"

說到這兒，他停住不說了。沉默了兩分鐘，我迫不及待地想知道下文，我問他："怎麼會散了呢？"

他告訴我："開始時我也不知道為什麼她們會漸漸冷淡我，後來才知道，她們都是因為我沒有錢，小氣，吝嗇。每次請她們吃飯都是最便宜最簡單的麵條、包子，也沒有買過什麼禮物送給誰。說我不會疼女孩子，一點兒都不浪漫，沒情趣。"

聽他講後，我有點兒同情他，對他有了好感，我覺得他挺老實，挺可愛的。但我剛上大學一年，雖然到了可以談戀愛的年齡了，可是我不想影響學習，所以只是安慰了他幾句："你不要傷心，是她們沒有眼光，不會看人。男女之間談情交朋友，多數是為了以後好組成家庭生活，只有勤儉節約才能過好日子。我要是個男孩子，找對象時，就算我父親是個大富翁，我也會只請女朋友吃麵條、包子，考驗考驗她是愛人呢，還是愛錢。"

他聽我講完，臉上露出了因為我理解他的笑容。

臨走時他約我過兩天一起去北海公園玩兒。

我和楊衛國兩天後又見面了。這是我第一次假期帶著較輕鬆的心情，跟他一起到北海公園玩兒。他租了一艘小遊船，我們並肩坐在了船中央，他用十多分鐘教會了我划船。

我問他："你看過《祖國的花朵》這部電影嗎？"

他說："沒看過。"

"電影裏有少先隊員們在北海划船的片斷，有一首插曲挺好聽的。”我邊划著船邊唱給他聽：“讓我們蕩起雙槳，小船兒推開波浪，水中魚兒望著我們，悄悄聽我們愉快地歌唱……”

唱完歌，我告訴他：“這部電影裏演少先隊中隊長的小演員家就住在科學院宿舍，她家是從國外回來的，家庭條件好，我在中學暑假賣冰棍兒的時候看見過她，她家的保姆幫她拿著小提琴送她去上課，我卻在賣冰棍兒，我很羨慕她。”聽到這兒，楊衛國同情地望著我，看得出他很想安慰我，可又不知道怎麼說。

划完船，我們在公園裏邊散步邊隨便地聊著，我跟楊衛國講：“我家的人都是很愛國的，抗美援朝那時，我父親把我家木行中的一些日本鬼子沒有發現、搶剩下的木料，捐送給了昆山縣縣政府，在縣中心搭了一個宣傳抗美援朝的小講台，我還在台上和幾十個小學生一起，唱過抗美援朝的歌曲呢，有的歌詞到現在我都會唱：雄赳赳，氣昂昂，跨過鴨綠江。……”

我剛唱了一句歌詞，楊衛國就和我一起合唱了起來：“保和平，衛祖國，就是保家鄉。……”

唱完歌，他邊緬懷難忘的過去，邊有點兒自豪地告訴我：“我父親到朝鮮參加過抗美援朝的戰爭，我參加過慰問團，去過幾天朝鮮。”

我問他：“你見過打仗嗎？”

他告訴我：“打仗的最前線是不讓我們慰問團去的，我們在較平靜的小後方聽過戰鬥英雄講英勇作戰的故事，看過很多戰地記者照的前線作戰的照片兒。我是從那時候開始對攝影工作有了興趣的。”

聽了他的講述，我對他說：“我真羨慕你，你能參加慰問團去朝鮮慰問中國人民志願軍。現在又實現了你的理想，在電影學院攝影系當了老師。"

我們又聊了一會兒，我告訴楊衛國："你帶我來公園玩兒，不知怎麼地，使我想起了我的哥哥。在我小時候，我哥哥經常帶我去一些地方玩兒，我們老家昆山縣，沒有大公園，只有桑樹園、蓮藕池、還有很多小河流。我哥哥帶我去桑樹園摘桑葉，拿回家餵蠶寶寶；帶我去蓮藕池那裏買蓮蓬頭，每個蓮蓬頭上都有很多蓮子可以當水果吃；他還帶我到小河裏教過我兩次游泳。"

楊衛國問我："你會游泳？"

我遺憾地說："雖然我出生在水鄉，可我不會游泳，因為那時衛生環境差，不少人得了血吸蟲病，我爺爺和我父親知道我哥哥帶我到河裏學游泳後，還叱責了他一頓，不讓我們下河去了，所以我沒學會游泳。……我哥哥的命比我好，他參加過解放軍，還加入了共產黨。我剛上初中兩年，我父親就戴上了'右派分子'的帽子，我連共青團都難加入了。將來我要是找對象，一定要找一個家庭政治背景比我要好的，免得連累子女。"

楊衛國聽了困惑地說："將來你找對象？那現在我算什麼呢？好吧，將來你要找對象，可一定要預著我啊！"

我笑了："那還用說，你是首選的。"他也笑了，他讓我挎著他的胳膊，我沒有拒絕了，我們邊走邊聊，享受著青春的美好時光。

這次暑假，我和楊衛國每個星期都有兩三次約會，我們去過美術館、故宮、頤和園、長城……我們分享各人童年、學生時期的故事；評論看過的幾本中外名著；聊對未來的嚮往……這個暑假，是我一生中過得最幸福、最難忘的一個假期。

很快，暑假結束了，新的學年又開始了。一切如常，開學典禮過後，便準備"十一"國慶日的聯歡活動，接著就是期中、期末考試。這幾個月裏，我和楊衛國很少見面，每次見面我和他都有同樣的感受，真是"一日不見如三月兮，一月不見如三秋兮"。我倆被月老的紅繩越拴越緊了。

7. 最難忘的一個春節

轉眼寒假又來了，春節快到了。母親在客廳裏安放了一張小床，她讓我春節回家過，我說我習慣在學校的生活了，我們學校不少學生都是在學校過春節的，我過節會回家拜年的。母親也就隨便我了。

楊衛國也問我春節準備怎麼過，我不想讓他為我擔心，於是便告訴他我會回家住兩三天。

春節到了，還沒到大年三十，學校裏的同學差不多都回家過年了，走在校園裏，看不到幾個學生，到處都很清靜。我們年級的女生宿舍只剩下我一個人了。年三十晚飯，學生食堂不開放，中午我多買了兩個玉米麵做的菜窩頭，放在宿舍的暖氣片上，準備作為年三十的晚餐。

平時我有點兒空餘時間就會看一些歷史故事書，或者看一兩本中外小說。中國小說我喜歡看茅盾的《子夜》、巴金的《家》、魯迅的《吶喊》……世界文學名著我看過雨果的《巴黎聖母院》、托爾斯泰的《安娜·卡列尼娜》、奧斯特洛夫斯基的《鋼鐵是怎樣煉成的》、高爾基的《童年·在人間·我的大學》……但今天，我卻什麼都看不下去了。

我站在窗前望著窗外寒冬靜謐的校園，想著別人都有一個溫暖的家，而我，大年三十孤苦伶仃地獨自啃窩窩頭過年，我不由得潸然淚下。

突然有人敲宿舍的門，我慌忙止住了眼淚，開門一看，是楊衛國。他一進門，我們什麼話都沒說，就擁抱在一起了。我忍不住眼淚不停地往外流，他看到了屋子裏冷冷清清只有我一個人，看到了暖氣片上的窩窩頭，他什麼都明白了："真被我猜到了，你是不會回家過年的。你準備一個人在學校啃窩窩頭過年？"

我擦著眼淚說："我沒有家，這兒就是我的家，什麼日子我都能過。"

我給他倒了一杯開水，他坐下想了想說："我不會忍心讓你這麼過年的，到我家去過吧，我家裏的人都會歡迎你的。"在他的一再勸說下，我同意了。

楊衛國的家在離北京城區較遠的風景區香山一個軍區的軍人宿舍裏，軍區大院門口有兩名解放軍在站崗，他們好像都認識楊衛國，也不問他要什麼證件，只看了看我，對他笑笑就讓我們進去了。走進大院一直往裏走了幾分鐘，見到有一幢兩層高、帶有一個小陽台的房子，門口站著一名值班的解放軍，這幢樓就是楊衛國的家了。

楊衛國推開大門，第一眼看見我們的是他的妹妹，她正坐在客廳裏等著吃飯，她站起來朝我們走來，問道："哥，你回來啦，這位是？"

楊衛國趕忙介紹："是我的女朋友，她叫姜海燕。"

我有禮貌地跟她打了招呼："你好！"

楊衛國和我把棉大衣脫了，掛在了門旁的掛衣架上。只聽得他妹妹匆匆的上樓梯聲，到了二樓大聲喊道："爸、媽，哥回來了，還把他的對象帶來了。"

樓上的兩間房門同時開了，他的母親說著："衛國回來啦。"邊下樓梯，邊往門口看我們，他的父親在樓梯上站了一下，看了看我們，便慢步走下樓來。

楊衛國介紹了一下："這是我的父親，這是我母親。"

我點了一下頭說："伯父、伯母你們好！"

她母親熱情地說："快坐，快來坐下。"又到廚房門口說了聲："劉媽，衛國回來了，再拿兩份碗筷來。"

劉媽從廚房拿碗筷出來了，我有禮貌地站起來說了聲："阿姨您好，我來幫您拿吧。"

劉媽笑著說："不用你幫，快坐吧。衛國可真有眼力，找了這麼個又漂亮又懂事的對象。"

衛國的父母都讓我坐下，我坐了下來。

飯菜還沒有上齊，楊衛國的妹妹問我："你是電影學院的學生吧？"

我說："我不是。"

她又問我："那你是哪個學校的？你怎麼跟我哥認識的？"

楊衛國幫我回答她說："她是北京師範學院歷史系二年級的學生，她叫姜海燕，考過電影學院表演系，在她考試那天我們認識的。怎麼你好像在審問我們似的，爸媽都沒這麼問我們呢。"

"我這是關心你們，誰讓你不早告訴我們你有對象了。"他妹妹假裝生氣道。

他母親也幫著說："是啊，你應該早點兒告訴我們，我們也好有個準備。"

楊衛國笑著說："不告訴你們，是為了給你們一個驚喜啊。"

他父親說：“上師範學校好，教師是一個很重要的職業，培養好下一代的接班人主要靠你們了。”

飯菜上齊了，楊衛國的父親要大家先吃飯，吃完再聊。

吃完晚飯，楊衛國的父親把他叫到樓上去了。他母親也跟了上去。

客廳裏剩下了我和他的妹妹。我問她：“我還不知道你叫什麼名字呢？”

她告訴我：“我叫楊麗鳳。我呢，從小就貪玩，不愛學習，我也考過電影學院表演系，沒考上，後來又考過大學，更考不上了。只好到解放軍的文工團去跳跳蹦蹦、說說唱唱了。”

聽了她的介紹，我笑了，我覺得她挺可愛的。我跟她說：“我看你挺適合搞文藝工作的，你一定會表演很多節目吧？”

她高興地說：“我已經參加過好多次演出了，可沒在家表演過。今天過節，你來了，我挺喜歡你的，我給你表演一個節目吧！”

於是，她給我表演了一個朝鮮舞。在她的要求下，我也給她表演了一個新疆舞。

她問我會不會唱京戲，我說：“我不會唱京戲，我會唱幾句越劇、黃梅戲……”

她讓我唱給她聽，我唱完了，她要我教她我剛唱過的越劇《紅樓夢》中王熙鳳迎接林黛玉的幾句唱詞。她很聰明，只學了三遍就學得差不多了。

我和楊麗鳳的小型聯歡會剛要結束，楊衛國和他母親從樓上下來了，楊麗鳳高興地讓她母親和哥哥快坐下，要他們聽她唱剛學會的幾句越劇：“昨日簷頭喜雀叫，今日庭前貴客到……這家中就是你家中，要吃要用把嘴唇動，受委屈你告訴我楊麗啊啊鳳。」最後一句她把王熙鳳改唱成了楊麗鳳了，把大家都逗笑了。

晚上，楊麗鳳陪我一起在客房裏睡的。我久久不能入睡，他們一家人對我都挺好，尤其是楊衛國的妹妹。

我覺得他妹妹長得很像她母親，瓜子臉、彎月眉、雙眼皮下有一對會說話的大眼睛。但他就長得一點兒都不像他母親，有點兒像他父親，端莊、英氣的臉上，有一雙黑亮的濃眉大眼，但又不太像。他曾經告訴過我，他有一個同父異母的妹妹，這麼看來，他還應該有一個親生母親，他的母親是去世了呢，還是活著，這他從來沒有跟我講過。他們家連家門口都有警衛，到底他父親是一個什麼樣的高幹呢？他也沒對我說過。我並不想再多問他，因為現在最重要的不是我需要深一步瞭解他，而是他家，他父親一定會把我的家庭背景查得個底朝天的，到那時，楊衛國和我的緣分會有什麼樣的結局呢？我不敢再想下去了，只好既來之，則安之了。

第二天是大年初一，一早起來，我們大家就互相拜了年，楊衛國的父母給了我們每人兩份壓歲錢。吃完早飯，他父母要出門去拜年，他們都穿上了新衣服。他那松形鶴骨、氣宇軒昂的父親，穿上了掛有領章、肩章、胸章的深黃色呢子軍大衣，顯得非常威武。

警衛員敲門進屋立正後，對楊衛國的父親敬了個禮：「報告首長，車準備好了，可以出發了。」

楊衛國的父親對警衛員說了句：「好，這就走。」又轉過頭來對我們說：「今天天很冷，好像要下雪，你們先在家吃頓午飯，下午等我們回來，讓司機開車送你們進城。」我們送楊衛國的父母上了一輛首長級享用的黑色小轎車。

下午四點多鐘，楊衛國的父母拜完年回來了。他們全家人，連劉媽都出來送我和楊衛國上了小轎車。

小轎車很快開進了城，年輕的司機問楊衛國："我是先送嫂子呢，還是送你們一起到一個地方？"

楊衛國對司機吼了聲："你小子給我打住，別再嫂子嫂子的叫了，我們還沒結婚呢，要讓我爸聽見了，還不打扁我的腦袋。按老規矩吧，到西直門停車。"

小轎車開到西直門附近就停車了，我們下了車，我謝了謝司機，楊衛國只是握著拳頭笑著對司機點了兩下，揮手讓司機把車開走了。

我對楊衛國說："你對司機怎麼那麼沒禮貌，我還從來沒見過你這麼對人說話呢。"

他跟我說："我跟我家院子裏的所有人都很熟，我給他們都照過相，都跟親兄弟一樣。我父親對我和我妹妹要求都很嚴厲，不許我們在外面顯露家庭的優越感，要我們像平常人一樣上學、工作、生活。"

雖然他這麼說，但我心想：他家和我家有著天壤之別。我沒有讓他送我，便各回各的學校去了。過完年的寒假裏，我和楊衛國又見過兩次面。

8. 棒打鴛鴦　天各一方

寒假過去了，又一個新的學期開始了。上課、做作業、組織系裏的文藝活動、期中考試……一晃眼，"五一"勞動節又快到了，因為學生食堂要裝修，今年系裏沒有組織大型的文藝會演。不知道為什麼，我沒找楊衛國，他也不寫信問問我有什麼活動需要他幫忙的。過了"五一"勞動節，還是沒有接到他的信，我坐不住了，我主動給他打了個電話，他只是簡單地說他這一階段有點兒特殊工作要完成，所以沒有跟我聯繫。然後，他約我五月下旬的一個星期天在北海公園門口見面。

我和楊衛國已經有快兩個月沒見面了，到了約好見面的那天，我高高興興地在下午兩點鐘前到了北海公園門口，他已經在那裏等了我一會兒了。我見他面容比以前憔悴了，跟前幾次見面時的他判若兩人，我心痛地問他："你怎麼了？是不是生病了？"

"沒有，最近可能因為睡覺少了……我們進去聊吧！"他連忙說。

我們一起在公園找了一個較僻靜的角落坐下，他用手緊緊地摟著我的肩，我也把臉貼在了他的肩上。我們沉默了很久，突然，我感到好像下小雨了，我的臉上被雨點打了兩下，我看看天，天空晴朗，還有陽光，並沒有下雨。我又看了看楊衛國，他的眼眶裏飽含著熱淚，我一下明白了，該來的事兒終於要來了。我掏出手絹給他擦了擦眼睛，我使勁兒地忍住眼淚，對他說："你不用說什麼了，我全明白了，是月老拴錯了紅繩，要我們分開了。"

我們又沉默了一會兒，他告訴我："我被調到上海電影製片廠工作了，下個月中就要去。"

我聽了這個消息吃了一驚："怎麼會把你調到那麼遠？上海電影製片廠就這麼缺人嗎？是我害了你，你回家對你爸爸說，算我求求他了，我保證以後再也不找你了，再也不會影響你們的家庭了。"

他對我說："不是你的問題，我們家的人對你的印象都不錯，只是你的家庭問題，你父親的問題影響了你。你已經知道了，我父親是個軍隊裏的首長，以他的職務和身份，組織上是不批准有一丁點兒問題的人進入這個家庭的。本來我是這樣想的，只要你嫁給了我，你就是我家的人了，你的什麼入團、入黨的問題，只要你本人表現得好，什麼都可以解決了。看來我是太天真了。"

相聚總有分別時，這一次不同以往了，這一別可能永遠也不能再見面了。臨別時，楊衛國雙手扶著我的雙肩，認真地說："不管什麼情況，在這個世界上，有一個人永遠都會在想著你，在祝福你的。你一定要堅強地生活下去。我們以後還可能有機會再見面的，你一定要保重。"我淚眼汪汪地點了兩下頭，什麼話也說不出來了。

我和楊衛國就這樣像一對被無情棒打散了的鴛鴦，從此，一南一北天各一方了。

有很長一段日子，我吃不下飯，睡不著覺，溫不進書，期末考試也考糟了。

暑假又到了，上一個暑假我和楊衛國一起度過了使我終生難忘的美好青春時光。這個暑假，我獨自一人去了兩次北海公園，在我和楊衛國走過的路徑上走了兩三遍，在兩人一起坐過的地方獨自坐了很久很久。

我像變了一個人似的，變得從來沒有過的脆弱。我想過，我不會游泳，如果我縱身跳入水中，很快就可以長眠無憂了。如果去深山老林修道，便可以脫離凡塵，過著清靜養身的生活。我知道，楊衛國是不願意我這樣做的，他希望我能堅強地生活下去，他喜歡的是在逆境中自強不息的姜海燕。

經過反覆的思想鬥爭，我的心緒逐漸平靜了下來。但這畢竟對我的打擊實在是太大了，新學期開學沒多久，我大病了一場。我脖子上的淋巴腺發炎了，又腫又痛，我去校醫室看病打了一針，因為藥物過敏，一天下午我在圖書館的學生自修室溫習功課時，又暈又吐，站起身時差點兒摔倒了，被兩個同學送到了復興醫院。

我在醫院裏昏睡了兩天，等我醒來，坐在病床邊的班長秦翠萍高興地喊了兩聲："她醒了，她醒了。"在病房外的葉彬彬、夏爽，聞聲走了進來，跟進來看我的還有一個男同學，不是我們系的，有點兒面熟，可我想不起來他是誰了。秦翠萍告訴我："他是中文系的，你在圖書館暈倒了，是他把你送到醫院的。"

我有氣無力地說了聲："謝謝你們。"

一個星期後，我出醫院回學校上課了。班主任、班裏的同學、系學生會的同學全都很關心我，紛紛問候我。有的還對我說："有什麼想不開的事，你跟我們說，我們會幫你的。""凡事要想開點兒，要往前看……"聽她們的話，一定是知道楊衛國和我分手了。

秦翠萍和葉彬彬幫我補上了我生病落下的功課，從上學期期末我的學習成績一下從班裏的前五名下降到了第十名左右。

我有快兩個月沒有回家看我的母親了，星期日的下午，她拿著十幾個雞蛋來看了我一次，知道我病了一場後，又來學校看過我兩次。我除了得到身邊同學們的關愛，也多少得到了一些母愛。在這次經歷後，我對社會複雜、現實的一面又有了更深的認識，於是，我對我母親的叛逆思想也慢慢地有所緩解了。

我們同宿舍的八個女同學經過一年多在一起的學習和生活，互相都非常瞭解。她們怕我精神受刺激得病，在葉彬彬的建議下，每天早上全宿舍的同學一起去操場做操、跑步。

我們在早鍛煉時還會練習正步走，按個子高矮排隊，每天每人輪流喊隊操練。我們年輕人在一起，經常喜歡玩花樣開心開心，有一次葉彬彬帶喊了一次：「起步走，一、二、一……」之後，她用英語又喊了幾次：「萬、兔、萬，萬、兔、萬……一、二、三——四，立——停。」

於是，學習英語的同學每次輪到喊隊時，都跟葉彬彬一樣，用英語喊隊。輪到學習俄語的同學喊隊時，便用俄語喊了起來：「阿金、德娃、阿金，阿金、德娃、阿金……」我們在鍛煉身體的同時，玩得都很開心。

星期日，葉彬彬還把一些新歌曲帶回學校來讓大家學唱；家住在遠郊的同學，每次回家後返校，都會帶些白薯乾、柿餅給大家吃；她們有時會讓我教她們織毛線活兒。在同學們的影響、關愛下，我的身體、心情逐漸好起來了。

同宿舍的同學見我好了一些後，真是想盡方法開導我安慰我。一天晚上熄燈前，家在遠郊懷柔縣，樸實、厚道的吳淑慧講了一個她家親戚中的故事：「我有一個遠房表哥，原先是村幹部，後來被調到縣裏工作了，剛去一年多，他被一個在縣委做文員工作的女孩子迷上了，老婆孩子都不要了，跟我的表嫂離了婚。我表嫂是個非常勤勞、賢慧的農村婦女，她跟我表哥離婚後，被公公、婆婆收為女兒留在了家裏。我表哥娶的新媳婦不愛幹家務活兒，愛吃愛穿愛花錢，不到一年，她跟一個經商的有錢佬好上了，跟我表哥離了婚。我表哥想跟我表嫂復婚，我表嫂沒答應，帶著孩子嫁給了一個外村的人。這以後，我那表哥一直過著單身生活。"

這個故事立刻引起了很大的反應，大家都同情她的表嫂，責怪甚至詛咒她的表哥。我知道，她們在借故事表示對我的同情，可我什麼都不想說，我只好假裝睡著了。

秦翠萍是我們班的團支部書記，她找我談話時跟我講："你說是因為你的政治條件不好，楊衛國才離開你的。那你以後更得好好努力爭取加入共青團組織。你的思想彙報總是通不過，主要是你總認為你父親只是說錯了話，沒認識到'右派'的言論是對共產黨政權的攻擊……"

她對我的提示，我一直就是接受不了，我決不會因為我要達到加入共青團的目的，就把只是說錯了話的父親狠批成……所以，我的入團夢也就一直圓不了了。

快到元旦的時候，我接到了楊衛國從上海寄來的一封信，信的內容很簡單：

海燕：

你好！

我們離別已有半年多了，很是想念你。

我在上海電影製片廠主要做行政工作，有時也參與一些電影的攝製工作，一切都很好，請勿念。

我現在最牽掛的是你，不知道你現在學習、生活的情況怎樣，有空的話，希望你能寫信告訴我。

如果你有機會來上海，你一定要來找我，我們在一起再好好聊聊。

祝你

身體健康！學習進步！

衛國

一九六三年十二月二十六日

　　這是他寫給我的最後一封信。

　　我沒有給他回信，因為我發過誓，以後不會再找他了，我怕影響他的前途，影響他的家庭。我怕我們再聯繫下去，他連在上海都沒有立足之地了。他的父親、組織上不知道會再把他調配到什麼地方去。我還是愛他的，不能再害他了。

　　隨著教師地位的提高，報考師範學院的學生越來越多了，每年歷史系都會迎來兩個班的新生，這些學生中人才輩出。在我的建議下，我推薦了一個一年級的能歌善舞的女同學，接替了我在系學生會文化部的工作。

　　我自己都覺得我好像變了一個人似的，不像以前那樣愛說愛笑、愛唱愛跳了。

9. 緣分

　　三年級的第一個學期我的病好了以後，我幾乎把全部的精力都投入到學習中去了。很多學習科目的成績又都回升上去了，只有古漢語課程比較吃力。圖書館有各種各樣的學習字典、詞典，為了翻譯好古漢語，我經常去圖書館學生自修室埋頭苦讀。

　　有幾次，我在圖書館裏看到了那個中文系曾經送我去醫院的男同學，我跟他在工作上打過交道，他是師院學生會文化部的幹事，也是院話劇團的團長，大學一年級"十一"國慶日前，我曾請他幫我找學院舞蹈隊教歷史系的同學學跳集體舞；歷史系文藝會演前我又找過他，他幫我們排練過話劇。有兩次在圖書館學生自修室見到他時，他一人在埋頭看書，還有兩次見到有一個長得像維吾爾族的漂亮的女同學坐在他身邊，他倆低聲細語不知在說什麼。看到他們，我很羨慕，不由得想起了楊衛國和我在一起的甜蜜時光。

有一次我正在翻譯古漢語的作業，有一個學生把書包往桌上一放，在我身邊的座位上坐了下來。我一看，正是那個幫過我的中文系的男同學。我一時想不起來他的名字了，只對他笑了笑。

他笑著問我："姜海燕，你在做功課啊？"

我"嗯"了一聲，不好意思地問他："你叫什麼名字來著？你看我這腦子，不知怎麼了，記性那麼差。"

"沒關係，我叫黃永康。你身體恢復得怎麼樣了？"他爽快地說。

"差不多了，謝謝你幫了我……"

他見我在查字典做古漢語作業，便跟我說："我們系也有這門課，我對古漢語挺感興趣的，有什麼難題我可以跟你一起研究研究。"

我們各自做了一會兒功課，我問他："今天怎麼沒見到你的女朋友？"

他有點兒吃驚地問我："哪個女朋友？"

我笑了："你有幾個女朋友？就是那個長得像維吾爾族的女同學。"

"噢，她呀，她是外語系新上任的系文化部幹事，問我一些工作上的事，不是什麼女朋友。"

他見我做完了作業，便問我："我們出去聊聊好嗎？"我答應了。

黃永康和我在學校的大操場上邊走邊聊，他問我："我聽你們班同學說，你大病一場是因為你的男朋友跟你分手了？你要想開點兒，他既然不愛你了，你又何必為他傷心到病了呢？"

我生氣了："你們根本不瞭解情況，都瞎猜什麼呀！他不是你們想象的那種人。他比我要優秀多了，是我的政治條件不好，配不上他。好了，我不想跟你多說了，你還有什麼事兒要問我嗎？沒有的話，我該回宿舍了。"

"你先別走。真對不起，是我不好，不瞭解情況，本來是想安慰你的，反而更傷了你的心。"他趕忙道歉著說。

我說："這也不能怪你們，你們都很關心我，為我好，可我有些事兒實在對誰都是不能說的。"

和黃永康的這次談話後，我減少了去圖書館的次數，有時我會約我班裏的同學一起去圖書館，我一個人去圖書館時，會找一個不引人注意的角落去做功課，看報刊、雜誌。可是，躲了這兒躲不了那兒，好幾次吃飯的時候，黃永康總會拿著他的飯菜走到我的飯桌前吃飯，他會跟我打招呼，不再問我使我傷心的事了。

放寒假了，跟我同宿舍的同學又都回家了。學校的食堂裏貼出了佈告，放假後第一個星期六的晚上，學生食堂裏會放映電影《永不消逝的電波》。我好久沒看電影了，一個人在學校又很悶，我拿了宿舍裏的一張方櫈，獨自一人去食堂看電影。

食堂裏已經幾乎坐滿了人，我還沒坐下，旁邊便有一個人邊放櫈子邊問我："姜海燕，你也來看電影了。"我一看是黃永康，我想走，可後來的同學坐得很擠，不太好出去了，我只好坐了下來。

我的個子比黃永康要矮半個頭，他怕我被前面的同學擋著看不到影片，便脫下了他的棉大衣，疊了兩疊，非要放到我的櫈子上，讓我好墊高點兒，我說："我看得見，你穿上吧，要不，你該著涼了。"

他說："這兒人多，一點兒都不冷，不信，你摸摸我的手。"我沒有摸他的手，但讓他把他的棉大衣放在了我的櫈子上。

電影開始了，食堂裏的電燈差不多全關了。在擁擠的人群中，黃永康坐得和我幾乎要挨上了，電影演到一半時，他的手伸過來握住了我的手，一瞬間，有一股暖流觸動了我，好像是楊衛國在我的身邊，不，他不是楊衛國，我把手縮了回來。

電影結束了，我讓黃永康拿走了他的棉大衣，我拎起櫈子，頭都沒回就往宿舍走去。快走到宿舍樓時，我回頭看了一眼，只見黃永康像一個犯了錯誤的小學生，跟著我走了過來。我沒有趕走他，回到宿舍後，我讓他坐下，我有點兒攏不住火了："我問你，你對我到底瞭解多少，你這麼衝動。你知道，我的心裏早就有一個人了，再也容不下第二個人了。"

他告訴我："其實在大一你當上歷史系文化部幹事，第一次找我時，我就注意到你了。你性格開朗，活潑可愛，你把你們系的文藝工作開展得非常出色……後來我打聽到你有一個很帥氣的男朋友，所以沒敢找你。誰知道你們會分開，使你受那麼大的打擊，我……"

"好，我知道了，你在憐憫我，可憐我，我領情了。我不需要任何人的憐憫，我會堅強地生活下去的。我現在需要的是沒有任何干擾，讓我一個人安靜地學習、生活。請你以後不要來纏我……"我幾乎是把他給罵走了。

這次談話後，好多天我都沒有見到他。

這次上大學第三年的春節，我是回我母親那兒吃的團年飯，母親和魏伯伯見了我都很高興，我勉強應酬著，吃完飯就回學校了。

大學一年級那年春節，我從上海回來後，用上海幾家親戚春節給我的壓歲錢去舊貨商店買了一個便宜的二手琵琶。我跟我們班裏會彈琵琶的周俊傑學了幾個月的彈、挑、輪、揉、掃等琵琶指法，經過一段時間的練習後，我能照著琵琶譜自學彈奏一些簡單的曲子了。我平時想放鬆一下時，會彈奏《金蛇狂舞》《鳳陽花鼓》這類較歡快的樂曲，情緒較差，尤其是想發泄一下時，我喜歡彈奏《十面埋伏》中的幾段曲子。

大年初二的下午，我一個人在宿舍彈琵琶解悶，彈了一會兒不想彈了，剛放下琵琶沒幾分鐘，有人敲了幾下門，我開門一看，是黃永康，沒等我開口，他就先說："新年好！我是來給你拜年的，剛才聽到琵琶聲，我猜一定是你彈的，我聽了一會兒，等你不彈了，我才敲門的。"

我有點兒冷淡地回了一句："新年好！進來吧。"

我給他倒了一杯開水，他從衣袋裏掏出一塊用白紙袋裝著的玉米餅，我問他："你沒吃飯？"

他笑笑說："我吃過了。這是我從家帶來的，是我母親做的甜玉米貼餅，挺好吃的，剛才我在學校給學生用的煤球爐上烤了烤，還熱著呢，你嚐嚐。"

大過節的，見他誠心誠意、老實巴交的，我便接過了玉米貼餅說：“謝謝！”我掰了一小塊嚐了嚐，鬆甜可口，真的很好吃。

我問他：“你母親會做貼餅？”

他告訴我：“在農村裏家家都有人會做。”

“你們家是農村的？”我問道。

“嗯，我家是北京郊區大興縣的。”他有點兒傻乎乎地笑著說。

我說：“你長得可不像農村人，我看過你在學校食堂舞台上演過的兩個話劇，風度翩翩的，尤其是話劇《伏契克》裏化妝的外國人形象，還真像外國人。”

他有點兒不好意思地說：“那是在演戲，你看我平時，像不像個土老帽[1]？”

被他這麼一說，我第一次好好地看清了他：他淡眉細眼，目光溫和；略長的鵝蛋臉上有一個稍大的鼻子；長了一頭柔黃的頭髮。他的五官，頭髮，很好化妝成一個西方的外國人。

我看了看他說：“像！像個土老帽。”說完，我跟他都笑了，氣氛也輕鬆了很多。

我們又聊了一會兒，他走之前問我：“以後我可以經常找你聊聊嗎？”

我回答他：“可以。噢，最好沒有特別情況，不要到宿舍找我。我經常會去圖書館的自修室，就在那兒見吧。”

黃永康走後，宿舍裏又只剩下我一個人了。我看著桌上他拿來的玉米貼餅，不由得又想起了大學二年級那個終生難忘的春節。我漫步走到窗前，望著窗外萬籟俱寂的校園，腦子裏像演電

1　土老帽：沒見過世面，土俗的意思。

影似的，往事一幕幕縈迴腦際：大學二年級的春節，楊衛國不忍心讓我啃菜窩頭過年，在他的說服下，我去他家過了個年，誰知很快我跟他的緣分就畫上了句號。楊衛國和我是被迫分開的，我和他有過一段刻骨銘心的感情，我們誰都不會忘記誰的。每逢佳節倍思親，我非常想念他，我知道，他一定也在想我，他希望我能堅強地活著。

年復一年，再上完一個學期的課，我就成為大學四年級的學生了。我們學習的內容越來越深，科目也越來越多，要想學到更多的知識，提高學習成績，必須把全部精力放在學習上。自從很多同學知道我和楊衛國分手後，在我們班裏，在高年級班的師兄裏，有過兩個男同學寫紙條或當面想跟我約會的，都被我回絕了。不知為什麼，只有黃永康，我總是不忍心拒絕他。

每當我到圖書館的自修室做作業、溫習功課時，黃永康都會出現在我的身旁，我們只是點頭、微笑著打一下招呼就各自溫習功課了。等我準備要離開自修室時，他會很快地收拾完書包，尾隨我走出圖書館，走到我身邊小聲地問我："我們一起到操場走走好嗎？"我會點一點頭，和他一起漫步到操場上，我們邊走邊聊，談學習、談校園生活、談各自的家庭……

我毫無保留地介紹了我的家庭背景："我父親在世時，是在科學院做科研工作的，反右鬥爭時他被打成了"右派"，我十五歲時父親就因病去世了。我過了有四年多的單親家庭生活，在大學一年級的寒假，我母親改嫁了。從此我再也沒有回家住過，我一直以學校為家。因為我父親的問題，我一直沒能加入共青團組織，也因為我的家庭有問題，迫使楊衛國離開了我。"

他聽完之後曾一時唏噓，接著，也介紹了他和他家的一些情況：“我家是貧農，解放前很窮，土改時分到了房子和幾畝地，解放後生活才有了改善。我父母一共生了六個孩子，因為家裏生活條件差，夭折了兩個。我大哥是中國青年藝術劇院的演員，我二哥是小學教師，我有一個姐姐嫁給了豐台區機械設備廠的一個技術員了。我最小，小時候因為缺少營養，六歲才會走路，上小學時我休過一年學。我大嫂是清華大學校醫室的護士，我大部分時間都是住在我大哥家的。我的中學是在清華附中上的，高中一年級的時候我就加入了共青團。”

聽了他的介紹，我跟他還是有點兒門不當戶不對，再說我的心裏一直裝著楊衛國，我只好把黃永康當作哥哥一樣談談心。

我和黃永康很快就成為大學四年級畢業班的學生了，他在院學生會的工作也結束了，我們在一起的時間更多了。

在校園裏，每當黃永康和我走在一起時，跟我們較熟悉的同學都會用一種祝福的眼神對我們笑著點頭打招呼，也有人會說一兩句半開玩笑的話：“真是郎才女貌啊！”“黃永康，加油！”就這樣，我和黃永康的緣分一天天地加深了。

在師院上了三年大學後，我們宿舍的八個女同學，除了我和夏爽早已有男朋友外，其他女同學差不多也都有了男朋友。吳淑慧的男朋友是同村從小青梅竹馬一起長大的，現在是解放軍軍事學院的學生。關心時事，愛評論的馬秋菊的男朋友是人民大學政治系的學生。生活節儉，愛清潔的耿秀娟和我們班的生活委員尹京生成了好朋友。鄭明珠在師院華僑學生圈裏跟化學系的一個印尼籍男學生交上了朋友。秦翠萍跟我們系一個年輕的助教老師交往挺密切，有點兒意思。就剩葉彬彬一點兒男朋友的影子都沒露過。

在一個星期六的下午，宿舍裏只有我和葉彬彬了，我忍不住問她：“你怎麼還不走？對了，我還沒聽你說過你的男朋友呢。”

她聽我這一問，愣了一下，想了想說：“本來我早就想告訴你的，可怕你聽了會引起你傷心。現在不怕了，可以告訴你了，我的男朋友是電影學院的，你認識……”

她還沒說完，對面宿舍的湯雅麗來叫她快走，湯雅麗的男朋友家裏有點兒事兒，不能陪她去看電影了，她手裏有兩張電影票，她讓葉彬彬快跟她一起去看電影，再晚一會兒可能連開頭都看不上了。

葉彬彬話沒說完就走了，另一半的話要等到星期一她回校後才能問清楚。她說她的男朋友是電影學院的，說我也認識，這就奇怪了，電影學院我只認識楊衛國，他又被調到上海了。難道他沒有去上海？難道葉彬彬成了他的女朋友？葉彬彬各方面的條件都不錯，她是共青團員，父母都在外交部工作，她的確跟楊衛國挺般配的，可楊衛國明明愛的是我……

我一直想不出葉彬彬的男朋友究竟會是誰，弄得我真是吃不下，睡不著，足足折磨了我兩天。星期一葉彬彬回校了，我才問清楚，原來那次歷史系第一屆文藝會演那天，楊衛國帶來的兩個男學生，其中一個學生的父母跟葉彬彬的父母都在外交部工作，兩家早就認識，現在他是葉彬彬的男朋友。知道答案後，我總算鬆了口氣。

大學四年級第一學期的秋季，學校組織各個系的學生到北京遠郊的農村裏勞動了一個月，與貧下中農三結合 [1]，接受貧下中農的再教育。中文系去的是通縣的農村，歷史系去的是順義縣的農

1　三結合：指同吃、同住、同勞動。

村。黃永康和我整整有一個月沒有見面。

從農村回校的那天下午，我在學生食堂排隊買飯時，突然身後有一個人用筷子敲了兩下我的頭，我生氣地想怒斥他兩句，轉頭一看，是黃永康，他笑著問我：“你們也回來啦，怎麼樣，你還好吧？”

我一看是黃永康，怒氣就全消了，高興地笑著說：“是你啊！我挺好的。”

我們倆同桌吃完了晚飯。第二天是星期天，他約我到離學校不太遠的玉淵潭公園去走走。

第二天下午，我跟著黃永康一起到了玉淵潭公園。他牽著我的手，一起爬上了長有一片小樹林的土丘。我倆靠著一棵樹幹停了下來，他大膽地用雙手捧住了我的臉頰：“你曬黑了。你知道嗎？我這一個月裏天天都在想你。”

我望著他那深情的眼神，我的眼睛開始模糊了，我把多年來積壓在心中的苦水化作了眼淚，忍不住淚水奪眶而出，不停地從眼睛裏流了出來。他緊緊地把我抱在了他的懷裏，輕輕地親吻我，幫我擦乾了淚水。從那一刻起，他已經悄悄地進入了我的心房，在我的心裏佔據了一席之地。

我的心情逐漸平靜了下來，我和黃永康坐在小土丘上聊起了這一個月來在農村勞動的感受。我對他說：“這是我有生以來第一次到農村體驗生活。雖然順義縣是北京的郊區，可那裏的農民生活仍然是比較艱難的，平時吃的是粗糧蔬菜，沒有肉食。我們去了，他們用自己家種的菜、雞蛋換幾件豆製品來招待我們，這已經算是改善生活了。吃的水要到村中心的井裏去打，澆地的水要走一二里地去河裏挑水……我已經學會挑水了，挑兩個大半桶水走一二里地都可以了，就是有時要歇兩歇，有難走的路時，還會搖晃出點兒水來。"

他用右手撫摸著我的右肩問我："你的肩膀痛不痛？"

我告訴他："剛挑水時紅腫過，痛過，現在練出來了，不痛了。"

我問他："你們系去的通縣農村怎麼樣？"

他說："現在北京郊區農村農民的生活都差不多，雖然比解放前好多了，都有自己的房住，有地種，都能吃飽、穿暖，但是生活條件確實比城鎮居民要差多了。如果以後農民都能科學種地、生產機械化了，農村的面貌一定會煥然一新的……"

聽了他的話，我對他說："怎麼今天我感到你在我面前好像變了一個人似的？"

他有點兒不解地問我："我怎麼變了？"

我笑了："以前你給我的感覺是個不太會說話的'土老冒'，今天怎麼說話一套一套的，像一個首長在做報告，講解農村未來發展的藍圖。"

他也笑了："剛才我講的理論多了點兒。好了，我給你講一件可笑的事兒吧。有一天，我們班在麥場上幹活兒休息的時候，我靠著麥場邊工具房的外牆睡著了，突然撲通一聲我倒在了地上，把大家嚇了一跳，把我自己也嚇了一跳。"

"你一定是幹活幹得太累了。"我有點兒心疼他了。

他卻笑著說："你還是不瞭解我，你都沒有我們班裏的女同學瞭解我，她們見我站起來沒有什麼事兒，就起哄地說：'黃永康，你是不是晚上總是在想姜海燕了，睡不好覺，白天來睡大覺？'"聽他講完了，我依偎在他的懷裏幸福地笑了。

10. 畢業分配

光陰荏苒，我們在北京師範學院的四年學習結束了，馬上就要畢業分配了。北京師範學院是專門為北京市培養中學師資的，可是，我們這一屆畢業生有點兒特殊，為了支援祖國邊遠地區的學校，本屆畢業的中文系和其他幾個系都有一部分同學要分配出北京，歷史系沒有這個配額。

在我們上大學的那個年代，所有的大學都是政府有計劃地招收、培養、分配學生的，學生不能自己找工作。

絕大部分同學是不願意離開首都的，我卻恰恰相反。雖然北京也是我最喜歡的城市，但我的家庭政治背景，使我在北京成長的青少年時代留下了難以磨滅的陰影；我在初戀失敗時所受到的悲痛欲絕的刺激，在很多地方都留下了會引起我傷感的足跡，我很想離開這個令我悲傷的地方。

我主動找了黃永康：“我想請你幫我離開北京。”

經過兩年多的相處，黃永康已經成為最瞭解我，最能洞察我的心理活動的人了，不用我多做解釋，他問我：“你想去哪裏？要我怎麼幫你？”

我堅定地說：“去哪裏都行。我們系沒有分配到外地的名額，我想跟你一起去外地教書。”

“我們還沒公佈分配名單，我都不知道我會不會分到外地。”他有些無奈地說。

“我想跟你一起去找你們班的班主任，要求他把我們一起分到外地去。對了，你看看我，我還真忘了問你願不願意去外地了。”我確實有點兒太心急了。

他想了想說："只要能和你在一起，去哪裏我都可以。現在最主要的問題是，兩個系的分配任務不同，恐怕難以如願。"

我和黃永康商量好後，先去中文系找了他們班的班主任，之後又去歷史系找了我們四年級的班主任，要求兩個系的領導把我們一起分到外地的中學去教學。

沒多久，分配方案全部下來了，出乎意料，我們誰也沒有被分到外地，黃永康被分配到了北京市某某中學，我被分配到了北京海淀區立新中學。

從此，我們結束了在北京師範學院四年的大學生活。

第七章

我的教師生涯

1. 立新中學

大學畢業後，我被分配到了北京市海淀區立新中學。

立新中學地處北京市海淀區和西城區的交界處，離甘家口商場很近，學校對面是解放軍的海軍醫院。

立新中學的前身是香山慈幼院，由民國總理、著名教育家熊希齡先生在一九二〇年十月創建於北京香山靜宜園（現今的香山公園），專門收容從災區來的無人認領的孩子。當時社會上許多有識之士，如李大釗、胡適、蔣夢麟等，都曾是香山慈幼院的名譽顧問。北京解放初期，毛澤東和一些中共中央領導人都曾在香山慈幼院居住和辦公。

一九五三年，香山慈幼院遷入北京市海淀區。後改成有幼稚園、小學、中學三連體的一所學校，校門外掛的校牌是北京市立新學校。

走進校門，與校門正對著的是小學部二層樓高的教學樓。

小學教學樓左右兩邊，分別有一座二層樓高的別墅似的建築，左右對稱，一模一樣，與小學教學樓一起構成一幅典雅美觀的畫面。這兩座別墅式建築便是幼稚園的園舍。

校門左右兩邊的圍牆到兩座幼稚園園舍之間，分別有一個籃球場大小的操場，是專供小學生上體育課和幼稚園小朋友活動的場地。

小學教學樓後面，有一個有著四百米環形跑道的長方形大運動場，平時供中學部學生上體育課、做課間操、集會等用。中學部和小學部開運動會時，也用此場地。

大運動場的右邊有兩棟兩層樓高的、外形一樣的長形教學樓和中學部的教師辦公樓。

運動場的左邊有兩棟與右邊兩棟樓對稱的、外形一樣的樓，是教師的宿舍樓。宿舍樓的底層有兩間房用做校醫室，其他房間差不多全住上了小學部和幼稚園的老師與家屬。因為中學部是後有的，所以只佔了教師宿舍裏的幾間房間，作為幾個人合住的單人宿舍。

大運動場北面是大禮堂，禮堂裏有一個大舞台，還有像小電影院裏的座椅，是老校友和部分學生家長捐錢安裝的。

禮堂左後方有一棟兩層樓高的教學樓，是中學部的高中教室。

教學樓前有一小排平房是學校的圖書館和閱覽室，還有兩間單獨的平房是教師食堂。

禮堂右邊有一小排平房和一棟別致的兩層樓房，這是學校的校辦工廠，專做醫療方面的小器件。再往右便是學校的後門了。

在整個北京市，像立新中學這樣大規模的，包括幼稚園、小學和中學三連體的學校是極少有的。我能被分配到該校，說明領導看一個人是重在個人的表現的。我身上的家庭政治包袱一下減輕了不少。

中學部教歷史課和教地理課的教師在同一個辦公室裏，辦公室在大運動場右邊的教師辦公樓一樓，門上有"史地教研組"的字牌。

歷史課教師中，王老師和紹老師兩位男老師是資深的老教師，他倆負責教高中部的歷史課。我和李敏，還有一位年輕的男教師徐老師教初中部的歷史課。高中部歷史課教的是世界史，初中部的歷史課教的是中國史。我比較喜歡教中國史，中國史裏我最喜歡教每個歷史階段的文化章節。

我們史地教研組的老師相處得都很融洽，無論在工作上還是思想上都能暢所欲言，經常交流教學經驗和做學生思想工作的一些經驗。

立新學校的校長是個女的，姓吳。吳校長四十來歲，中等身材，燙了個齊耳鬈髮頭，戴眼鏡，穿著樸素大方，待人和藹，平易近人。

我剛到立新中學報到時，就把我的家庭情況簡單地跟吳校長講了講："……我母親改嫁後我就沒回家住過，一直就是住在大學的學生宿舍裏的。"

吳校長對我講："從你的檔案裏可以看到你在學生階段的表現一直都是很不錯的，你不要總揹著家庭包袱，這樣你就不好向前邁進了。我們學校也有幾個老師家庭出身不好、家裏人有政治問題的，但是他們能正確認識，無論在工作上，還是在要求進步上都表現得不錯，這是領導和同志們都看得到，並加以肯定的⋯⋯"吳校長的一番話真是很暖人心。

因為我的家庭情況，我一申請住校，吳校長便把我安排到教師宿舍有兩個雙層床的一間女單身宿舍房住了。

中學部的女老師除了我，其他人都沒有申請住校。吳校長有時因為工作需要留校住宿，所以她跟我住在了同一個宿舍房裏，我經常可以跟她談思想、談工作。

我剛進立新中學就得到了領導和同事們的關愛，使我好像走進了一個新的、溫暖的大家庭裏一樣，一點兒都不感到孤獨、寂寞了。於是，我便把精力全都集中在了我的教學崗位上了。

2. 結婚

參加工作後，黃永康的學校在東城區，我工作的學校在海淀區，一東一西，我和黃永康只有星期天和節假日才有時間見面。

上學的時候，我們都是窮學生，剛參加工作，每月五十多塊的工資，除了自己的吃穿等費用，各自都要給家裏的父母、兄長一些錢，剩下的就不多了。雖然我們彼此相愛，很想生活在一起，但沒錢也沒房，只好分別住在各自學校的單人宿舍裏。

為了攢錢，剛工作時，我們買了小鬧鐘代替手錶，上課時看著它計算時間。在吃、穿上都以最低的標準要求自己，平時都養成了不吃零食的習慣。

一年多後，我在房管所申請的居民房（政府建的租金便宜的居民房屋）批下來了，就在離立新中學走路只有五六分鐘的一棟較新有暖氣的居民樓裏。

我和黃永康高興地去看了居所，分給我們的是一樓一個兩戶合住的單元房，每戶住一間房間，廚房、廁所是共用的。

黃永康問我：“怎麼樣，滿意嗎？”

我說：“滿意，總算有一個自己的窩了。這間房還不小呢，比我現在住的學校的單人宿舍要大多了。”

他用雙手扶著我的雙肩，用飽含期待的目光望著我說：“我們結婚吧！”

我含著淚點了點頭：“嗯！不過我不想鋪張浪費，我們先去辦結婚證書、買傢具。馬上快放暑假了，暑假裏我們買點兒糖果、點心，上各家轉一圈就算結婚了，行嗎？”

他把我摟在了懷裏：“那怎麼不行，聽你的。”

參加工作這一年多裏，我已經跟黃永康去過兩次他父母、二哥在大興縣黃村的家了，也去過在清華大學教職工宿舍的大哥大嫂家了。他家的人對我都很熱情，他們給我的總的印象是樸實、憨厚。

黃永康也跟我去過我母親那裏，我母親對他的印象也不錯。

我和黃永康從各自工作的學校開了介紹信，去海淀區政府辦了結婚證書。

我們又去了幾處傢具店挑了最便宜又結實的幾件傢具，包括一張木料雙人床，一個衣櫃，一張吃飯、辦公兩用的方桌，四張方木櫈，還有幾件廚房用品。

我們新婚的第一晚，我獨自站在窗前，隔窗仰望天空，天上的月亮、星星早已躲進了雲層。不堪回首的往事又一次在我的記憶裏重現，我情不自禁，淚水撲簌簌地掉了下來。

黃永康輕輕走到我身後，小聲地安慰我說：“別多想了，以前的事都已經過去了，要往前看。我會永遠守著你的，我們的日子一定會好起來的。"

暑假，我和黃永康買了些糖果到雙方的父母、親戚家走了一圈。我們的婚事就這樣簡簡單單，一切照計劃做了。兩家的親人都補送了床上和廚房的用品作為給我們的結婚賀禮。

開學了，我和黃永康分別拿了很多糖果到學校裏送給了教研組的老師、校領導，還有教務處、校醫室、會計部等所有熟悉的同事吃，告訴他們，我和黃永康在暑假結婚了。他們祝福了我們，還送給我們暖水瓶、果盤等禮品。

我和黃永康結婚後的第二年春季，我們的第一個孩子誕生了，是個女孩，長得很像他，淡眉秀目、櫻桃小嘴、鵝蛋臉，白嫩的皮膚像一個洋娃娃。

"永康，你給孩子起個名字吧。"我看著在懷裏熟睡的孩子，輕輕地說道。

"我早就想好了，叫黃童，諧音是'頑童'，如果以後有四個孩子，順次序就取諧音叫'銅、牆、鐵、壁'。"永康有點兒半開玩笑，但似乎又真是想好了似地說。

"你可真想得出，誰跟你生那麼多孩子啊！你要累死我啊。你不是說取諧音嗎？黃童的'童'就改成丹字旁的'彤'吧，是紅色的意思。"我笑著說。

黃永康贊同了我的建議，孩子起名叫黃彤。平時在家我們都叫她"彤彤"。

3. "文化大革命" 時期

正當我跟黃永康剛展開新的生活，迎來新的小生命的時候，一九六六年之後的十年間，中國爆發了一場史無前例的"文化大革命"運動。

幾乎是一覺醒來，在全國的機關、學校、工廠、農村到處都貼有"橫掃一切牛鬼蛇神""揪出走資本主義道路的當權派"的大字報、大標語。

一開始的時候，主要是戴有紅色袖章的紅衛兵造反派們，到處耀武揚威，抓"牛鬼蛇神""走資派"，開大大小小的批判會、鬥爭會。

北京市個別中學組織了紅衛兵的糾察隊，還私設了"勞改所"。被扣上"黑七類""狗崽子"帽子的人，被抓進"勞改所"後，不僅失去了人身自由，而且要經受動用私刑的逼供審訊。

為此，北京市委曾發出重要通告，嚴令："任何廠礦、學校、機關或其他單位，都不允許私設拘留所，私設公堂，私自抓人拷打。這樣做是違反國家法律和黨的紀律的。如果有人在幕前或者幕後指揮這樣做，必須受到國法和黨紀的嚴厲處分……"

在"文化大革命"運動中，我們立新中學在吳校長的堅定領導下，學校的教學和各項活動竟奇跡般地維持了基本正常，沒有受到太大衝擊。只有少數學生參加了海淀區的紅衛兵組織，他們多半在校外活動，極個別的學生有毀壞課桌椅、攪亂課堂紀律的，也有把老師放在講台上的教案偷偷拿走的……，但這些個別學生也都受到了一定的紀律處分。

在運動中，人們唯一思想統一、行動一致的，便是人人手持毛主席語錄，認真地背誦、引用毛主席語錄，學習毛主席著作，佩戴毛主席紀念章，室內高掛毛主席畫像。我們學校每天早上第一節課就必讀毛主席語錄。

"文化大革命"中，很多舊教科書都不許用了，尤其是文史課，但是課還必須上，於是我問黃永康："你們學校的語文、歷史課都怎麼上啊？"

他回答說："跟你們一樣，自己找教材。"

"你上課都找的什麼教材啊？可別出錯！"我真有點兒怕他有事兒。

他坦然地說："怕什麼，我教的都是毛主席著作中的文章、毛主席詩詞，教完讓學生寫作文，寫讀後感。你的歷史課都教什麼啊？"

我告訴他："我給學生講'五四運動'，中國共產黨的成立，紅軍二萬五千里長征，新中國的成立。中間也夾雜幾篇毛主席著作中的文章，還有他的詩詞。"

經過交流授課內容，我們彼此都放心了。

在"文化大革命"中，雖然我們都謹言慎行、謹小慎微地在學校工作，但防不勝防的事情還是發生了。

一天，我終於忍不住問道："永康，我看你這兩天做什麼事都好像心神不定、魂不守舍的，是不是出了什麼事了？"我懷著僥倖的心理很想聽他說一句："沒有什麼事兒。"

但他不好再瞞了，垂頭喪氣地說："我寫的大字報出了點兒問題。"

我焦急地問道："出了什麼問題？"

他有點兒絕望地說："我寫的內容並沒有問題，只是讓紅衛兵小將們不要做使親者痛仇者快的事。但因為學校裏沒有寫大字報的白紙了，大家都是用毛筆在報紙上寫的大字報，我不小心把'仇者'兩個字寫在了一張有中央領導人的照片兒上了。學校裏的紅衛兵把我揪了出來，批鬥我，給我戴上了'現行反革命分子'的帽子。還說要把我掃地出門。"

聽他這麼一說，就像晴天起了霹靂，把我嚇了一大跳，"現行反革命分子"在當時來說可是能要命的重罪！我的頭有點兒蒙了，什麼都做不下去了。

沒多久，孩子還沒滿週歲的時候，黃永康就被學校裏的紅衛兵掃地出門了。不幸中的萬幸是，黃永康只是被押送到北京郊區的大興縣農村老家去勞動改造了，而不是發配到偏遠的地方。

孩子從出生後就一直是日託在我家附近的一個鄰居家裏，每天早送晚接，星期日不送，自己照管。黃永康被送去農村勞動改造後，我不僅在精神上受到巨大打擊，每天還要工作，買菜做飯，接送和照看孩子，我的身體支撐不住了。

有一天上早自習帶領班上的學生學毛主席語錄時，我頭暈得厲害，我讓同學們自己先背誦毛主席語錄，我說我要去辦公室有點兒事兒。一走出教室我就身不由己，東晃西撞，兩手扶東牆碰西牆，好不容易走到了教學樓和辦公樓中間就一下暈倒在地上了，等我醒過來的時候，我已經躺在校醫室的病床上了。

我休了一個星期的病假，母親接到立新中學校領導的電話後，向她的工作單位請了三天假來照顧我。

病好之後，我掙扎著堅持工作、生活，日子一天一天在惶恐不安之中慢慢度過。

在"文革"期間，為了貫徹一九六六年五月七日中央提出的《五七指示》，將黨政機關幹部、科研文教部門的知識分子，下放到農村，接受貧下中農再教育，於是就有了"五七幹校"，"幹校"是"幹部學校"的簡稱。半年後，我被學校抽調到區教育局在北京西山的"五七幹校"去勞動了一年。沒多久，我母親也去了中國科學院在湖南農村的"五七幹校"勞動了一年。

在"五七幹校"裏，我住的女職工宿舍裏有三張雙層床，有兩個人是從區教育局來的，其他四人有兩個是小學老師，我和另一位是中學老師。我睡在雙層床的上舖，我的下舖是從區教育局人事科來的田大姐，她都快到退休的年齡了，是我們六個人的組長。

有一次我上廁所時，意想不到地碰見了我剛進立新中學時的吳校長。吳校長雖然領導有方，但在"文革"初期的一次全校學生大會上，有一個造反派的學生往大禮堂的講台上扔了一個大鞭炮"二踢腳"，正好炸壞了吳校長的左耳朵，雖然那個學生受到了處分，但吳校長的左耳朵已經被炸聾了。後來吳校長被調到海淀區教育局工作，立新中學換了一個姓樊的男校長。

在廁所見到吳校長時，因有其他人出入，不便交談，我只好微笑著跟她打了招呼："吳校長，您好！"她心領神會地對我笑了笑。

我們一組人在田大姐的帶領下，日出下地，日落而歸，向當地的老農學習。

在炎熱的夏季，酷熱的太陽底下，我們在悶熱的玉米地裏施肥、鋤草，每次我都感到有點兒透不過氣來。在冬天上山砍柴回來時，肩揹柴禾下山很艱難，有時兩腿直哆嗦。這些時候，我才真正體會到"誰知盤中餐，粒粒皆辛苦"的深意。

西山"五七幹校"裏有幼稚園，也有託兒所，我不可能把女兒放在別人家一年，於是，我把她帶進了幹校裏的託兒所了。

有一次勞動中間休息，我去幹校託兒所看孩子時，不知託兒所的阿姨幹什麼去了，讓大孩子在院子裏看小孩子。彤彤剛發過高燒，身上的背心、褲子全被汗濕透了，像從水裏剛撈出來似的，我趕忙給她換了衣服，哄了她一會兒，阿姨還沒有回來，但我該回小組幹活去了，不準時報到的話，肯定會被批評，甚至不知道還會有什麼嚴重的後果。所以，我只好把彤彤交給了兩個稍大些的孩子，她見我要走便沒命似地哭喊著要我留下，我心如刀絞地離開了她。

西山"五七幹校"，每個月有三天休假日，幹校會派車送我們所有在"五七幹校"勞動的人到海淀區中心，每人下車後各自回各的家。該返校那天，還會派車送我們回西山"五七幹校"。

自從黃永康被送到農村後，同一單元的另一家獐頭鼠目的男戶主便經常到我家門口、廚房，賊眉鼠眼地窺視動靜，見我去廚房幹活兒，他會馬上也到廚房找點活兒幹，有時會故意裝不小心地碰撞我一下，然後張開他那張蛤蟆嘴笑嘻嘻地假裝向我道歉。我看到他那張嘻皮笑臉的面孔就覺得很噁心，既討厭又有點兒害怕。於是我去房管局申請調房子。正巧有一處舊樓中沒暖氣的一房一廚廁的戶主想換一間有暖氣、房間大一點兒的房子，我們就對換了。這處舊樓離立新中學的後門很近，走十分鐘左右就到了。

說來也真巧，有一次我到樓下搬蜂窩煤煤餅時，看到有一個身材頎長，身型魁梧的男士往我住的樓門走過來，好像在哪兒見過。他見了我也愣住了，我們倆互看了兩眼後幾乎同時叫了出來："朱大為！"，"姜海燕！"

"朱大為，你怎麼到這兒來了？"我又驚又喜地問道。

"我家就住在這個門洞兒的四樓。"他也好奇地想問我："你家……"

不等他說完，我便告訴他：「我就住在你家樓下，剛搬來的。」

他幫我搬完了煤餅，我請他在我家坐了一會兒，敘敘舊。

他有些感慨地告訴我：「小學畢業那會兒，多虧你和李玉蓮幫我複習功課，我考上了北京體校，體校畢業後我考上了體育學院，體院畢業後我被分到中學當了體育老師。」

「我真為你高興，你還能上成大學。我上的大學是北京師範學院，現在我在立新中學教書，我們都是同行了。」我高興地說。

我們聊了一會兒，朱大為便回家把他的太太、三歲大的女兒都帶下樓來看我了。

他的太太是他在體院時的同學，學體操的，也是個高個子，身材一流，長相也比他要漂亮多了，我差點兒沒說出來「真是一朵鮮花插在糞堆上了。」當然，他能娶到這樣一位太太，肯定是因為他心地善良，樂於助人，這一點在小學時已經表現出來了。

第二天，我上樓去朱大為家看望了他的父母，得知他母親腿腳有病，上下樓不方便，房管局已經幫他家把現在的兩房一廳換到朝陽區的一處有三間房的平房，再過兩個星期就可以搬走了。

看到朱大為能有這麼一個和睦完整的家庭，我打心眼裏祝賀他，也羨慕他的家庭。

我在「五七幹校」勞動的同時，黃永康被送到大興縣他的老家黃村後，教師職務被撤除了，工資也沒有了。他有小半年在生產隊幹部的監視下失去了自由。但因為老家黃村的人都有些沾親帶故的，半年後，這些有點兒親戚關係的村幹部竟也沒有再管他了，他也不需要在生產隊裏強制勞動，可以隨便到處走動了。而我卻在「五七幹校」整整勞動了一年。

「十一」國慶日，「五七幹校」放了一個星期的假。在放假的第二天，有人敲響了我家的門，我開門一看，又驚又喜地喊道：
"永康！你怎麼回來了？"我趕緊把他讓進了屋裏。

他一眼就看見了坐在小橙子上，正在玩兒玩具的女兒，問
道："彤彤都長這麼大了。"他想抱彤彤，我讓女兒快叫"爸爸"，
女兒看到他又黑又瘦、風塵僕僕的樣子，一下就嚇哭了。

他告訴我："現在我在黃村沒有人看管我了。我也學會騎自行
車了，我是騎我二哥的舊自行車來的。我去家裏找過你們好幾次
了，聽新搬進去的那家說你搬到這兒來了，我又來這兒找你，總
算今天找到你們了。"

我告訴他："暑假我被調到西山海淀區教育局辦的'五七幹校'
勞動去了，要勞動一年。"

他看著我，很是內疚地說："都是我不好，是我害了你們。"

我想了想，咬了咬牙說道："現在說這有什麼用，都是我的
命不好。永康，孩子都長大了，我不想將來她的命運落到和我一
樣，揹著沉重的家庭政治包袱過日子，我們離婚吧。"

永康一聽，有點兒生氣地說："我不離，我說過，我會永遠守
著你的。"

我反問他："你戴著'反革命分子'的帽子守著我們？"

他有點猶豫地說："遲早會有平反那一天的。"

我生氣地說："誰給你平反？我父親的'右派分子'帽子戴了
八九年了，還沒平反呢。難道你忘了我是怎麼生活過來的嗎？"

他聽完也一時無話可說了。

我們冷靜了一會兒之後，我還是留他吃了中午飯，才讓他回
黃村去，但他說什麼也不肯走，於是我也心軟地把他留下了。

第二天下午，我出去買菜和一些生活用品，等我回家後永康

告訴我："剛才有一個男的來找過你，見你不在，他說他還要去別人家有點兒事兒，等以後有空兒再來看你。"

我一下就猜著了，肯定是"金剛"——朱大為，他說過等忙完搬家，過些日子會來看我的。我問永康："他告訴你他叫什麼名字了嗎？"

"沒有，他只告訴我他姓朱。"永康有些疑惑地說。

"這就對了，他就是我老早以前跟你講過的小學同學朱大為，我給他起過'金剛'和'豬'的外號。有一次，他在下雨天上學的路上見我滑倒在地扭傷了腳，幫過我。說來也巧，我剛搬來的時候他家就住在這兒的樓上，後來因為他母親腿腳上下樓不方便，就搬到平房去住了。他說過等忙完搬家，過些日子會來看我的。"

永康等我講完，說道："噢，是這樣。現在彤彤不怕我了，我想留在家裏幫你照顧她，也好減輕你的負擔。"

我耐著性子跟永康說："減輕我的負擔？怎麼，怎麼跟你講你都想不明白呢？我現在已經去'五七幹校'勞動了。你雖然沒人管可以到處走了，但'反革命分子'的帽子一天還戴著，就難保不會發生什麼事兒，要是有人舉報說你不在農村勞改住到我這兒了，後果肯定不堪設想！難道還要我跟你一樣也被撤銷教師資格嗎？那以後的日子還怎麼過呢？"

永康被我說服了，他跟我和女兒一起度過了"十一"國慶日的假期之後，便依依不捨地回黃村去了。我和女兒也又回到了"五七幹校"。

一個多月後，我病了，吐了幾次，腰酸得快直不起來了，我去醫院看了病，結果是我懷孕了。

我真後悔莫及，不應該留黃永康在家過節。這下可怎麼辦？難道我要大著肚子在"五七幹校"勞動？以後我一人帶兩個孩子？兩個孩子將來都要揹著"反革命分子"的子女的包袱上學、工作……黃永康如果知道我又懷了他的孩子，是絕對不會跟我離婚的。真是千頭萬緒不知如何是好。

經過冥思苦想，我實在想不到辦法，只有找田大姐幫忙了，她現在是我的領導，我也跟她聊過幾次我的生活經歷，她很理解我、同情我。

一天晚上吃完晚飯，我把她約了出來，我求她幫我："請您幫我去一趟大興縣黃村找一下村幹部，告訴他們我要跟黃永康離婚，我懷孕了。"

田大姐吃了一驚："你真的懷孕了？"

我拿出醫生證明給她看："真的。"

她問我："誰的孩子？"

我說："我不會說的，您就告訴他們說不是黃永康的孩子。請您最好不要告訴立新中學的領導。"我把醫生證明交給了田大姐。

幾天後，田大姐去了一趟大興縣黃村，回來後告訴我："我找了黃村的村幹部了，他們把黃永康叫到村委會當面談了談，他不相信你懷了別人的孩子，他表示堅決不離婚。"

我實在是走投無路了，我只好請了假去醫院做了手術，一個還沒有成形的小生命就這樣沒了。

一年以後，我又回到立新中學教課了。不久，我母親也從科學院的"五七幹校"返回了北京。回京後的第二年，母親接到了一個天大的好消息，中國科學院地球物理研究所正式宣佈給我的父親平反了，摘去了"右派分子"的帽子，還給了我母親一筆撫恤金。一時間，艱辛無望的生活又多了一線希望。

彤彤三歲時，我把她送進了立新學校的幼稚園裏，那兒各方面的條件都非常好，而且是整託，所有的孩子都是星期一早上送進去，星期六下午接回家。這對我的工作、身體都有很大的幫助。黃永康為了不給我添麻煩，幾年間也忍著沒再到我那兒。我便帶著彤彤，在風浪之中小心翼翼地珍惜著片刻的寧靜。

光陰似箭，一轉眼，彤彤五歲了。有一天，黃永康突然回來了。他一進門，就兩手扶住了我的雙肩，興奮地叫著："我平反了！海燕，我平反了！"

自從我父親平反摘掉了"右派"帽子後，我早就預料到黃永康也會有平反的一天的。但今天他來報喜的這一刻，我只是很平靜地推開了他的雙手，淡淡地恭賀了他一句："恭喜你了。"

"你怎麼一點兒都不高興呢？還在生我的氣？"黃永康不解地問道。

我知道《馬前潑水》這齣劇，中心思想是"覆水難收"。我對他說："這麼多年都過來了，生氣又有什麼用？你是來報復的吧，可以離婚了。"

黃永康著急地說："海燕，你應該最瞭解我了，我是那樣的人嗎？我也最瞭解你，你想跟我離婚那是萬不得已，不能怪你。我不會跟你離婚的，我會用我的行動來彌補我的過失的。"

我什麼話也說不上來了，我是真的不知道說什麼才好。我們坐著，沉默了好半天，他問我："彤彤呢？"

"讓我媽接走了。"

"我想看看她。"

"明天下午她回來，你明天再來吧。"

「我不走了。」

聽了他這句話，我想起了三年前的「十一」國慶日，他來家了不肯走，住了幾天後，我承受了多大的壓力和痛苦啊！我一個人含辛茹苦地煎熬了五年，多不容易地把女兒帶大了……想到這兒，我情不自禁地流出了熱淚。

他走近我，想安慰我，我站起來跑到廁所裏把門關上後，撕心裂肺地痛哭了一場。

我從廁所裏出來後，發現他沒有走，我也沒再逼他走，既然離不了婚，仍還有夫妻的緣分，只好聽天由命了。

為了解決工作問題，黃永康去了幾次他原來的工作單位，找了校長和語文教員組的組長，他們都很同情他，但是要上報，經教育局審批後才能知道怎麼處理。一時間，就只有乾等。

不久後，在一次北京師範學院畢業生返校日裏，我和黃永康都去了師院，有同學告訴我們，「文革」結束後有幾個大專院校正在招聘教師，黃永康便馬上找了師院相熟的導師。後來，經師院中文系一位老師的介紹，黃永康通過了中央財經金融學院的考試並被錄取了，成為了該學院語文教研組的教師。

這次返校日中，我見到了幾個大學時同班的老同學，大家都有著不同的經歷。其中有一個同學在「文革」中受到過衝擊，被下放到農村勞改過，後來娶了個農村姑娘。「文革」結束後，他回到北京市區的中學裏工作了，他的這位農村老婆在他工作的學校做了炊事員。

老同學中最使我感動的是周俊傑同學，在「文革」中，很多人都無所事事，他卻利用這段時間深學了英語，還翻譯了兩本中國歷史書。「文革」結束後，他還在寫書，後來被師院歷史系聘為教師了。

我被老同學周俊傑能在那動亂的、很多人都無所作為的特殊歲月裏默默努力學習、工作，做出一般人都做不到的成績而感動。我也暗暗下決心，不能浪費時間，要珍惜生命，在有限的生命中多做一些有意義的事情，讓自己活得有意義、有價值，對社會能有所貢獻。

4. 唐山大地震

歲月如梭，彤彤長大了，她在立新學校小學部上二年級了。永康找到了教職工作，暴風雨後漸漸露出曙光。

在一九七六年七月底的一天凌晨，天還沒亮，我起來上廁所時，突然感到房子好像在搖晃。我扶住門框定了定神，我並沒有頭暈，忽地一下腦海裏竟然會想到"地震？"，我脫口而出，喊了起來："地震！地震了！快起床，快點兒！"

永康和我慌忙穿好外衣褲，用一塊大毛巾被裹著彤彤的身體。永康手牽著彤彤，我鎖上房門，三人急速跑下了樓。樓外已經有不少人逃出來站在附近的空地上了，也沒有人知道是哪兒地震了，大家都在不安之中度過了露宿的一晚。

第二天，中央廣播電台宣佈了河北省唐山市大地震的消息。

唐山大地震持續了很多天，波及了整個河北省很多城市和農村，包括北京。

北京在地震時，室內可以感覺到地板在左右前後移動。房屋、電燈、傢具等都在晃動，甚至有很多雜物從高處掉下來摔得粉碎，砸痛砸傷了很多人。

平時住樓房的、住平房的，都不敢在家待了。條件好的用竹杆、塑膠布搭起小帳篷，條件差的拿張蓆子、被褥鋪在地上，撐起兩把雨傘就席地而睡了。地震時間長了，有的還用磚石、薄木板、稻草、稀泥、洋灰、塑膠布、帆布等搭建了小屋子。

我們一家三口人先是去了清華大學，在永康的大哥大嫂家的平房宿舍裏住了幾天。後來又去我母親那兒，科學院給家屬搭了有木板床的大帆布帳篷，我們在那裏住了幾天。我和永康還在我家附近的一小塊空地上用竹杆、木棍、塑膠布、蓆子、磚、泥漿，搭了個可以容納三個人擠在地上睡的小窩棚。但時間長了，用水、吃飯都是問題，在我母親的提議下，最後決定由我和我母親送彤彤到上海我大姨家生活一段時間。

地震期間，正逢暑假，不少人都要去外地投親靠友住些日子，火車票極其難買。

母親託幼稚園一個孩子的家長找到了一個在鐵路上工作的人，她帶我們繞道走到一列停在北京火車站裏、要開往上海的火車，然後跟一位把門的列車員小聲說了幾句，就讓我們上車了。

我們在火車上補了三張硬座票，坐了兩天一夜的火車，總算到了上海。

上海市離河北省的唐山市很遠很遠，唐山的大地震對上海沒有一丁點兒的影響。剛從地震地帶來到上海，這裏就好像是一個世外桃源。

我們住在閘北區我的大姨家，我的兩個大姨夫都病逝了，現在的大姨夫是個船廠工人。我的一個大表姐結婚後就和他們分開住了，現在大姨家有兩個比我小七八歲的表妹。我們住進去後，大姨和大姨夫搬到底層小客廳裏，在一個用木板隔開的小房間裏住了，我和我母親還有彤彤擠在二樓的一張大床上睡，兩個表妹睡在二樓的一個用木梯子才能上去的小閣樓裏。

我們在我大姨家住了十多天後，商量好了我和我母親先回北京，把彤彤留在上海讀書，等北京不地震了再接她回去。

在回北京的前一天下午，我母親和大姨要去我大表姐家，我和彤彤已經去過兩次了，我想帶她去外灘轉轉，於是我們分開去玩了。

大姨家到外灘不用坐車，走二十分鐘左右就到了。

我和彤彤漫步在黃浦江畔，迎著江面吹過來的涼爽微風，觀賞著江岸美麗的風景。

黃浦江面波光瀲灩，江上有很多南來北往的船隻在這鴻均之世中悠游著。江岸有不少宏偉壯麗的高樓大廈，和悠遠流長的黃浦江組成了一幅美麗的城市圖畫。

江邊欄杆兒處有一個人守著一架有長腳三角架的舊式照相機，那是專門給遊客照相用的。我走過去問了問，照了相可以幫遊客寄到任何一個地方。於是我付了錢，寫了北京的地址，在黃浦江邊和彤彤合影了一張照片兒。

我們又往前走了一段，前面有一個男的正半蹲著給一個手扶欄杆的小男孩照相。一剎那，我的腦海裏浮現出了楊衛國半蹲著給我照相的場景。

他們照完相，那個男的把相機放進了挎在右肩上的黑書包裏，手牽著小男孩朝我們這個方向走來了。他往前方看了看站住了，我看了看他也停下了腳步，這不是做夢吧？

"楊衛國？"

"姜海燕？"

誰也沒有聽到誰心裏的聲音，大家又都在加快腳步。當我們走到彼此面對面的時候，卻生疏地握了握手，他先開口說道："真沒想到能在這兒見到你。"

　　我深呼吸了一下，說："這可能是上天特意安排的吧。"

　　他笑了笑，摸著身邊小男孩的頭說："這是我的孩子，叫楊思海。思海，快叫阿姨。"

　　小男孩有禮貌地看著我說："阿姨好！"

　　我也介紹說："這是我的女兒，叫黃彤。彤彤，叫叔叔。"

　　彤彤有點兒害羞地叫了聲："叔叔。"

　　楊衛國從書包裏掏出了一支可以吹彩色肥皂泡泡的玩具槍給他的兒子，還給了他兩張小鈔票，說："思海，你帶著妹妹去那邊賣棒冰（上海話的"冰棍兒"）的伯伯那裏買兩根棒冰吃，再在附近玩兒玩兒，不許過馬路。我跟阿姨有點兒話要說。"

　　兩個孩子高興地走開了。我和楊衛國兩人深情地互望著，誰都有一肚子的話想說，可誰都沒有開口，此時，那無聲的眼神代替了有聲的語言。

　　我的眼睛濕潤了。我知道，這是月老拴錯了紅繩後為了彌補過失，給了我們這次相遇的機會。時間有限，必須抓緊，我告訴楊衛國："我的父親平反了，'右派'的帽子被摘掉了。"

　　他聽了之後，摟緊了我的腰說："太好了！可惜太晚了。我給孩子起了名叫楊思海，一叫思海我就會想起海燕你。"

　　"我知道，你心裏一直會有我的，我也永遠會記著你。"我知道"思海"的名字不只是一種感情的記憶，這也是對那不合理的權威勢力的一種抗訴。

　　兩個孩子玩了一會兒就向我們這邊走過來了，我們該告別了。我對楊衛國說："快要開學了，聽說北京的地震小了，我已經買好明天回北京的火車票了。"

他放開了我的腰，握住了我的手："我已經調到上海市市政府工作了，以後你有機會再來上海時，一定要來找我啊！"

我沒有點頭，我是不會去找他的，我不想干擾他，我只希望我們各自都能平平安安地生活下去。

兩天後我回到了北京。這次去上海，真的好像做了一場夢，一場永遠也忘不了的夢。

開學了，有一個女學生問我："姜老師，您說這世界上到底有沒有鬼魂？"

我是學歷史的，從不信神信鬼的，就告訴她："沒有。"

那個女學生哀傷地說："唐山大地震那天晚上，我媽半夜裏有兩次聽到敲門聲，我媽以為是我爸出差回來了，開了兩次門都沒見到人影。過了幾天，我爸的工作單位來人告訴我媽，唐山大地震時我爸遇難了。"

我安慰了她幾句，我好像什麼時候也聽人說過人之間有一種奇妙的心靈感應，我不是學醫的，所以我也解釋不清楚。但人的命運卻可能是一早安排好的。

我聽母親說，地震前科學院有三個出差的同志臨行前商量說："要是先去廣州再去唐山，那帶回來的水果保不住可能會爛掉。"於是他們便決定先去唐山再去廣州，他們去唐山後正好趕上唐山大地震，這三個人都遇難了。

唐山市大地震的震級是 7.8 級，整個城市都震毀了，房屋東倒西歪，大廈底層有的陷進地裏，到處都是殘垣斷壁，道路、地面都震裂、震塌了。

地震後，地震紀念公園紀念碑上的死亡人數是二十四萬人，加上附近災區的死亡人數，共有約六十五萬人，還有不少下落不明的。

我父親在世時是科學院地球物理研究所專門研究地磁地震的，如果他活著，能再多培養一些這方面的科研人員該多好，起碼多些希望能減少一些地震給人們帶來的災難。

5. 教學進入正軌

唐山大地震對北京的遠郊區有一些影響，有房屋倒塌，傷人、死人的，在市區卻沒有造成什麼大的損失。

過了暑假，各學校都照常開學了。各機關，各行各業也都正常上班了。

"文革"後，學校的教學逐漸進入正軌，各學科都有了新的教科書。文科的政治、語文、歷史課都加強了階級鬥爭、政治思想的教學內容。

政治、歷史兩本課本的前幾課內容幾乎完全一樣：人類從捕魚打獵、刀耕火種、物資均衡、沒有等級的原始社會，進化到財富不均、有了等級的奴隸社會，再進入有了階級、階級鬥爭的封建社會。

有一次，政治教研組的一個女老師拿著一個班的政治課作業本，來我們史地教研組和徐老師聊天，聊完天她忘了把學生的作業本拿走了，等過了半天再來拿時，發現作業本上的作業全都已經讓徐老師改完了，便說："謝謝您，小徐老師，您可幫我改作業本了。"

徐老師吃了一驚："我改你們政治課的作業了？我還以為是我教的歷史課的作業本呢。"

歷史課教材加強了階級鬥爭的內容。每個朝代的統治者一開始掌握政權，都會採取一些緩和階級矛盾的措施，例如丈量土地、減輕租稅、開河通渠，疏通水陸交通，鼓勵經商貿易等，社會出現短時期的繁榮昌盛景象。但很快，統治者們過起奢侈豪華的生活，橫徵暴斂，令百姓生活在水深火熱之中。朝廷裏出現外戚、宦官之爭，朋黨之爭，爭權奪利，兵戈相殘，人民又生活在兵荒馬亂之中。官逼民反，種種階級矛盾，促使了中國歷史上頻繁地改朝換代。

歷史教材變成了綱領性的階級鬥爭史，既枯燥又乏味。

整個歷史課教材中，我最愛教的是每一階段的文化史。我會找一些歷史小故事、小說裏的部分章節、詩歌等來豐富教學的內容，提高一些學生對歷史課學習的興趣。

有一次我教完北魏的文化時，有一個班的學生要求我把唱給他們聽的《木蘭辭》寫給他們，我就在黑板上抄寫了前一段："唧唧復唧唧，木蘭當戶織，不聞機杼聲，唯聞女歎息，問女何所思，問女何所憶……"因為這首辭很長，我教完前面的幾句唱調後，其他下面的辭句可以用同樣的韻律來唱，後面的辭句我交給了這個班的歷史課代表，讓她安排時間寫給同學們。

這個班的班主任是一個教數學的年輕女教師，她看到了黑板上的"問女何所思，問女何所憶"，就跑到校長那兒告狀了："……我們班已經夠亂的了，有幾個學生小小的年紀就談戀愛，不好好學習。這歷史課都教的是什麼啊？什麼何所思，何所憶的，這不是添亂嗎？"

校長是一個當過兵的復員軍人，四十多歲，容貌端莊，風度威嚴，處事公正，他找我談話了："姜老師，有老師反映你在歷史課上不知道給學生寫了一些什麼'問女何所思，問女何所憶'之類的課外內容，這是怎麼回事兒？"

剛一問我時，我有點兒蒙了，定下神來想了一下，我說："噢，我講魏晉南北朝的文化時，介紹了北魏的《木蘭辭》，講的是花木蘭代父從軍的故事。怎麼，有問題嗎？"

校長一聽是有關軍伍的故事，便笑著說："哦，原來是這麼回事兒。花木蘭從軍的故事我知道，挺感人的。你的教材選得好，應該講。"

校長找我談完話後，我回去抄寫了一份《木蘭辭》送給了校長，還給他唱了兩句。

校長、教導主任等領導也都聽過我教的歷史課。

一次，"五四"青年節前，學校要我們歷史教研組給全校師生講一次"五四運動"的歷史。我們歷史教員組的組長把這個任務交給了我。

"五四"青年節那天，我在學校的大禮堂裏向一千多名全校師生開講了："老師們、同學們，為了使今天慶祝'五四'青年節的活動搞得更有意義，校領導讓我給大家講一講'五四'愛國運動的歷史。因為這段歷史在初中的中國近代史中都已經學過了，所以我先提兩個問題，看看有沒有同學能夠回想起來。第一個問題是，'五四運動'發生在哪一年？"

我剛問了不到三秒鐘，台下就有幾個同學異口同聲地回答："1919 年。"

我高興地說："很好，答對了，'五四運動'發生在 1919 年。

'五四運動'的導火線是哪次會議呢？"我做了一個手勢，提醒同學們要舉手回答問題。

台下稍靜了一會兒，有四五個同學舉手了，我指了其中的一個同學回答，他答對了。我接著講："'五四運動'的導火線是巴黎和會上中國外交的失敗。1918 年 11 月 11 日，第一次世界大戰結束。1919 年 1 月，二十七個戰勝國在法國召開了所謂的和平會議——巴黎和會。這次大會實際上是英、法、美、日等帝國主義的一次分贓會議。

"中國參加過第一次世界大戰，這次以戰勝國的身份派代表出席了巴黎和會。在中國人民的壓力下，中國代表向和會提出要求，包括：（1）取消帝國主義在中國的特權，也就是從 1840 至 1919 年期間，因為滿清和北洋政府的腐敗落後，中國被帝國主義列強多次入侵，戰敗後所簽訂過的一系列不平等條約。（2）取消日本帝國主義和袁世凱政府簽訂的喪權辱國的"二十一條"。也就是 1915 年 1 月，日本提出的"二十一條"要求，作為支持袁世凱復辟帝制的交換條件。其內容包括：中國政府聘用日本人為政治、財政、軍事顧問，中國警政和兵工廠由中日合辦等條件。（3）歸還大戰期間德國在山東侵佔的各種權益。

"但是，英、法、美等國操縱會議，拒絕了中國的正義要求。

"1919 年 5 月 1 日清晨，巴黎和會中國外交失敗的消息傳到了北京，激起了民憤。5 月 3 日晚，北大學生在法科禮堂開會，很多大專院校也都派了代表參加。在會上，北大法科學生謝紹敏當場撕下白衣襟，咬破手指用血書寫了'還我青島'四個大字，懸掛在台上。會場上的人對巴黎和會的決定個個胸中無比憤慨，經過熱烈的討論，決定於 5 月 4 日聯合各校學生在天安門舉行愛國遊行大示威。並且通電全國各省將於 5 月 7 日舉行愛國遊行；通電各界一起抗爭；通電巴黎和會代表，不得在和約上簽字。

"5 月 4 日，以北大學生為首的三千多學生，在天安門前集會，舉行示威遊行。他們高舉用中、英、日文書寫的標語口號，高呼：'拒絕在巴黎和約上簽字！''還我青島！''取消二十一條！''外爭主權，內除國賊！'等口號，抗議北洋政府的賣國行徑。示威遊行的隊伍走向東交民巷的使館區時，遭到了帝國主義巡捕和反動軍警的阻攔。於是遊行隊伍又轉向東城賣國賊曹汝霖的住宅。在曹宅，因曹汝霖沒在家，同學們怒打了另一個碰巧到訪曹家的賣國賊章宗祥，並放火燒了曹宅。……

"北京學生的正義鬥爭獲得了全國各界人民的廣泛同情和聲援。'五四運動'是一次徹底的反對帝國主義和封建主義的、偉大的群眾愛國運動。

"'五四運動'的歷史就講到這兒。"最後我總結了一句："我們年輕人，都有一顆火熱的心，希望聽了這段歷史後，能更好地激勵大家好好學習，將來為建設繁榮富強的祖國貢獻出一份力量。"

在"文化大革命"這些年中，很多青少年就只知道造反，不知道應該在學校好好學習科學文化知識，將來要成為一個有用的人。他們的人生觀、世界觀，以及對祖國的感情都存在著問題。這一點歷史課上也有所表現，例如，我向學生們講述 1894 年 9 月 17 日的中日甲午海戰黃海戰役，海軍致遠號巡洋艦管帶[1]鄧世昌指揮致遠艦衝向敵方吉野艦的途中，致遠艦不幸被敵艦發射的魚雷

---

1 管帶：艦長。

擊中，在致遠艦下沉時，鄧世昌拒絕僕人劉忠給他的救生艇，他的愛犬用嘴叼住他的胳膊救他時，鄧世昌把牠推開，最後與戰士們一起，懷著對敵人的無比仇恨沉入大海。當我講到這裏時，初二六班有幾個男同學覺得他太傻了。他們馬上議論開了："真傻，留得青山在，不怕沒柴燒嘛！""東山再起嘛！"

我真沒想到在學生裏會有這些思想，還竟敢在課堂裏大聲嚷嚷。

我想了一下，在黑板上寫了一句："為國捐軀，視死如歸"。我對同學們講："自古以來，為愛國、護國而犧牲的人，數之不盡。自古以來，犧牲在戰場上，一直是愛國軍人引以為豪的志向。特別是那些明知死在前面，仍然勇往直前的人，更令人崇敬……"

我找到這個班的班主任，反映了這件事，希望她可以利用一個班會的時間好好做做思想工作，組織同學討論、辯論人生觀等問題。

在我的教師工作中，因為我的課很多，很少有班主任的工作給我做，但是在教課過程中，學生跟我的關係還是很不錯的。

元旦前的一天早上，我進辦公室時，發現我的辦公桌上有一支白色的漂亮的圓珠筆，筆下壓著一張紅紙，紙上寫著："老師，祝您節日快樂。"旁邊還有一張畫。

這是學生給我的禮物，可是沒有留下姓名。我問了第一個進辦公室的老師，他告訴我是三個男同學一起來的，他認出其中一個是甘家口門診所吳大夫的孩子，他們還互相說："你也是課代表，你也應該送老師禮物。"別的線索就沒有了。

送給老師畫的事兒倒有過，可沒有送筆的。我想我應該找到這個送筆的同學，並且回送他一份禮物。我買好了一本封面有個小孩兒放鞭炮的小日記本兒。

我到好幾個班問了哪個同學的家長在甘家口門診所工作，有的同學還以為我要找醫生看病呢。

在這過程中我也想過，這支筆別是學生落在我的辦公桌上的，不管怎麼也得找到主人問清楚。

最後我終於找到了吳大夫的兒子和送我禮物的初三二班歷史課代表。我問他："你把筆落在我的辦公桌上了吧？"

他說："不是。老師，這筆是我送給您的。"我不好拒絕孩子的心意，拿出了我準備好的日記本給了他，還了禮，並鼓勵他要好好學習。他高興得直點頭。

作為教師，我真誠地希望我教過的每一個學生，都能學到豐富的文化知識，將來成為一個有用的、對社會有貢獻的人。

6. 我家的兩個學生

唐山地震一年後，我大姨託一個鄰居的親戚把彤彤從上海帶回了北京。彤彤八歲的時候，我和永康又生了一個男孩子，起名叫黃強。在家，我們都叫他"小強"。

我和永康都是學校教師，回家則是兩個孩子的啟蒙老師，之後又是他們的家庭教師。

上海和北京兩地的課程不太一樣，尤其是外語，在上海學的是俄語，在北京學的是英語。彤彤從上海回到北京後，我們給她請了一位英語老師補習英語，而我和永康又幫她補習算術和語文。

彤彤的性格有點兒像男孩子，貪玩、好動，上課常做小動作，和兩旁的同學說話。老師把她調到最後一個座位，她竟然悶得扭著坐椅玩兒，結果人和椅子都摔倒在地上，影響了上課。有一次，彤彤上課沒好好聽講，寫錯了語文作業，老師罰她重抄三遍，我和永康陪著她做作業做到晚上十一點了才睡成覺。

她也沒什麼大志，我們對她進行教育的時候，她還說："幹嗎非要考大學？掃大街不也一樣為人民服務。"

在玩上她卻很精，她用她爸爸的舊自行車自己玩著玩著就學會了騎自行車了。家裏有一架我買的二手風琴，她自己摸索著又學會了彈唱一些學過的歌曲。

她在立新學校的小學部上學，我跟小學部教她的老師都很熟。有一次在聊天的時候，教她音樂的老師告訴我："黃彤的音樂課上得不錯。很多學生都不愛學五線譜，但她卻學得很好。有一次我對班上的學生說：'我這裏有一首好聽的新歌，要是有同學能把這首歌的譜子唱下來，我就教你們。'黃彤便舉手把《我是值日生》這首歌的五線譜唱了出來，於是我就教了他們班這首歌。"

發現彤彤喜歡音樂後，我和永康都開始注意培養她往這方面發展。

有一天我在學校的圖書館裏看到，《北京晚報》上有一個西城區少年之家的招生廣告，雖然已經過了報名的日子，但我還是帶著彤彤去西城區少年之家找到了負責樂器組的姚老師，他說招生的名額已經滿了。我把彤彤的情況大概介紹了一下，懇求老師說："……您考考她試試，如果您覺得她可以培養，就收下她。如果考得不行，那就算了。"

我終於把姚老師說動了，他看了看彤彤的手，讓她登記了。

幾天後的一個星期天，我陪彤彤去西城區少年之家考試了。姚老師讓她唱了一首歌，試唱了四年級音樂書上的一段樂譜。接著，他又唱了一段譜，變了一次調，起頭後讓彤彤自己試著唱完這段譜。最後，姚老師做了三次有節奏的拍手動作，讓彤彤照著做了三次。

考完試，姚老師滿意地笑了。他邊在登記的名單上打著勾，邊對彤彤說："我收了你，你得好好學，假如你學得費勁，我教得也費勁，那就算了。"

我感謝了姚老師，對他講："……要想學好，必須有任務、有壓力，有小夥伴兒比著學，一個人在家是學不出來的。"姚老師很贊同我的說法。臨走時，給了彤彤一張活動證。

黃彤在西城區少年之家學了幾個月彈琵琶後，又考上了北京市少年宮的民樂隊。

於是，我又給黃彤找了一個音樂學院的教授教她彈琵琶。

吳教授中等身材，一表人才，眉宇間開闊，性格直爽，是個教學非常認真的教師。他雖已被評為教授，但仍很謙虛，在他的辦公室牆上掛有"天外有天"的橫幅字畫。

黃彤在吳教授那裏學了一段時間琵琶後，吳教授有幾次當著我的面，既風趣、又透徹地評論彤彤說："黃彤缺乏激情，缺乏瘋勁兒，幹文藝工作這行，就得有股子人來瘋勁。當著人多時不敢彈，彈不好，一個人在屋子裏彈得挺來勁兒，那有什麼用。當演員，平時需要謙虛，要知道天外有天。上舞台就不行，上台就得只有我行。當著領導、藝術家、觀眾，哆嗦了、害怕了，那還怎麼彈。黃彤對自己沒要求，不能光對得起我就行了，要聽聽自己彈得怎樣。這樣不及格，這樣能得 3 分；不行，這樣能得 4 分；

還不行，再彈，一定要爭取滿分才行。"

吳教授還親筆寫了"天道酬勤"的橫幅送給了黃彤，我把它掛在了我家的客廳裏，這對我們每個人都是有教育意義的。

為了培養黃彤的表演技能，我和黃永康帶她去中國青年藝術劇院看了黃彤的大伯黃斌主演的《文成公主》《沙恭達羅》等劇，還看了東方歌舞團、中國歌劇舞劇院等演出的一些文藝節目。

黃永康還教黃彤："你在台上演出時不要緊張，就當台下坐的不是觀眾，是一片兒蘿蔔、白菜。"

黃彤在音樂上的興趣、愛好得到培養、施展後，在學校文化課的學習成績上也逐漸有了提高。

有一次，彤彤回家說，期中考試語文作文題是《記一件事》，她寫了去老家黃村掃豬圈的事兒，這是她瞎編的。她爸爸聽了說："這下壞了，得不著分了，豬圈是沒法兒掃的。"

可巧教她語文的老師不懂行，這次語文試卷中，作文共佔四十分，黃彤作文得了三十五分。

黃彤小學升中學的考試成績都在八十五分以上，結果，她順利地考上了立新學校的中學部。

開學了，我去初中一年級一班上歷史課，我在講台上問："你們班的歷史課課代表是誰？"沒有人出聲。我又說了句："請歷史課代表站起來。"

坐在中間排座位上，一個梳著學生頭，長得很像黃永康的女孩子——黃彤站了起來。

黃彤在上初二時，在中學部的全校文藝會演上，她的琵琶獨奏得了這次會演的一等獎，學校獎給了初中二年級一班五塊錢作為班費，發給她個人一張獎狀。

黃彤初中畢業後，考上了中央音樂學院附中。

我家還有一個小學生是黃強，是黃彤的弟弟，在家我們都叫他小強，他比黃彤小八歲。生黃強的時候，我已經三十三歲了，在醫院裏，我吸著氧氣，費勁地把他生了下來。他全身慘白，不會哭，護士把我吸著的氧氣管抽出來給了他吸氧氣。護士還責怪我說：“全是你，瞧，多好的孩子啊！還是個男孩兒。”

我吃力地略抬頭瞧了他一眼，只看見兩條白嫩的小腿，醫生、護士們正在忙碌地搶救他。我後悔自己為什麼當時沒再使點兒勁兒，把孩子悶了三個多小時，他可真難生啊！他們好像是在給孩子打針，我又累又難過地閉上了雙目。啊！終於聽到他的哭聲了，多好聽的哭聲啊！一個小生命被救活了。

嬰兒時的小強就會聽音樂，我和黃永康常把半導體收音機放在他的身邊，他聽著音樂，身子往樂聲處蠕動著，聽高興了還會手舞足蹈。

他開始像鸚鵡一樣地學舌了，永康中年得子，高興得總是抱著他叫兒子，小強學會的第一句話便是“兒子”。永康想扳過他：“你是我兒子，快叫‘爸’，叫我爸！”於是，小強學會的第二句話便是“叫爸”“叫我爸”。如此學舌，把全家人都逗笑了。

小強兩歲時，因我家住的舊樓要拆遷重建，房管局就分給我們西城區西直門附近，一處新建的居民樓四樓的一個大單元房，有三房一廳、一廚一廁，還有一個陽台。於是，我家就搬到了西城區的新居所。

小強三歲時進了立新學校的幼稚園，是全託的。星期一早上送去，星期六下午接回家。第一天送去時，他哭喊著不要去幼稚園，第二天不但不哭了，還吃了很多飯。

小強經常會問一些你想不到的問題，他問過我："為什麼有白天黑夜？是不是天上也有電燈，電燈亮了是白天，燈黑了是黑夜？"我告訴他："有白天和黑夜，是因為有太陽、月亮和地球的運轉……"

有一次他問他爸爸："爸，我長得像你，怎麼不是你生的？怎麼是媽媽生的？你說啊！我怎麼不是你生的？"

這下可把他爸爸難住了，想了想才回答他："你還小，跟你講不明白，你長得像我，因為我是你爸爸。"

他還喜歡畫畫，每畫一張畫，能講一個小故事，例如：一個小孩站在一大堆石子上，用石子把雪人手裏的小旗砸了。有一個人跳降落傘，在半空中坐在了另一個跳傘人的肩上了，這個坐在人家肩上的跳傘員是"爸爸"。

有一次我去幼稚園給黃強送演出用的毛衣時，有位何老師對我說："黃強這孩子真不錯，全面發展，唱、跳、講故事、畫畫、下棋，沒有一樣不行的。他在班裏威信還挺高，小朋友都願意挨著他坐。講故事時，大家都會推舉他講。"

我說："有時候他也挺淘氣的。下棋輸了還會發脾氣。"

何老師說："他在幼稚園裏各方面都表現得不錯。"

孩子有出息，當媽的自然心裏美滋滋的。

黃強上的小學是在我家附近的西城區進步巷小學。

我還記得帶他去小學報名、考試的情景。在一間教師辦公室裏，有兩個女老師給他出了考題，先是讓他唱一首歌，他蠻有表情、帶有幾個小手勢唱了："我在馬路邊，撿到一分錢，把它交給警察叔叔手裏邊……"老師又讓他講一個故事，他問老師："講幾分鐘？"老師讓他講兩分鐘。他想了想，講了一個"老鼠偷油"

的小故事，正好兩分鐘。

黃強考完試，兩位老師都誇他考試表現得很好，有禮貌、穩重，是一個可以培養當幹部的好苗苗。

黃強在小學每次考試的成績都是班裏的前一、二名，每學期都被評為"三好生"。我和永康從來沒有為他的學習操過心。

小強長大想當科學家，發明什麼都能幹的機器人，沒有人操作的自動化工廠，在外面能買裏面東西的無人售貨處，還有尖端武器什麼的。他脾氣還挺犟，對自己的想法抱著一種很強的執著感。

有一次，姐姐跟他開玩笑說："你做一場夢就什麼都發明了。"

他生氣地哭著說："你笑我，那我就什麼都不發明了。"

他畢竟還是個孩子，需要得到誇獎和鼓勵，事後我和永康都用安慰他的話鼓勵了他。

黃強在上小學二年級時，有一天中午在吃午飯，他告訴我們："音樂老師說要上咱們家來。"

我問他："幹嗎上咱們家來？"

他說："我告訴老師我會在風琴上彈一首歌了。"

我說："你只會右手彈，左手的指法還彈不好，怎麼告訴老師會彈了呢？"

他爸爸說："這牛已經吹出去了，可怎麼好？快好好練。"

黃彤正好也在家，大家都笑得合不上嘴了。小強被大家笑得愣了一會兒，不吃飯了，突然起身走了。我們都以為他要去造鹽（哭）了，他爸爸趕緊說："別笑了，都別笑了。"

誰知小強還挺要強，他是去練琴去了，邊彈琴還邊唱了起來。黃彤說了句："我弟弟還真行。"

孩子的年齡可貴，如果父母不幫助他打好基礎，有多大的天才也可能會流逝的。

小強在幼稚園就喜歡畫畫，我給他報了個畫畫班，每星期學兩次。現在又發現他喜歡音樂，在黃彤的建議下，我們給他買了一個揚琴和琴架，找了音樂學院有教學經驗的一位老師教他練打揚琴。

黃強是他們班裏第一批被批准加入少先隊的學生，他當過班裏少先隊的中隊長，後來又成為全校少先隊的大隊長。我和永康在我家的一扇窗口望遠處看到過黃強在學校的操場上升國旗、喊隊，在台上主持集會。我和永康看在眼裏，喜在心頭，為我家有這麼一個好孩子、好學生而自豪。

黃彤在音樂學院附中表現得也不錯，她被批准加入了共青團，胸前佩戴了團徽。

加入共青團，這是我在學生時代夢寐以求的夙願，終於被我的女兒彤彤實現了。

我真羨慕當今的年輕人，生活、學習、政治、工作的大門敞開著，條條道路暢通無阻，他們生活得是那樣的幸福。

孩子、學生，思想上、學習上的進步，也激勵了我向前邁進。

7. 申請支邊教學

一九八三年下半年，北京市教育局下達了支援邊遠地區教學的任務。有西藏、新疆、西雙版納幾個地區。北京市海淀區的任務是去雲南省少數民族較集中的西雙版納的幾個中學。

這些年我有很多時間都陷進了帶孩子、忙家務中了，很想能休整一下，靜下來多花點兒時間提高一下自己的業務水準。

我在電視裏看到過，雲南西雙版納地處亞熱帶，是一個地理位置獨特，動植物種類繁多，風景優美，令人響往的地方。

我在學校裏聽完校長的動員報告後，馬上給黃永康打了一個電話，告訴他我想報名去西雙版納支邊教學。他當時正在他們學校的教研組開會，接著我的電話沒多加思考就說：「誰要你這個教歷史課的啊，報就報唄。」

我高高興興地報了名。一九八四年一月中，支邊教師的名單下來了，有我一個。

黃永康聽到我被批准去支邊的消息後傻眼了，說：「你不能走，你要走了兩個孩子怎麼辦？」

我生氣了：「你不是同意我報名的嗎？怎麼又變卦啦？這麼嚴肅的事兒，你當是開玩笑。」

他無奈地說：「我當你百分之百批不准呢。唉，要去兩年，真難以想象。」

我既堅定又充滿信心地跟他說：「我告訴你吧，有二百多人報名才挑了九個人，人家還就要地理、歷史、外語這些課的，都是挑四五十歲的。你別怕，我都給你準備好了再走。」

他苦笑著說：「你還能準備兩年的？」

之後的一個星期天，黃永康的同事來我家，聽說我要去西雙版納支邊教學，去兩年。他對永康說：「這下你可交待了，還搞什麼教研。」

沒幾天，永康有個老同學帶著他在工廠工作的愛人來我家串門兒，聽說我要去西雙版納支邊兩年，她說：「我說凡是申請的都應該發展入黨，叫我，給我多少錢我也不去，我還有兩個孩子呢。"

這兩個不速之客來得可真是時候，黃永康聽了他們的話，坐不住了，嚷嚷著說："明天我就去找海淀區教育局的領導。"

我繃著臉跟這兩個不速之客說："請你們不要來添亂了，好不？"然後把他們都趕走了。

我又勸黃永康說："你考慮到你要去教育局說的後果了嗎？本來高高興興地去支邊多好……你就算去教育局說，我也是要去的，可落個多不好的影響。這次要是不去了，將來我怎麼在立新中學待下去？"

經過小半天的談判，最後他還是同意讓我去支邊了，交換條件是春節我必須去黃村小孩奶奶家一次。

春節前黃永康帶著黃彤去了一次黃村，回來時剛進家門我就問："你們家人怎麼說的？"

他簡單地回了句："你去吧。"

黃彤告訴我："除了奶奶說兩個孩子怎麼辦，其他人都說應該去。姑姑還說把毛褲拿去讓她織，說有事她來咱家。"

我聽了永康的親戚這麼支持我，真高興，心想總算可以順利地去成西雙版納了。

春節我們全家去了黃村，看望了永康的母親和二哥二嫂，還去了孩子的姑姑家、住在清華大學的大哥大嫂家。

我寫了一份"十注意"，正在抄寫時，永康說："別瞎耽誤時間了，沒時間看。"

我笑了："我早就想好了，不佔你們別的時間，我把它貼在廁所裏，你們在上廁所的時候就可以看。"

我寫的"十注意"是：

1. 天天早起做做操，早睡早起身體好；

2. 上班上學門鎖好，安居樂業好做到；

3. 衣服床單勤換洗，預防疾病最重要；

4. 柴米油鹽要備齊，水果蔬菜不能少；

5. 換季衣服準備好，不冷不熱防感冒；

6. 有病快找醫生瞧，按時吃藥病能好；

7. 孩子功課要查看，在校表現很重要；

8. 街坊鄰里相處好，互相幫助要做到；

9. 說話做事多動腦，言行謹慎錯不了；

10. 小事不要找領導，大事寫信把我找。

一九八四年二月十六日，我去海淀區教育局簽了去西雙版納支邊教學的合約，我終於盼到了這一天，永康可又蔫了。

簽了合約後，史地教研組的兩位組長王老師和常老師都來我家看望了我。

校長、書記也來我家了，他們徵求黃永康的意見時，他說："……要是沒有兩個孩子，我是全力支持她的。"

永康工作的中央財經金融學院語文教研組的組長、一表人才的文老師也來我家了。

文老師對我說："我不表態，我要表態你該罵我了。"

我告訴文老師："年初賀老師來過了。他問我：'你走後，你們學校會不會像軍屬的待遇那樣來關心這個家？'他還用他老婆病逝後，為了孩子，很快又找了一個老婆的例子來說明孩子沒有媽不行。我因為跟他還不熟，當時我沒說什麼，要不我真想說：'黃永康決不會像你那樣沒出息'。"

我對文老師還投訴了黃永康："黃永康在'文革'的時候，回老家農村待了幾年，學會抽煙了，講話時還經常會帶一些髒字，希望您能好好幫他改改惡習。"

誰知文老師卻說："農村的人都會抽煙，農村人罵人就跟點標點符號一樣。"

文老師走後，我對黃永康說："我走後我要是想你，我就會想想你總不聽勸，抽煙、說話帶髒字、不講衛生，我就會不想你了。你要是想我了，你就想想我經常嘮叨個沒完，有時攏不住火會發脾氣，你也就會不想我了。"

我母親在"文革"結束後的第三年移居到香港了。她接到我要去西雙版納支邊教學的信後，給我和我所在的立新中學校領導都發了電報，不同意我去西雙版納。但她不同意也都阻止不了我了。

我的決心已定，我就像掙脫了韁繩的野馬，像斷了線的風箏，誰也拴不住我了。我自由了，可以遠走高飛了。

8. 西雙版納之行

一九八四年二月二十八日，星期二，清晨四點半，天還沒亮，校長，書記和教導處的吳老師乘坐一輛由校辦工廠小王開的新麵包車，把我們全家（除了小強在幼稚園沒接出來之外）送到了飛機場。等送我進入候機室後，他們都回去了。從北京去西雙版納支邊的共有九位教師，集合齊後，我們一起上了飛機。

我第一次乘飛機，飛機上升後在秦嶺上空遇到了大氣流，飛得不太穩，我又沒睡好覺，在秦嶺上空我暈機吐了。飛機上發了雞蛋糕、巧克力糖、橘子汁等食物我都吃不下，我把蛋糕、糖都給了坐在我旁邊的韓老師吃了。這次我們坐的是三叉戟式的飛機，在昆明機場下降時跳了好幾下，有個外國人風趣地說："中國的飛機會跳舞。"

到昆明後，我們去西雙版納支邊的教師住在省政府招待所，省教育局專門派人帶我們在昆明玩了兩天。

昆明的街道很整齊、乾淨。道路旁有很多長葉、高大的桉樹。

昆明人愛吃米線，這是一種用米粉做的麵條，還愛吃辣菜，基本上沒有辣子不叫菜。早起吃早點的豆漿裏都有人會放上辣椒油。

到昆明的第二天，我們去了西山龍門、太華寺、聶耳墓、大觀樓等處遊覽。大觀樓公園位於昆明市西南部，有三層樓高，因長達一百八十字的對聯而負有盛名。園內樓閣聳立，綠樹成蔭，繁花似錦，又有"三潭印月""湧月亭""蓬萊別境"等遊覽區，更是令人流連忘返。公園的山水自然，亭台樓閣別致，樹木花草種類繁多，玉蘭花、山茶花、垂絲海棠等花正在盛開，滿園春色，我們如同身在百花園中。

第三天我們還去了黑龍潭公園、金殿、動物園遊覽，觀賞了昆明的櫻花長廊。

我帶的照相機是新買的天津產的，不知怎的，總有點兒毛病，照了一捲照片兒，有十多張沒照上，跑了好幾條街也沒有修成，真沮喪。

在昆明，我給家和學校發了兩封信，分別報告了情況和報了平安。

我們在昆明遊覽了兩天後，坐一輛小麵包型的專車，開始往西雙版納傣族自治州的州政府所在地景洪出發了。我們九位老師在車上邊說笑，邊欣賞車外令人陶醉的風景。

一路上汽車走了很多盤山公路，車窗外千岩競秀，萬壑爭流，青山環抱，我們看到了牛舌蘭、木棉樹、魚尾葵、木瓜樹、紅刷子花樹等熱帶植物。

路上的第一晚，我們在墨江哈尼族自治縣賓館住宿，住房條件還不錯。

第二天我們在思茅服務大樓住了一晚。從思茅往景洪走的路上，我們看見了枝葉葳蕤、廣袤無垠的原始森林，經過了疊嶺層巒的雲貴高原、哀牢山和橫斷山脈的無量山，看到了煙波浩淼的元江、瀾滄江，江邊有很多潔白長腿的鷺鷥在水中拍翅、嬉戲。一路上群山峻嶺，草木繁盛，我們如同在畫中遊覽。

第三天，經過長途旅程，我們終於來到了西雙版納傣族自治州的州政府所在地景洪縣城。

景洪城美極了，高大挺拔的棕櫚樹、擎天樹（又叫望天樹）、垂葉榕等樹，沿馬路兩邊組成了美麗的林蔭大道。行走在樹陰下，穿著花筒裙的傣族婦女給城市增添了不少色彩。

到景洪的當天下午，我們參觀了民族師範學校和允景洪中學。

第二天上午，我們去參觀了民族中學，這是一所新建的中學，正好有個班在上歷史課，歷史老師手拿著講稿在唸，黑板上只有幾個字，沒有板書。

下午州裏開了一個茶話會歡迎我們，原傣王的駙馬、姓刀的州長也出席了會議，與會的還有十幾個州的大小領導，包括三個中學的校長。邵州長，還有一個也姓刀的刀局長等州領導都發了言，他們對我們抱著很大的期望。

座談會上給我們準備了香蕉、木瓜、削好的甘蔗、甜角等水果，還有蛋糕和茶水，簡直把我們當貴賓了。

盛情難卻，而在我們的肩上也將擔負起光榮而艱巨的任務。

西雙版納，版納是傣語“壩子”，即“平原”的意思，西雙是“十二”的意思。一九五八年開始西雙版納才有初中。

在西雙版納的少數民族裏，傳說上新式的學校會瞎眼睛、生病，會變傻，或被漢人拐走。所以剛建學校時，老師要去少數民族裏動員，甚至要去請學生去上學。

我和我們從北京來的老師的組長、教政治課的張老師，被分配到了景洪縣一中。學校領導和教師為我和張老師開了一個歡迎會。

縣一中開始建校時是草房子，學生從一百多里外的森林裏走五六里路，把木材扛到馬路邊，再用汽車運到學校。我們現在住的平房校舍的磚也是學生用水泥和石子自己製成的。

現在的縣一中，學校很大，有兩棟新蓋的教學大樓，還有幾排平房。全校有二十多個班，教職員工共六十多人，教員四十多人。初二、初三、高一、高二都沒有開歷史課，畢業班是請別的學校的一位老師代的課。

我進縣一中後，交給我的任務是：擔任兩個高一班和兩個高二班，共四個高中班的歷史老師，為初二補習中國近現代史，還有輔導兩個高三畢業班。我擔起了比在北京時的工作量要大一倍的重擔。

面對一大堆教材、卷子，一時不知如何備課是好，我的頭一下就漲起來了，加上有點兒著涼，好像要感冒，要生病似的。我趕緊把從北京帶來的備用藥拿出來吃了兩粒。然後，我整理了一下教材，中國史我不備課都有把握講好。主要精力不僅要放在高三的升學考試輔導上，還要下功夫備好高一、高二的世界史。

"三八"婦女節那天，我跟著張老師一起轉了一圈，看望了其他幾個北京來的老師，發現每個人課程的負擔都不輕。

這兒的學生特別樸實，學習刻苦、認真；他們在學校全都穿漢服，講普通話，有的連自己民族的語言都不太會說了。

三月十一號，星期日，學校的工會發了一張《自古英雄出少年》的電影票，我去州電影院看了一場電影。

街上的人多極了，有不少傣族人、布朗族人、基諾族人……他們穿戴著跟舞台上一樣的少數民族服飾，非常好看。

回學校的路上，我看到一家賣鹹菜的小店，我剛要跨進門，一大堆蒼蠅嗡的一下飛散開來，嚇了我一大跳。有很多天沒吃到鹹菜了，我見鹹菜裝在蓋好的玻璃缸裏，還乾淨，就買了一毛錢辣蘿蔔絲、兩毛錢醃大蒜頭。

西雙版納沒有大商場、大商店，也沒有菜市場，只有幾個小商店、小門市部，賣些油鹽醬醋、綢緞布匹……

相比而言，這裏的早市卻很豐富，有不少東西可以買到。每天天矇矇亮，在州中心的馬路兩邊就開始有不少農民、攤販把很多貨物放在地上擺賣，有蔬菜、水果、魚肉、鮮花、衣帽、挎包、學習用具……，雜七雜八樣樣都有。到六七點鐘，早市就各自收攤結束了。

我在早市買了一頂少數民族自己編製的、很漂亮的線帽子和一個小挎包寄去了北京。

在這裏有關於"版納幾怪"的順口溜：汽車要比火車快，揹著孩子談戀愛，筒裙當口袋，銀子當腰帶，金子當牙帶，老太太爬山比猴快。

在西雙版納，有很多技術和事物，我覺得比北京還先進，例如：縣一中的電鈴是自動控制時間的；鋪路灑瀝青是用汽車灑的；洗澡水是用太陽能加熱的。我因為不瞭解怎樣開熱水龍頭，只看見一個開關，沒注意還有一個用腳踩的開關，所以洗了一次冷水澡，還好，沒生病。北京人上這兒出了笑話。

縣一中每班的人數真多，很多班都超過了五十人。我教的班多、課也多，每天收上來的作業一大堆，有時改作業一天的時間都不夠。我每天都要晚睡早起，節假日也不敢多休息。再加上水土不服和衛生問題，沒多久，我就病了。好幾次當著學生頭暈得吐了，還差點兒摔倒。得知我的情況之後，被分配在附近民族中學教生物課的王老師給我送來了穀維素。王老師在四個女老師中是年齡較大的一位，頭髮已有點兒花白了，但人還挺精神，教學經驗也豐富，是一位對誰都很友善的老教師。除了王老師外，也有好幾個老師都三天兩頭問我身體怎樣。

我去州醫院看了病，醫生說我有"美尼爾症"，一種因為內耳有問題而引發頭暈噁心等症狀的病，給我開了三天的病假。我只在床上躺了一天，便覺得很不踏實，稍好了點兒就去上課了。在這兒的工作擔子很重，真不能生病。

我們九個從北京來的老師經常要開會，我最怕開會了，一開會就佔不少時間，還得費錢買吃的什麼的。

我們九個老師的組長張老師是個高個子，黑臉龐，橫眉牛眼，性格有點兒妄自尊大的人。

有一次開會前，我和張老師各自買了香蕉和甜角請大家吃。我買的香蕉是兩毛一斤的，甜角是一塊一斤的。他買的香蕉是五毛五一斤的，甜角是一塊八一斤的。

我當著幾個老師的面說張老師："您準是捱冤了，買貴了。"

張老師立即拉長了臉，瞪大了眼，嚴肅地說："你別把傣族人都看成那樣……"

在允景洪中學教語文課的施老師幫著我說："世界上哪兒都有好人和壞人，傣族裏也有壞人，有一次我去吃米線，那個賣米線的老頭兒說，曾經有兩個傣族工人，甚至還有兩個小和尚吃了米線不付錢，小和尚還把碗都端走了。"

張老師沒話說了，但我知道他一定是心生了芥蒂。我提醒自己這以後當著他說話都得格外地小心，儘量對他敬而遠之吧。

施老師這個人挺有意思，性格開朗，八字眉，熊貓臉，愛說笑的他，曾經出了兩個作文題：《米線》和《美麗的西雙版納》讓學生做。他說這樣他就能通過學生的作文，瞭解在西雙版納的美食和旅遊景點了。

西雙版納除了美食之外，還有各種各樣的動植物，其中一樣隨處可見的動物，就是大象。聽學生講，有一次有一個人在小樹叢中撒尿，被一隻從他身後過來的大象踢死了。大象在追人時，你不能直線跑，牠會很快追上你的，你要是向橫方向跑，牠就不容易追上你了。國家保護大象，大象吃一片莊稼，國家照價賠償；大象踩死一個人，國家賠三百元。有時大象從森林裏一出來就有二三十頭呢。

很早以前，西雙版納有很多孔雀，有的孔雀經常會到一些民舍的庭院裏去散步、遊玩。

西雙版納還有很多非常漂亮的花蝴蝶，北京來此地教生物的兩位老師捉了不少花蝴蝶做成了標本。

有一次我看見一隻狗昂著頭，汪汪叫著，在追趕一隻在牠的頭頂上空飛來飛去的漂亮的花蝴蝶，很有趣，可惜我的照相機壞了，不能把此景照下來。

我們九個人中，韓老師是教體育的，傻大個兒，體魄健壯，女長男相，大大咧咧，愛說愛笑。有一次，她到我那兒看我，告訴我她吃了一餐特別的"美食"。

原來，西雙版納有很多白色的飛螞蟻，下雨天的傍晚，當地人在電燈下放一個盛滿水的臉盆，很快就會有很多白螞蟻掉在水中淹死，很多少數民族的人把白螞蟻洗一洗炒著吃。

韓老師是一個愛嘗試美食的人，有一次下雨天她用臉盆裝水收集了不少白螞蟻，也沒怎麼處理，便用州教育局發給我們每位老師的電炒鍋炒了一碗"美食"，結果剛吃了兩小勺兒，就都噁心地吐了出來，好幾天一想到這頓特殊的"美食"就吃不下飯。

我們四個支邊教學的女老師，經常會抽點兒時間互相看望一下。

有一次中午，我去景洪照相館取洗好的照片兒後，順路去允景洪中學看望了教外語的趙老師，在她那兒聊了一會兒。趙老師是個容貌秀麗，善交際，很健談的人。她說她想女兒想得好幾天都睡不著覺，一晚上才能睡兩三個小時。

我也想家了。到了西雙版納之後，我就常頭暈吃藥，又添了一個婦科病，幾乎天天有血。這裏因天氣酷熱，沒有四季之分，加上營養條件較差，衛生環境差，不少婦女都有婦科病。

要堅持兩年可真不容易，我差點兒想退縮了。我不停地提醒和勉勵自己：難道你不想提高業務，不想幫助這裏那些刻苦學習、渴望能得到更多知識的少數民族學生了嗎？現在回去將前功盡棄，無地自容；兩年後凱旋而歸，將留下光輝一頁。而且，人生的道路雖然漫長，但要緊處常常只有幾步。人到中年，光陰似箭，時間一過就不再回來了。

一九八四年四月十日，我們九個支邊老師參加了州裏慶祝傣曆一三四六年的茶會，會後看了州文工團演出的節目，刀州長、人大常委的同志還和大家一起跳了舞。

第二天晚上，我們在民族中學會餐，吃了一頓傣家飯菜。其中香竹飯是特意為我們九個北京來的老師用從山裏採來的香竹做的，拿在手中像香蕉，竹膜和飯一起吃。還有烤囉嗦、牛肉、包肉等美食。吃完飯我們參加了有解放軍、昆明演講團、港澳同胞一起參與的聯歡會，最後跳了集體舞。隨著象腳鼓有節奏的鼓樂聲，姑娘們像孔雀開屏，翩翩起舞，小夥子們像雄鷹展翅，跳動起豪邁的舞姿，場面非常熱鬧。聯歡會一直到深夜十二點多才結束。

慶祝傣曆新年的活動還有划龍舟比賽，瀾滄江邊人山人海，少數民族的人都穿上了鮮艷美麗的節日服裝，女青年和上了歲數的婦女，還有小女孩，人人頭上都插了散發著濃郁香味的各種鮮花。

"砰、砰、砰！"三發綠色信號彈在空中掠過，幾條彩色的龍舟，在江面上飛馳、競爭。岸上的象腳鼓聲、觀眾的喝彩聲、水手們的"嗨嗨"號子聲，震盪山河。

看完龍舟賽，我們九個老師又去參觀了允景洪大橋，此橋跟北京西單商場前的馬路差不多寬，長度比西單商場的天橋大概長十一倍。允景洪大橋雖然離我所在的縣一中走過去不到十分鐘的距離，可我卻是第一次去看。

傣曆新年也是傣族人的潑水節，"水水水、水水水"的歡呼聲在傣曆新年裏到處可以聽到。潑水節這天，縣一中的男同學見了我都很有禮貌，想潑水，我說我這兩天身體不太舒服，他們也就不潑了。沒想到我去院子裏拿洗用的自來水時，讓初二四班的歷史課課代表潑了我一身水。我趕緊逃回宿舍，關上門窗，後窗戶還沒來得及關好就又挨了一次潑。被潑到水是吉祥的，我也不知道這一年會不會有好運。

最後一天年假，我去曼聽公園照了幾張寺廟和公園亭子的照片兒，就回校去備課、批改作業了。

傣曆新年之後不久，一九八四年四月二十五日，早上六點多和上午十一點多，在西雙版納發生了兩次地震，房子都搖晃了。聽說這兒常有四五級的地震，不過在縣城還沒有震塌過房。

地震期間學校沒有停過課，就在地震中，我把高一、高二期中考試的試卷改完了，本來我認為學習較吃力的二十四班才四個不及格，其他班每班有十個左右不及格，沒有一百分的，最高分九十六分。我問了教導主任，他說正常。

在這兒沒有“五一”勞動節的活動，但有“五四”青年節的紀念活動。五月四號那天，縣一中晚上舉辦了紀念“五四”運動文藝晚會，校領導要我在晚會上給全校師生講“五四”運動的歷史。這段史料我背得爛熟，只是這幾天我有點兒上火，嗓子有點兒發乾發緊，稍有嘶啞。另外因為停電，到九點鐘才開講，我怕學生不愛聽講，所以講得較快。實際上學生很安靜，很愛聽。後來聽說這是近幾年搞活動，紀律效果最好的一次。

六月初的一天，一大早就有個女學生到我宿舍來要送給我粽子，我說我胃不好，婉言謝絕了。升完國旗，縣一中的謝老師又要給我粽子，是熱的，我拿了一個。晚上一中的陶老師送來香蕉，劉老師又送來了粽子，我這才想起來那天是過端午節。

有兩個老師告訴我，最近看到很多學生總是在溫習歷史課，對歷史課比其他課要重視多了。我聽了很是感動，為了把歷史課的成績再提高上去，我又檢查了一遍教案、出的考試題、升學輔導題……我寫出了各班歷史課考試成績較差的學生的名單，對他們進行了一些輔導。

由於我的工作量實在太大了，身體終於支撐不住了。有一次吃完治婦科病的定坤丸後，晚上突然流血不止，第二天上午去醫院看了病。醫生說："因氣候關係，這兒的中年婦女中有不少人有婦科病，壽命短。聽說以後可能這裏的女同志比北方的要提早五年退休。"

不久，我的頭暈病又厲害起來了，有一次吃晚飯時，突然頭暈得不行，渾身冒汗，人覺得虛極了，二兩飯吃了半個多小時，手支撐著頭，瞇會兒眼吃會兒，飯全涼了。

我還得了胃病，一次洗著洗著衣服，胃突然痛了起來，我一下吃了三種藥：胃藥、胃舒平和止痛片，這才慢慢好轉，中間差點兒喊隔壁小歐幫我請校醫。

一人在外生病是很痛苦的。

我帶病堅持著把一個學期的教學任務完成了。

9. 回立新中學任教

暑假我回北京去醫院看了病，做了較全面的檢查，所幸沒有查出癌症之類致命的疾病。但我身上的其他多種病症，已不宜過度操勞了。經過多層領導的批准，我被調回了立新中學任教歷史課。

有了這次的經歷，我深深體會到了身體才是工作的本錢。

從西雙版納回北京後，經過半年多的治療、保健，我的婦科病基本好了。美尼爾病和腸胃病也有了好轉。

西雙版納縣一中有幾個老師都給我寫過信問候我，他們告訴我，我教過的班的歷史課學習成績和畢業班升學考試的成績，都是縣一中歷屆學生歷史課成績最好的一屆。

一九八五年春節前，我收到了西雙版納縣一中醫務室照顧過我的包麗雲大夫的一封賀年信，我給她回了一封信：

包大夫：

您好！

您的來信和賀年片已收到。謝謝！

我回北京一晃已過半年多了，這半年裏我去醫院看病、治療，我的婦科病、頭暈、腸胃病都有了好轉。

但我現在好像得了一個心病，總覺得我欠的人情太多了。我對不起版納州教育局的領導、縣一中師生們對我的關懷和期望，我辜負了你們對我的一片盛情。

我給你們寫信、寄歷史課的複習提綱、考試卷子等都彌補不了我內心的痛苦。我在努力鍛煉自己的身體，總想著如果有機會重返西雙版納，好好教上兩年學，也許能彌補這次的損失。

我羨慕你們，我敬佩你們這些堅持工作在祖國邊疆教育戰線上的戰士。

祝您

身體健康！工作順利！

姜海燕

1985 年 2 月 21 日

這次我因病從西雙版納回立新中學教學後，立新中學的校領導和大多數老師都很同情我，理解我，關心我。當然，極個別的老師也有看不起我，把我當"逃兵"看的，不像我去西雙版納前對我那麼好了，見到我愛搭不理的，使我感到特別不是滋味，心裏很難受。

我們史地教研組的兩位組長，教歷史課的王老師對我還像以前一樣地關心。教地理課的常老師對我的態度就不太一樣了。

有一次我的教改課，講一八九四年的中日甲午戰爭。組長王老師因為有畢業班的課要上，沒能來聽我的課，但常老師按時來聽我的課了。校領導來晚了五六分鐘，我只好先讓學生看書複習一下上節課的課文內容，等校領導來了，我問了學生兩個承上啟下的問題，然後開始講新課的內容。上完這節課，參加聽課的初二三班班主任羅老師說："你講得挺生動的。"

常老師卻提了兩個令人不太愉快的問題："姜老師，你開頭不是提問問題嗎？你就不用等那麼久，可以先問起來。"

我說："我是為了尊重領導。再說，要聽一節完整的課，我出的問答題也是動了腦子的，怎麼又省時間，又能達到複習舊課導入新課的目的，這也都是應該聽的。"

他又提了另外一個意見："你最後講得太快了，威海衛戰役可以不講嘛。"

我說："因為最後課時緊了點兒，我是講得快了些。可是，威海衛戰役是這節的內容，是四大戰役[1]中的一個戰役，怎麼能不講？"

幸虧有一個新來教歷史課的侯老師，她也聽了我講的這節課了，她幫我說了句："威海衛戰役是這節課的內容，是應該這節講的，下節就是《馬關條約》了。"

"文革"結束，教學進入正軌後，雖然我在教課上得到過領導的好評和重用，但是在"反右運動"中我父親的問題，"文革"中黃永康的問題，都使我間接受到過不小的傷害，我一直生活在謹言慎行，生怕犯錯誤，思想、工作都難以闊步向前的狀態中。

這次從西雙版納抱病回校，我又不可能向每一位老師去講述我去西雙版納的教課情況和我的身體狀況，我又是一個自尊心較強的人，遭到一些同事的誤解和冷淡之後，我思前想後，最後選擇了"人挪活，樹挪死"，換換環境，跟隨我母親到香港去生活、工作。

1　四大戰役：指平壤戰役、黃海戰役、遼東戰役、威海衛戰役。

人民教師，是人類靈魂的工程師。

——三十年北京・第六章・開學典禮

上師範學校好，教師是一個很重要的職業，培養好下一代的接班人主要靠你們了。

——三十年北京・第六章・最難忘的一個春節

他們是祖國的花朵，是未來國家的棟樑。

——三十年北京・第二章・「十一」國慶日少先隊遊行

小學生都非常可愛，他們像嫩綠的幼苗，需要園丁耐心地為他們澆灌，輸入養分，呵護他們成長。

——三十年香港．第二章．小學教師

香港的兒童也是香港未來的希望，除了學校有責任教育培養他們，社會上各種機構、團體也都責無旁貸。只有人人都關心幼苗的成長，他們才能打好根基，長成良材，成為香港的棟樑，使香港變得更加繁榮、昌盛。

我們都不怕死，但都怕活得沒價值，死得有遺憾。

——三十年香港‧第三章‧我們和時間賽跑

三十年

Part II

香港

北

第一章

初到香港

1. 新環境　新生活

"文化大革命"結束後，我母親隨我繼父（繼父在香港有一個生病的獨居老母需要照顧）申請到了香港。

我母親定居香港後，我到香港探親過一次。

香港比北京還繁華。香港是國際金融中心，是國際交通的樞紐地，是"東方之珠"，是亞洲最發達的"四小龍"之一。

在香港有選擇職業的自由，有言論自由，沒有什麼政治運動，人們可以在和平、寧靜的環境中，發揮自己的專長、才智，為追求美好生活而奮鬥。

後來，我母親因年老體弱，已經幾次寫信要我去香港了。我自己也想換個環境，從新開始，好好地生活。徵得黃永康的同意後，我寫信給立新中學的領導和海淀區教育局，申請要求批准我去香港定居。

一九八七年一月十七日，校長告訴我："快到老秦那兒去，有好事。"我一猜就猜著了，是市公安局領護照的通知來了。凡是知道我可以去香港生活了的人，都向我祝賀。學校的孫書記也改變了一開始幫區教育局不懂政策的個別人事幹部說話的態度（說我申請去香港的理由不夠），還跟我握手祝賀，他說了句："你可比男同志還能折騰。"我聽了有點兒彆扭，難道我喜歡折騰？

一九八七年三月四日，母親到深圳旅館接我，帶我從羅湖口岸通過深圳、香港兩地的關口，順利地進入香港這塊既陌生又神秘的華夏領土。

母親和魏伯伯——我的繼父住在新界葵涌工業區。他們住的是香港房屋署屬下的公共屋邨，一房一廳一廚廁的小單元房。我剛到香港住的是母親幫我租好了的，一個開雜貨店老闆家出租的一間房間，裏面的床、衣櫃、桌椅都是上個租客留下的。

母親在一家羊毛衫廠做剪線頭、檢查產品質量的工作，魏伯伯在一個工廠當門衛。

我一到香港，母親就問我要走了我從內地帶來的五千元人民幣的離職金，存入了她的銀行簿。

母親和魏伯伯來香港早已入鄉隨俗了。

在我來香港探親那次，母親就喜歡"買馬"了。第一次要我跟她一起去"買馬"時，我不解地問："買馬，那得要多少錢啊？買回來放在哪兒養？有什麼用？"後來才知道，"買馬"，是買的香港賽馬會每星期舉辦兩三次賽馬比賽的馬票。誰買了能跑贏前三名的馬名，誰就可以得到一定的獎金，香港有很多人幻想著靠"買馬"來發大財。

我很討厭母親"買馬"，母親"買馬"贏了，她會逼著別人也要跟她一起"買馬",你不買,她就發脾氣。輸了,脾氣就更大了。有一次鄰居家的上海阿姨端了一碗熱氣騰騰的湯圓給我母親吃,母親正好在看馬報挑馬,結果這次買馬輸了,賠了錢。她在家裏罵上海阿姨罵了好幾個星期。

我剛把五千元的離職金交給我母親,母親就非要我跟她去賽馬會的投注站"買馬",這次"買馬"一下輸了好幾百元。母親還說:"最早賽馬,只有有錢人、貴族才可以'買馬',是一種高尚的娛樂。現在什麼人都可以'買馬'了,誰不買,誰就是傻瓜。'買馬'輸贏是正常的,我'買馬'是贏多輸少。"可我非常討厭這種碰運氣的賭博,這以後我從來沒有去買過"馬"。

初到香港,人生地不熟,我已是個四十多歲的中年人了,又不會英文(大學時學的是俄語),我來香港前上夜校學了許國璋編寫的第一、第二冊英語,學了一些語法知識,沒有太多日常用語會話,到香港不管用。我還不會廣東話。雖然報紙上的招聘廣告多得看都看不過來,但就是找不到適合我的工作。因為好多工作都是要會英語的,有本地學歷的,三十五歲以下的。

為了能儘快掙到可以在香港的基本生活費,我只好先在工廠找了一份工作。

2. 製衣廠的工作

我到香港的第一份工,是母親託了以前一起做過工的張春芳姑娘,介紹我去葵涌工業區達利製衣廠做車衣工。在北京時,我在家用腳踏的縫紉機,做過很多小孩子的衣褲。在香港製衣廠裏,用的是電動縫紉機,第一次車一塊布料時,一開動電鈕,布料由不得我掌握，不聽我擺佈了，它自己就嗖的一下往前急速衝出了我的手掌。張春芳年輕能幹，不到二十五歲，已經在製衣廠工作了六七年了，她耐心地教了我兩遍，我終於會用電動縫紉機了，只是幹活太慢。

第一天上班正好是"三八"婦女節，在內地會放女同志半天假，還會發電影票、水果等，這裏全無。

中午飯時，因為我不是正式工，我想出廠去買飯吃，跟我同車間的工友說："吃資本家的，沒關係。星期日加班時，有的小孩子都在這兒吃。今天是婦女節，你就在這兒吃吧。"在他們的熱情邀請下，我吃了一餐資本家的飯。後幾天的中午，我還是自覺地到工廠附近的快餐店買飯吃了。

我做到第三天時，工友阿芳幫我算了一下，現在我幹的活兒，一打（十二件）三元，每天我只能得到不到三十元的工資。這樣幹下去，一個月的工資扣除房租，只剩一個人幾天的飯錢了。我早上提早上班，中午也很少休息，拚命地練、做，一天比一天做得好、做得多了。

因為達利廠要搬到離我家較遠的葵芳去，我決定辭工不做了。我在達利廠一共做了八天，最後兩天我減少了喝水、上廁所的時間，每天做了可以得到七八十元工資的活兒。

我辭了製衣廠的工作後，又找到了一個既大又乾淨的製牛仔褲的工廠。第一次學車牛仔褲，車直道還好，車雙道帶小彎時就較難了。用雙針首先讓人害怕三分，聽老工人說："如果不小心雙針穿指，得跟上刑一樣痛。"第一天學練，車了十幾片，才有三四片合格的，線老斷，盡穿線了。

香港人從十多歲就做工練出來了。我車得又慢又累，坐在我前面的一個小姑娘比我快兩三倍。我的小車裏的牛仔褲料像在增長，車不完。

照這樣做下去，每個月我可以掙到的工資還不夠我一個人的生活費的。

我去葵涌區勞工處看了一些招聘單位的資料，到區圖書館看了好幾份報紙上的招聘廣告。我看到《快報》上有兩個大學的教師寫的文章，建議聘用內地來港有資格教授普通話的教師。

看到這條消息，我真是喜出望外，我想，教普通話對我來講，並不是望塵莫及的，只要我努力一下，學好語音知識，糾正個別發音不太標準的字音，是一定可以教好普通話的。

星期天，母親幫我剪頭髮時，我跟她說："我想買幾本書，買一個錄音機，學點兒英語，糾正一些普通話的發音，以後好到學校去教普通話。"

母親聽了我的話，把她嚇了一跳，她拿剪子的手哆嗦了一下，把我後脖子頭髮根處都戳痛了，她跺了一下腳說："沒聽說過教普通話還要買書的。你知道香港的書有多貴嗎？"

母親平時買馬票很捨得花錢，有時一次就花掉幾百元，輸多贏少，還勸她不得，一勸她不要再買馬票了，她就會大發脾氣。

我雖然在母親的存摺上存了我全部的離職金五千元，可母親只給了我五百元，以後沒有再給過我錢，她叫我到她那裏去吃飯。我初來香港的生活費，大部分用的是我從北京帶來的備用錢和在製衣廠做工的工錢，我用我帶來的錢買了幾本書，錄音機是後來買的。

為了找一份既稱心又可以承受得了的工作，我在家看報紙，出外找僱主，忙碌了兩天。第三天，母親發話了："你總不工作也是個事兒，總不能兩個人吃一個人的（指魏伯伯的工資）吧。"

母親是因為她想我來香港掙錢後，可以有錢給她了，還因為她已經申請香港的綜援金了，所以在我來香港找到第一份工後，她就呆在家裏不工作了。

3. 群眾演員

我在《成報》上看到有個新星廣告公司正在招聘群眾演員的廣告，母親聽我說後，竟然特別感興趣，不讓我再找工廠的工作了，非要我跟她一起去廣告公司看看。

新星廣告公司在九龍大埔道，一座外牆維修過的老唐樓一樓，一個普通居民住房裏，房門外牆上掛有"新星廣告公司"的木招牌，門旁裝有一個電鈴。

母親用手指頭摁響了電鈴，從裏面開門走出來一個年輕的女職員，她問我們："你哋¹ 搵² 邊個³？"

母親用夾生的廣東話回答："我哋⁴ 係⁵ 來搵工嘅⁶。"

女職員把我們請進了屋。

一進此公司，右手邊是一間小廚房，左邊關著門的是洗手間，正中是個客廳。客廳頂頭處，和大門對著的左右兩邊各有一

1　你哋：你們。
2　搵：找。
3　邊個：誰。
4　我哋：我們。
5　係：是。
6　搵工嘅：找工作的。

張辦公桌，客廳右邊靠牆處放有閃光燈、攝相機等器材和兩張椅子，左邊靠牆處放了一張可以摺疊的飯桌和擺著幾張圓櫈，還有兩張供來客坐的椅子。

客廳兩邊的牆上貼有不少電影明星的相片兒和報了名、交了拍照片兒錢的群眾演員的相片兒。

穿過客廳往裏走，右邊小房間是公司老闆的辦公室，左邊大房間是老闆和老闆娘的臥室。

我們去時，老闆在辦公室裏沒出來，客廳裏只有女職員和我們兩個見工的，沒見到其他人。

女職員拿出兩張表格，要我們填寫姓名、年齡、身份證號碼、聯絡電話等資料。母親見也有她一張表格，開始時喜出望外，高興極了，等女職員告訴我們，每人需要交一百五十元報名費時，母親怕受騙沒填報名表。我交了一百五十元報名費，填了報名表格。

女職員看了看我填寫的表格，用普通話問我："你照不照相片兒？照了相，相片兒可以貼在牆上，供導演挑演員。"

我問她："照相要不要錢？要多少錢？"

她告訴我："要交錢的，根據你照的相片兒大小、相紙質地有不同的價目。"

我想了想說："先不照了，以後再說。"

母親問："工資怎麼算？"

女職員回答："每部電影都不太一樣，每拍一次的錢三七開，公司留三成，給演員七成，每月結算一次。"

新星廣告公司沒有騙人，作為中介公司，真的介紹了不少人，參加香港亞洲電視台、無線電視台等的電影、電視拍攝工作。

我在新星廣告公司填表格交了報名費後，第二天就通知我，明天十五號到尖沙咀仙樂都餐廳去拍《風水輪流轉》。

四月十五日，早上不到八點鐘我就找到了仙樂都餐廳。在等拍戲的近兩個小時中，我結識了一個在香港普通話教育中心和其他地方兼職教普通話的女老師湯玲，她來香港快五年了，她曾經是內地北方一個評劇團的演員，飽經滄桑的她，已失去了演員的風采，表面上看只是一個相貌一般，中高個兒，較精幹的中年婦女。湯老師告訴我："每次拍戲都有新面孔來，因為有的人沒給戲拍，也有因為車、飯費要自理，掙不到多少錢，就不來了。"

我跟湯老師講："我來香港前學過兩本英語課本，學過畫畫、服裝剪裁……"

她說："香港有招聘畫畫的，不會的先交學費學，會的每天要你畫好多畫，總挑你毛病，掙不到什麼錢。內地初來香港的人要想找一個好的工作是很難的。"

這次來參加拍戲的群眾演員可真多，有三十多人，其中有幾個打扮得像在夜總會做工的女人，很可怕，我當時有過不想再來的想法。

拍完第一場戲，導演讓那幾個扮相可怕的女人解散放工了。留下的人又拍了一場戲。最後只留下了我和另一個女孩子，還有兩個十七八歲的男孩。

新星廣告公司的領隊馮先生對我說："導演說你長得靚[1]，會拍戲，你的鏡頭已經照下來了，讓你留下。"

下午，導演要我和兩個男孩又到荔園旁的電影院前參加拍了

1　靚：漂亮。

一場戲。

我回家一彙報，母親和魏伯伯都高興極了。

我說了句："有什麼可高興的，拍了一天戲，都是演的不用說話，坐坐、站站、走走的小配角，跑龍套的角色。"

母親說："好多香港的電影明星，都是從群眾演員演出道，紅起來的。"

母親要給我下本錢了。

四月十六日，上午沒戲拍，母親非要帶我去旺角，她掏錢給我買了一條我不太喜歡的綠綢子連衣裙。

下午去清水灣無線電視台拍《形象》，一直拍到晚上十一點鐘。

這次拍戲中，有幾個鏡頭導演讓我和狄高廣告公司的一個印度籍的群眾演員坐在餐廳同一桌座位上用餐。我剛來香港聽不懂廣東話，這個印度籍演員廣東話、普通話都會，他給我當了翻譯員。

四月份我差不多天天有戲拍。

在陸軍醫院拍《鐵血騎警》時，導演讓我演了護士長，還演了兩次不同孩子的家長，這是群眾演員中算是較好的角色了。

我已邁入中年，初到香港語言又不通，我再也沒有像年輕時那種追求當演員的心氣兒了。拍戲只是為了找一份工作。

這以後我又參加拍了《烈士忠魂》《無名英雄》等幾部戲中群眾演員的角色。

四月下旬的一天，我接到新星廣告公司的通知，要我去亞視台的外景基地拍攝《啼笑姻緣》中的群眾角色，還讓我帶我母親去。母親高高興興地跟我一起去了拍攝地。

因為領隊本上沒有我母親的名字，領隊的馮先生少帶了兩件旗袍，母親沒有演成戲。她在一邊坐著看我們拍戲，從上午九點一直等到傍晚快八點了，我們才收工回去。

本來一心盼我能上升為正式演員的母親，今天累得她一路上直說幹演員這行太辛苦了，不讓我幹了。

我準備再堅持兩天拍戲，找一個工廠做工，拍戲在節假日作為兼職。

我來香港前做了多種準備，學過一期用腳踏縫紉機刺繡的機繡課。在香港工業區也有機繡，我在找工作時看見過一家機繡廠的車間裏，有兩大排看似比織布機還要複雜的機繡機正在運作，只有一個男青年工人在操作。

我找了兩天，在葵涌工業區找到了池輝實業公司屬下的電池廠工作，這家工廠是專門做各種電池的，產品主銷美國及澳洲。我在電池廠做抽測電池電壓的工作。這份工比製衣廠的工作要好做，工資也高點兒，飯碗有了保障。

這裏的“五一”勞動節不放假，我是八七年五月一日進池輝實業公司工作的。

五月下旬的一天下午下班後，我去新星廣告公司要我的工資，一進公司的門，我看到在極其暗淡的燈光下，有很多在等出糧[1]的群眾演員，有十幾個人席地而睡，有坐在椅子上、圓櫈子上的，也有趴在辦公桌上打瞌睡的，我進去後，有幾個人睜開了眼一直望著我，有的還在睡。

公司的老闆娘，梳著披肩鬈髮，淡妝打扮的蘇小姐聽見有人

---

1 出糧：發工資。

進來了，就從臥室裏走了出來，我見了她，有禮貌地跟她打了招呼："蘇小姐，你好！我是來領工資的。"

蘇小姐回答我："真不好意思，支票開完了，今天出不了糧了。要不，你把銀行賬號告訴我，下星期我給你轉賬。"

我說："我家離這兒挺遠的，我已經在工廠做工了，來一次也不容易，你要是能給我現金最好了。我這次來買了點兒水果給大家吃，我先把它放到廚房裏去。"說完我就拎著水果走進了廚房。

蘇小姐隨著跟了進來，猶豫了一下，從衣袋裏掏出五百元遞給了我，小聲地說："我這裏就有這點兒錢了，我先給你算了，你不要出聲，讓他們聽見了，可了不得了。"

我計算過我的工資，應該可以拿到七八百元，她用五百元就想打發我，我真想跟她理論，可想到客廳裏那麼多人連五百元都得不到，我只好接過了錢。

外邊客廳裏有人喊了聲："老闆娘發工資了。"客廳裏頓時騷動了起來，睡在地板上的人也睜開了眼，側身抬頭往廚房這邊看，有幾個坐在椅子上、櫈子上的人走了過來。我趕緊把手裏的五百元裝進了我的手袋裏，跟老闆娘告別了一聲："謝謝你了，給你添麻煩了。我走了。"說完我開了門，飛快地走下樓，離開了新星廣告公司。

事隔很多年，這一次去新星廣告公司拿工資時，見到很多人等出糧的場景和臉部表情，好像一幅有生動故事的油畫，一直展現在我的眼前。

香港，這個被稱為"亞洲四小龍"之一的"東方之珠"，在它的某個角落裏，還存在著被資本家和小業主剝削、欺壓，掙扎在飢餓線上的人群。

4. 生活給了我創作靈感

初到香港，在工廠做工，拍影視劇做群眾演員，都不是我理想的工作。

我在池輝電池廠邊工作，邊自學英語，學習普通話的漢語拼音語音知識，準備騎驢找馬，盡快找一個能發揮我的專長的文職工作。

我在葵涌工廠區租住的房東家，是開賣油鹽醬醋、醬菜熟肉等小雜貨店的。我和房東一家人住在同一個單元裏，我住的房間對面是房東家擺放食物的小倉庫，經常有螞蟻、老鼠、蟑螂從倉庫出來，跑到我的房間遊玩兒，我用殺蟲水趕走，消滅一批老鼠、螞蟻、蟑螂，又來一批。

房東家經常有打麻將牌聲、大人的吵架聲、小孩兒的哭鬧聲，匯成了既刺耳又使人頭暈的噪音。我住的房間租金並不便宜，每月要八百元。

住了兩個月後，我通過房地產公司介紹，搬到了葵涌大廈閣樓的劏房，一個七戶同一閣樓的其中一間小板房裏，租金每月四百元。房間裏有一扇很小的窗戶，一開窗是大廈的天井，井底石板上有很多垃圾，發出惡臭味。夏天，好幾家的冷氣機在天井裏散發出的熱浪，會衝進我的房間，所以不敢開窗。

我的房間很小，只能放一張小床，大衣櫃要把衣櫃門拆下才能用。吃飯、寫字，要把床褥摺疊起來，床板當桌子，坐的是小板櫈。

我到香港後發表的第一篇散文、一篇短篇小說和一篇微型小說，就是在這間房間的小床板上寫的。

我住的這層閣樓，進大門的第一間板房沒有窗戶，在木板牆上部有兩處透氣格，房間是長方形，裏面只能放一張單人床，床頭放一個特小的床頭櫃，床和板牆之間只有一人可以走進去。聽我的房間斜對面房裏會講普通話的肖阿姨說："這間房曾經有個高幹子弟住過，他好像精神有點兒失常，對誰都說，在內地他家有保姆，在家什麼活兒都不用他做。可在這兒，現在住的房間只有內地的一張床大。"

這個聽說的高幹子弟和這間像一口棺材大的房間，後來都出現在我來香港後寫的第一篇小說《他走了》裏。

五月中的一天下午放工回家，在快到葵涌大廈門前時，我見到有三個穿白色制服的救護員，抬著一個六十多歲的老伯，他們正往救護車方向走去。此時正好下起了小雨，憐憫心驅使我打開雨傘，給這位老人遮了二三十步路的雨。當走到救護車前時，三個救護員都謝了我，連滿頭流汗，病得只剩一絲力氣的病人也小聲說了聲"唔該[1]！"

我急忙回了一句："唔使唔該[2]。"

我打著傘，雨水在雨傘上發出滴滴嗒嗒的響聲，我含著眼淚在雨中目送病人。我從心裏祝願他快點兒病好。

雨不停地下著，我的思路也在不停地展開：

在人情淡漠的香港，在節日酒樓的茶座中，我看見過滿頭白髮的老人獨自捧杯呆思；在天橋上，在通往黃大仙廟的路上，我看到過有面黃肌瘦、蓬頭垢面的老人，顫抖著手中的碗、盤向路

1　唔該：謝謝。
2　唔使唔該：不用謝。

人乞討。我相信，他們中絕大多數人是好人，終生奔波勞碌，辛苦了一輩子，把兒女們拉扯大了，也許他們的子女比老人先走了，也許子女們沒有良心拋棄了老人。當然，他們中也有的是自甘墮落，年輕時吃喝嫖賭，落到了老年時兩手空空，街頭乞討的地步。

我又想到了今天我為他打傘的老人，也許他的親人、子女正在放工回家的路上，很快會去醫院探望他。也許他無子女或被子女拋棄，獨自為生；也許他曾吃喝嫖賭弄得妻離子散孤身一人。不管他是何種人，我想人總會是有感情的。在救護人員和醫生搶救他時，在我為他撐雨傘遮雨時，他至少也會感到世界上還有這麼多的好人。如果他是個有子女的老人，他病癒後一定會教育子女要像每個關心過他的人那樣去關心別人。如果他是個無子女或被子女拋棄的老人，那他將會感到人間還是溫暖如春，他會想再多活幾年，盡自己晚年的餘力為人們多做點兒貢獻。如果他是個曾經墮落得妻離子散的人，我相信他在被搶救時一定會想要重新做人。

雨不知什麼時候停了，我收起了雨傘，我的思路匯成了內心的祝願，我祝願每個人都能得到人間的溫暖，願每個人都能為人類的幸福盡到自己的一份責任。

回到住所後，我的心情久久不能平靜，我把在雨中看到的孤寡病人的情景和感觸寫了一篇散文《雨中情》。我把這篇文章寄到了《快報》報社。

七月中我收到了《快報》報社寄來的五十元稿費的支票，才知道這篇文章早已登過報了。

我去了一趟《快報》報社，那裏的一位職員熱情地幫我從過期的報紙堆中，找到了一份登有《雨中情》的《快報》。我如獲至寶，一直把它保留了下來。

在池輝電池廠，中午有一個小時吃飯、休息的時間，廠裏的經理，一個儀表堂堂、衣著整潔的中年博士鄭先生，組長年輕秀麗、能幹的阿蘭，辦公室職員文靜好學的胡鳳儀等幾個人，經常用中午飯時間到我這兒來聊聊天兒，練講普通話。

有一次聽鄭先生講："我們廠的大老闆在內地開了三間廠，國務院曾請他去北京。"

我問他："大老闆對北京有沒有好感。"

他講："他對錢有好感，有錢就好。內地和台灣的人都很愛國，香港人一半以上都愛錢，做生意就是為賺錢。"

有一天報紙上登了一條花邊新聞：有一個女子從小裝扮成男孩子樣，二十五歲了，因追另一個女孩子未成而想自殺。

看到這條新聞，鄭先生說："我們廠樓下那個車間，兩個月前來了個抹紅嘴唇，穿著完全跟女的一樣打扮的男仔，他不喜歡女的，他喜歡倉庫的組長付先生，還託一個女仔幫他跟付先生說想約他玩，付先生沒同意。這個男仔明年八月份做變女性的手術。"

我聽到這兩個變性人的素材後，加了加工，用在了我寫的小說《他走了》裏了，這篇小說在內地的《某某文學》裏刊登了。

有一個二十多歲愛說愛笑叫阿雲的女工友是雲南某某縣人，她講了一件令人深思的事："我在雲南上中學時，學校有個初三學生，是公安局局長的兒子，他學習不好，愛尋事打架，常受老師批評。有一次他收聽台灣廣播電台節目後，寫信寄到台灣廣播電台，告訴了他家的地址，要他們寄幾個炸彈來，他要炸他上學的學校。結果他被抓走，坐了兩年牢房。"

和我一起做 QC 檢測電池的女孩十九歲的阿菊，梳著馬尾頭，短眉兔眼，天真可愛，休息時給大家講過老虎搶美女的故事、一個小妹嫁石頭人的故事，還講了一個迷信的故事："小時候在我的家鄉廣西，有個越南婦女會使魔法，她用黑布蒙住一個人的臉，然後她唸咒，使被蒙眼的人全身哆嗦，腳像馬蹄在跑，便跑到陰間去會親人了。我也花過錢嘗試了一次，在蒙上頭等唸咒時，我覺得眼前好像有很多死人骨頭，一害怕，把黑布扯了下來，沒能去成陰間。"

在電池廠工作時很悶，但這裏的人對我都很好。中午休息時，我能聽到很多各式各樣，稀奇古怪的故事，我喜歡上這裏了。

有時阿菊和我 QC 的工作不多時，都會被叫到倉庫去做半天包裝的工作。

倉庫裏有兩個二十多歲的男仔，大一點兒的是倉庫的負責人阿福，他身體健壯，微胖，慈眉善目，待人和善，人緣好，工友們給他起的名字最多，有叫他"肥仔""肥哥哥""大鍋（大哥）"的，也有叫"阿福""許先生"的。他很樂觀，"冇[1]關係""唔緊要[2]"，成了他的口頭語。倉庫裏另一個做運送貨物、點算貨箱等工作的溫仔，蠶眉細眼，瘦高個，性格內向，助人為樂，誰找他幫忙他都樂意去做。

倉庫裏還有兩個負責包裝的女工阿秀和緬甸籍華裔阿華，都是結了婚的中年婦女。阿秀的身材纖細，梳著披肩直髮，長得較秀氣。阿華較肥胖，紋眉小眼，鬈髮頭，她能吃苦，人緣也不

---

1 冇：沒有。

2 唔緊要：不要緊。

錯。她倆眼快、手快，幹起活來可以賽過內地的勞動模範，我和阿菊有時去倉庫幫做包裝的工作，總比不過她們。

阿秀和阿華兩人都有很多故事。

阿秀講過她年輕時的一個故事："我年輕嗰時[1]，有好幾個男仔追我，我結婚嗰日[2]，大家以為新郎係我屋企[3]嗰條街上嘅華仔，我同佢[4]拍拖[5]時間最長。點知[6]出來嘅新郎比華仔要肥，冇華仔靚嘅傻仔[7]，就係我而家嘅[8]老公。我嫁畀[9]佢，係因為佢屋企有錢，嗰時我屋企冇錢，好窮。後尾[10]華仔知我結咗婚，冇再搵女仔，傷心到返鄉下佛山一間廟入便[11]做咗和尚。我真係對佢唔住[12]。"

阿華有一男一女兩個孩子，她和丈夫在工廠區開過一間很小的茶餐廳，每天天沒亮就帶著六歲大的女兒，一家三口到店舖開始忙活起來，六歲的女兒就像小童工一樣要幫收、洗碗碟，掃地，擦桌子。茶餐廳開了不到兩年，因為租金貴，食客少，關張了。夫婦兩人就到工廠做工了。

現在阿華的小兒子還在幼稚園上學，早送晚接。女兒上小學三年級了，放學後無人看管，一人在家做功課，玩玩具、看電視。

1　嗰時：那時。

2　嗰日：那天。

3　屋企：家裏。

4　佢：代詞。

5　拍拖：談戀愛。

6　點知：怎知。

7　傻仔：傻小子。

8　而家嘅：現在的。

9　畀：給。

10　後尾：後來。

11　入便：裏面。

12　對佢唔住：對不起他。

　　池輝電池廠對工人的要求非常嚴格,在車間、倉庫都有閉路電視,上班時間不許聊天,不許看書看報,不許隨便打電話。

　　有一天下午,許先生去辦公室開會了,阿華求溫仔幫她往家裏打個電話,她告訴了家裏的電話號碼,溫仔問她:"接通了,係唔係[1]你過來接電話?"

　　阿華說:"唔使[2]喇,有人接電話你就掛咗喇。"

　　結果是,打通了沒人接電話。隔了一會兒,阿華又求溫仔打了兩次電話,還是沒有人接。

　　阿華一個下午也沒有坐踏實,因為她的女兒下午應該在家,應該能接電話的。

　　我安慰她:"你不要太著急了,也許她睡著了。"

　　許先生開完會回來了,告訴大家今天要加班,加到九點。平時阿華最喜歡加班了,因為加班有錢掙,今天她跟許先生講:"我唔加班啦,屋企有事。"

　　真是可憐天下父母心。這個觸動人心的素材,我把它編成了一篇小小說,題為《母親的心》。這篇小說刊登在某某市的《小小說選刊》上了,後來又被選登在《當代微型小說名篇賞析》一書中了。

　　我也是個做母親的,雖然幾經風浪磨練的我,性格變得剛硬了,有時幾乎變得不近人情。但是對於遠在千里之外北京的家,尤其是想到我的兩個子女時,我都有一種牽腸掛肚的感受。

　　我和黃永康、女兒、兒子都經常有書信往來。從信中得知永

1　係唔係:是不是。

2　唔使:不用。

康寫教材，寫有關財經、金融方面的公文書籍等，取得了不小的成績，有被評為副教授的希望。

女兒的學習成績有所上升，各科成績都能保持優良水準。她在節假日經常回家幫做一些家務活兒。

兒子的學習成績一直是全班的第一、二名，算術還考了一次一百零五分，有五分是可做可不做的加分題。他寫的作文《雪》《擦玻璃》，都被老師選登在班裏壁報的學習專欄上了。他還當上了少先隊的中隊長。

從書信中傳來的好消息使我安心了許多，激勵我下決心要在香港這片"天高任鳥飛，海闊憑魚躍"的自由、寧靜的土地上闖出點兒名堂來。

我初到香港雖然生活條件比內地差多了，但不到半年，我已經在香港站穩了腳跟，還寫出了散文、小說。我的女兒和兒子接到我的信後，為我在香港初步取得的收穫而高興，他們寫信告訴我，他們也想來香港闖蕩闖蕩，想到香港生活，體驗、探索這個令人嚮往、神秘的地方。

在香港，凡是新移民，都必須"坐監"（沒有出入境自由）一年，一年以後辦了永久身份證才可以隨便出入境。

在我到香港第一年的暑假，我母親回了一趟北京，替我看了看北京的家。她去後正好趕上黃永康的父親病危，黃永康經常要去遠郊大興縣黃村照看父親，又要上班集中搞教研、編書，無法顧及家中的兩個孩子，我母親就帶著兩個孩子去上海玩兒了半個月。

暑假過後，母親回香港了。

她告訴我："黃永康的父親過身了。黃永康的身體還不錯。"

我問她：“兩個孩子怎麼樣？”

她說：“都蠻懂事的，學習成績都不錯。小強打揚琴打得很好，閉著眼睛都能打出蠻好聽的曲子。他喜歡坐火車，去上海回北京後說還想坐火車。”

兩個孩子都挺有出息，都有一些音樂細胞，我準備多吃些苦，多加班，再做點兒兼職工作，為他們來香港生活打下良好的基礎。

5. 人和

人是生活在群體之中的，要想工作順利，生活得美滿幸福，除了本身的刻苦勤勞外，天時地利人和的因素也是不可缺的。人和也就是人緣，人際關係。我是比較注意搞好人際關係的。

在池輝電池廠工作的工資比製衣廠的工資要高，經常會加班，能攢出點兒錢來，但工作量並不輕鬆，就是坐著做 QC 的工作，也要站起身搬動裝有幾十、上百個大小電池的木箱，從中抽樣檢測。

我的工作比倉庫中溫仔的工作要輕不少。有一次，溫仔推了一平鑲車電池箱，在我們 QC 組的工作台旁卸貨搬箱，他故意把頭一歪，做了一個耷拉腦袋的動作，跟我半開玩笑地說：“姜海燕，我都快累死了。”

我同情地說了句：“我來幫你搬箱。”

他忙說：“你別過來，你幫我搬，又要多累死一個。”

我知道他是開玩笑，我還是幫他搬了兩箱電池。

有一天中午，溫仔在《成報》上看買賣二手私家車的廣告，我走過去看了一眼，我被此頁上登的租售房屋的廣告吸引住了，我問他借了幾頁報紙，看了幾條，看著看著我覺得很可笑，不由自主笑出聲來，因為溫仔和我都沒有錢，各有達不到的願望，我和他都是在"窮看"。

窮則思變，我想來想去，只有積少成多，找一份兼職工作。雖然四月份我當群眾演員的工資，新星廣告公司的老闆娘少給了我幾百元，但目前馬上可以找的兼職工作還是只有去新星廣告公司了。我準備抽時間去一趟新星廣告公司。

池輝電池廠的人事幹事陳小姐和我所在的車間 QC 的小組長郭先生要結婚了，他倆平時待我都很好，我送給他們一個有新郎新娘公仔的台燈、一本相冊，他們非常高興地收下了。他們邀請我在八月份的一個星期日參加他們的婚禮。

婚禮是在旺角的一個基督教教堂中舉行的，教堂座位上有很多經書，我抄了一段《普天頌讚》中的使徒信經：

> 我信上帝，全能的父，創造天地的主；我信我主耶穌基督，上帝的獨生子；因聖靈感孕，由童貞女瑪麗亞所生，在本丟彼拉多手下受難，被釘於十字架，受死，埋葬，降在陰間，第三天從死人中復活，升天，坐在上帝的右邊。
>
> 我信身體復活；我信永生。阿們。

我剛抄完這段經書，婚禮開始了。

在教堂台側的教會小合唱隊，唱了一首聖經歌。唱完歌，響起了輕鬆、節奏緩慢的音樂聲，隨著音樂聲，人們側身扭頭，注視著教堂門口，穿著白色婚紗衣的新娘，一手拿著一束鮮艷美麗的鮮花，一手挎著父親的胳膊，從教堂門口慢步走向台前。父親把新娘交給身穿白色西服的新郎後，在牧師的主持下，在親朋好友的見證下，新郎新娘互相宣誓永生相愛，不離不棄，互相交換了結婚戒子。婚禮在熱烈的掌聲、祝賀聲中結束了。

參加完婚禮後，我準備去一趟離這兒不太遠的新星廣告公司看看。

路經廣華醫院時，只見院牆上貼了很多標語，我抄下了幾條標語的內容：

1. 爭取應有退休金，不得削減。

2. 滿懷希望養老有望，一聲無銀熱淚盈眶。

3. 年輕力壯妙女郎，放下書包入此行，捱更抵夜盡忠職守，滿懷希望享安康，誰知一聲唔夠銀，白髮蒼，淚汪汪。

4. 前人簽約後人改，制度何在？

5. 過去的諾言不能履行，將來的承諾難以置信。

從廣華醫院去新星廣告公司的路上，我想起了我年輕時的一些經歷，想到在香港退休後會有怎樣的生活？怎樣把寫記下來的素材加工成文。想著想著，我走錯了方向，來回走了六七站路，十分疲累。

在太子道要過馬路時，我還在胡思亂想，竟在紅燈時大大方方，好像走在路邊的行人路上闖紅燈橫過馬路，一輛快速行駛的的士朝我開來，遠處可以看到此情境的行人，全都驚慌地注視著的士會怎樣撞到我，可能是上帝保佑了我，司機猛地剎車，的士斜歪著停在了我的身旁。我好像剛從夢中驚醒，只是出了點兒虛汗，我用手摸了摸腦門兒，搖了搖頭，表示自己不該在此時走神，又向司機合掌道歉，司機打開車窗責罵了我幾句，把車開走了。綠燈亮了，我羞愧地跟著人群一起安全過了馬路。

新星廣告公司還在繼續營業，我剛走進新星廣告公司的客廳，穿著一身筆挺深啡色西裝的潘老闆從辦公室裏走了出來，見了我誇張地說："喲，有幾年沒見了。"

我不好意思地說："潘先生，你好！我想用星期日來這兒兼職拍戲，不知道行不行？"

潘老闆爽快地回答："行啊，歡迎。"

一個中等身材，彎眉細眼，梳著披肩鬈髮頭，穿著白色套裝西裙的時髦少婦潘太太——以前的蘇小姐聽到我的聲音，從臥室裏走了出來，客氣地讓我坐下。她是蘇州人，和我也算是同鄉，都會說上海話。

潘太太跟我聊了近一個小時："我父親是香港一間製衣廠的採購員，去蘇州採購絲綢時認識我母親的。我是在蘇州出生的，我是我外婆帶大的，外婆不會說廣東話，所以我從小就會講蘇州話。我有一個妹妹，一個弟弟，他們學習成績都比我好。我不愛學習，初中畢業我就工作了。我想拍電影，到影視廣告公司報名時，被潘先生看中了，我和他結了婚。本來有導演想請我拍戲，潘先生不讓我去，怕我跑了。我在尖沙咀一家公司做過，每月掙三千多塊，結婚後潘先生不讓我做了。我出來時老闆不讓我走，沒給我半個月的工資，打了幾次電話要我回去做。潘先生吃醋了，問為什麼老闆總找我，我說，他還要我去做工。我連半個月工資都不要了……"

我想走了，就插了一個空說："你該做飯了。"

她還想講下去："不要緊，七點多才做呢。"

我說："我們聊這麼久，潘先生該生氣了。"

她告訴我："跟女的聊一天都沒關係的，要是跟男的說一個小時，他該說，怎麼說這麼久話？我在潘先生身邊，在公司很不自由，很悶。"

潘太太跟我聊了很久，她都沒有提上次少給了我幾百元工資的事兒。我也不好意思提此事兒，我只求能多做一份工，和氣生財，積少成多了。

我臨走時，潘太太對我說："希望你常來這裏坐坐，我保證讓你有戲拍。"

今天我雖然很累，但收穫不小，找了一份兼職工作，積累了一些寫作素材。

6. 正職　兼職工作

一九八七年的下半年，我的正職是在池輝實業公司的電池廠工作，我主要的兼職工作是通過新星廣告公司的介紹，星期日參加了亞洲電視台拍攝的《姐妹情》《白蝴蝶》等影片的群眾演員角色。

在參加拍戲時，我又遇到過一次教普通話的湯玲老師。她告訴我："現在香港有很多人都在學普通話，有不少從內地來香港定居會講普通話的老師，都在香港教起了普通話。有一對夫婦都是從北京來的大學老師，帶著兩個孩子在香港開班教授普通話，還組織學生去北京旅遊、學唱京劇……，搞得挺紅火的。"

我對她說："我也想教普通話，正在自學一些普通話的漢語拼音知識⋯⋯"

我到香港沒多久,從報紙上、大街上、商場裏,都看到過有教普通話的私人學校、學習班。我也很想教普通話,一是九七年香港即將回歸祖國,能在香港教普通話,意義重大;二是雖然我是上海人,但在北京生活了幾十年,普通話基本上是比較標準的;三是我做了二十多年的教師工作,有了不少教學經驗。

我在書店和圖書館裏翻看了幾本不同版本的普通話教科書,這些教科書編寫得很不錯,有很多語音、語法知識是我在上大學時都沒有那麼正規、系統學習過的。

我買了幾本教普通話的課本,自學了幾個月後,我跑了好幾個教普通話的學校,不是不缺教師,就是讓把求職信留下,等候通知,之後就沒有下文了。

我東碰西撞,總算讓我碰到了在旺角一座大廈裏的普通話教研社正在招聘普通話輔導員。接待我的女職員黃小姐收下了我的求職信,她告訴我:"現在這裏不缺教員,你要是感興趣,可以先考普通話輔導員。"

在十一月份的一個星期三的下午,我在工廠請了半天假,參加了普通話輔導員的考試。口試沒有問題,筆試我考得不太好,漢字句和拼音字母句互翻還可以,廣東話翻成普通話就真難倒了我。過了一個多星期,我懷著不安的心情去了一次普通話教研社,沒想到我被錄取當輔導員了。從此,我又多了一份兼職工作。

輔導員的工作是每節課(一小時)等正職教師教完課文後,留下的二十分鐘由輔導員帶領學生唱普通話的歌曲,分組圍繞課文內容練講普通話,做練讀漢語拼音的遊戲,幫學生對作業等。

每節課給輔導員的報酬是車馬費二十元。為了美好的明天,我捨近求遠，捨多求少，捨棄了很多電池廠的加班時間、加班費。堅持在普通話教研社做了很長一段時間的輔導員工作。

我白天在池輝電池廠工作，晚上在普通話教研社當輔導員，星期日去新星廣告公司介紹的電視台拍戲做群眾演員，生活充實了，但工作量超負荷，身體有點兒支撐不住了。

在香港只要你勤力，錢是掙不完的，可命只有一條，身體又是工作、生活的本錢。我減少了去拍戲的次數，減少了去普通話教研社當輔導員的次數。

八八年三月的一天放工後，我去新星廣告公司領工資，進去時老闆和老闆娘都不在。辦公室和小套間裏的沙發上、摺疊床上、地上睡了七八個人，客廳裏還有十幾個人，都是來等出糧的。一個阿伯跟坐在辦公椅上的男仔說："再有電話入，唔好¹講有咁多²人等，講咗佢就唔敢³返嚟喇⁴。"

我等了二十多分鐘，穿著超短裙、長筒皮靴、沒有扣紐扣的風衣，打扮時髦的老闆娘拎著很少的菜回來了。她誰也沒理，繃著臉埋怨了幾句，收拾了唱片等雜物，進臥室把門關上了。

有幾個等得不耐煩又見沒希望出糧的人就走了。有兩個人去臥室敲門，把老闆娘敲出來了。我趁她去廚房的機會，跟了過去，問她："要不要開燈？"她讓我把電燈開了。

我跟她說："上星期我找你們時，你讓我四五號來的，所以我今天來了。這樣吧，你要是有困難，我就拿一半工資，另外的

1　唔好：不要。

2　咁多：這麼多。

3　唔敢：不敢。

4　返嚟喇：回來了。

算了。"

她說："做生意不能這樣的，你一共拍了幾次？"

我告訴她："六次，你就給我三次的算了。"

她從臥室拿出了三百元錢給我。我明知她這次又少給了我工資，但還是謝了她，總算領到了前兩個月的一部分工資。

她用上海話告訴我："現在的生意很不好做，我和潘先生意見不合，離婚了。過些日子我要跟電視台的一個導演結婚了，以後準備移民加拿大。"

其他沒有領到工資的人，都伸直了脖子看著她，眼都快瞪直了。有個睡在辦公室的男仔說了聲："我可是時時都能為你做事的。"

她沒有理他，轉身又進臥室插上了門。有個等出糧上了年紀的阿伯忍不住又去敲門……

我邁著沉重的步子走了出去，看了看掛在大門旁的招牌，心裏默默地說了句："別了，新星廣告公司。"

我少了一份做群眾演員的兼職工作，多接了幾節普通話課的輔導員工作。

輔導香港學生講普通話也是蠻有趣的，在分小組練講普通話時，他們會把"家住在九龍"，說成："我家住在'狗'龍。""天下雨了"，說成："天下'魚'了。""肚子痛"，說成："'兔'子痛。""你問我吧"，說成："你'吻'我吧。"……

有一個女同學說她愛好游泳，還參加過比賽，我問她："你得了第幾名？"

她說："第二名。"

我又問她："幾個人比賽？"

她不好意思地笑著說："兩個人比賽。"聽她說完，大家都笑了。

有一次在談婦女地位提高了時，有個男同學說："香港的女孩子比男孩子好找工作。"

有個女同學說："我在家裏，我的地位沒有我弟弟的地位高。"

在輔導香港學生學普通話時，大家都覺得很有意思，很開心，時間過得很快。

當輔導員雖然掙不到多少錢，但是可以免交學費聽好幾個老師的普通話課，不但可以學到語音、語法的拼音知識，還可以學到不同老師的教學經驗，真是太值了。

我暗自下決心，努力爭取教授普通話，當一名普通話教師。

香港普通話教研社，最早是由幾個愛國的大學生一起合資組建的，後來他們都有了工作。普通話教研社就成了一個不牟利的、自負盈虧的、教授普通話的學校。

在普通話教研社裏，有一句響亮的口號：

"天下華人是一家，人人學好普通話。"

還有一句鼓勵大家學好普通話的口號是：

"學好普通話，走遍天下都不怕。"

我在香港普通話教研社做了十多年的兼職工作，由輔導員做起，考上了助教，又升為教師。

7. 池輝實業公司的福利活動

池輝實業公司的大老闆還是不錯的，每年都會用公司賺到的錢，為全體員工組織兩次大活動。

六月份組織了一次去西貢度假營的活動。

組長讓傳報名單時，剛一聽到要去西貢旅遊，阿菊高興得拍手叫好，對我講：“去越南西貢，真好！我還沒去過越南呢。”

我也被她說糊塗了，我說：“你們都好，都高興了，我還沒領到永久身份證，不能出入境。好不容易有這麼好的機會，我去不成了。”

後來才知道，要去的不是越南的西貢，而是香港的一個旅遊點西貢的度假村。

到西貢度假村那天，趕上下雨，毛毛雨、小雨間隔不停，室外的游泳池、緩跑徑等都不能活動，所有的人都集中在室內活動了。室內活動的項目不算少，有跳彈床、康樂球、乒乓球等活動。

阿菊、阿雲、溫仔等六七個年輕人在玩跳彈床，在比誰跳得高，阿菊看到我走過他們那裏，向我招了招手，要我也上去玩兒，我怕我摔壞了，搖了搖頭，向她豎了豎大姆指。

我沒有玩兒過康樂球，很想試試玩兒，可排隊等玩兒的人太多了，而且都是二十多歲的年輕人。

跟我差不多歲數的人不多，年歲大點兒的不是坐在一邊兒聊天兒、吃零食，就是看年輕人玩兒。

看著年輕人玩得很開心，我真羨慕他們，不由得腦海裏迴盪起一首歌來：“太陽下山明早依舊爬上來，花兒謝了明年還是一樣的開，美麗小鳥一去無影蹤，我的青春小鳥一樣不回來……”青春一去不復返，我多少有點兒懷念那早已消逝了的青春歲月。

我剛想去樓上看看，正巧碰上廠辦公室職員，年輕文靜，喜歡學講普通話的的胡鳳儀從樓上下來，我問她："樓上有什麼好玩兒的？"

她告訴我："沒什麼太好玩的，有兒童玩的遊戲機室。有一個健身室，室內有跑步機、吊環、按摩椅，阿蘭姐、鄭先生他們在那裏玩呢。樓上還有一個休息室，在休息室裏面有報紙、雜誌看。"

我問她："你怎麼不去樓下玩兒，有好多年輕人可以玩兒的項目呢。"

她說："我剛才玩過跳'蛋'床了，別的項目排隊的人很多，我就上樓轉了一圈，看看還有什麼好玩的。"

我聽了告訴她："你把跳彈床的'彈'音說錯了，說成'蛋'音了，這個字是多音字，在這裏應該讀成'彈'，有彈性的'彈'，聲母是't'，聲調是第二聲，向上的。在手槍、機關槍中的子彈的'彈'和雞蛋的'蛋'是同音字，這兩個字的聲母是'd'，聲調是第四聲，向下的。沒有雞蛋做的床的。跳彈床是跳有彈性的彈簧床。"

她聽了笑了，高興地說："老師，我知道了。我又學多了一個字音，你聽我說得對不對，應該是跳'彈'床。"

我對她說："這次說對了，可別忘了。等你學會漢語拼音就好記了。"

她又自己說了兩遍："跳'彈'床，跳'彈'床。老師，我想跟你打乒乓球，那裏排隊的人不太多。"

我高興地答應了："好啊，我有十多年沒打乒乓球了，一定會輸給你的。不過，輸贏都無所謂，活動活動，對身體有好處，生命在於運動嘛。"

我和胡鳳儀打了一會兒乒乓球，當然是她贏了，我們玩兒得都很開心。

打完乒乓球，我走到樓上的健身室玩了一會兒跑步機，最後到休息室看了一會兒報刊後，拿出了我帶來的小說《莫泊桑短篇小說選集》看了起來。

小說中《羊脂球》一文，作者莫泊桑剖析了上流人物卑鄙、虛偽的一面，從他們乞求、利用、蔑視羊脂球（伊麗莎白·魯塞小姐）的行動上，對比地表現了羊脂球這一被欺侮、被損害的下層人物的品德是那麼純潔善良。

我本不太喜歡看打仗的小說，可莫泊桑的《索瓦熱大媽》卻吸引了我。在十九世紀的普法戰爭中，索瓦熱大媽燒死了四個住在她家，和她相處得不錯的普魯士士兵，為她的在戰場上被敵軍的炸彈炸死了的兒子報仇，她的行動是狠辣而壯烈的。

我利用這次去西貢度假村的時間，看完了平時我沒有時間看完的一本小說，我覺得收穫不小。

＊　＊　＊

十月份，公司又組織去海洋公園玩了一次，八點半在公司門口集合，九點多才發車，到海洋公園已經十點多了。進了公園就可以自由活動，規定下午五點在公園大門外集合。

我隨大溜跟著一幫年輕人走到了過山車處，看到阿菊、阿雲、許先生、溫仔等六七個跟我一起工作的年輕人，排隊等玩兒過山車，不知怎的，我心血來潮地想：香港海洋公園，我已經跟我母親來過一次了，雖然這次本來想再去海洋生物館參觀一次，坐空中吊車去後山看海豚、企鵝表演，可我從來沒坐過過山車，這次有好幾個年輕人能陪著一起玩兒，可以壯我的膽，也會安全點兒。機不可失，於是神差鬼使地我走進了他們中間，一起上了過山車。

過山車轉動起來了，當車身全側和整個人倒立時，我的頭暈極了，心跳得很難受，眼淚都流出來了。我真怕再有這麼一次，幸好只有一次最險的過程。

我下了過山車，剛走幾步，就嘔吐了起來，頭暈眼花，腳底無力，只覺得天旋地轉，我不敢走動了，只好席地而坐。

阿雲、阿菊、溫仔、許先生，全都圍了過來，阿菊問他們："要不要叫救護車？"

我聽了擺了擺手，有氣無力地說："不用，一會兒就好了，你們去玩兒吧。"

他們在我身旁站了一會兒，看著我慢慢緩過來了，許先生讓阿菊、阿雲再陪我一會兒，他和溫仔先走了。

阿菊給我喝了幾口礦泉水，我好了不少，我對她倆說："你們去玩兒吧。我不想動了，我就在這兒休息，等下午集合時你們來找我一起走。"她倆扶起我，把我送到附近的一條長椅子上，等我坐穩後離開我玩去了。

這次我可真嚐到了坐過山車的滋味了，坐一次過山車，差點兒要了我的命，可不是什麼人都可以玩兒過山車的。

*　　*　　*

十二月底，香港的聖誕節非常熱鬧，到處有彩燈閃爍、掛滿禮物、大大小小的聖誕樹，鮮艷美麗的聖誕花，掛著、貼著的各種各樣的聖誕節裝飾品。

尖沙咀、維多利亞港兩岸，還有組成各種美麗圖案的彩燈秀。

一些大商場裏，公園、路口，有聖誕老人給顧客、遊客、路人派發聖誕禮物。

在池輝實業公司的電池廠大門處、有電梯間的過道裏、廠房中，也擺放了聖誕樹、聖誕盆花，掛著聖誕節的裝飾品。

廠裏有一個聖誕老人拿著一大袋禮品發給每一個員工，禮品有糖果、香袋、學習用具、兒童玩具等，聖誕老人走到誰跟前，誰都可以從他的禮物袋裏摸拿一件禮品。我摸到了一個香袋，拿回家送給我母親了。

* * *

春節是中華民族傳統的節日，在香港，春節的節日氣氛也是非常濃厚的。家家戶戶的門上都貼有"出入平安""年年有餘""一帆風順"等對聯，還有剪紙，倒貼著的"福"字等吉祥裝飾。

一些屋苑、屋邨、商場、商店、天橋等處，都掛有各式各樣的彩燈，擺放了大大小小的花樹、盆栽、橘樹。"財神爺"向遊客、路人派發利市封。

春節過後，池輝實業公司在尖沙咀海城酒樓補團年飯，請了歌星杜麗莎為大家演出了獨唱節目，她唱了粵語、國語、英語、日語的歌曲，很受歡迎。

團年飯後有抽獎活動，這次抽獎的獎品共有三十多個，有彩色電視機、電冰箱、照相機、收錄機……，最大的獎是金龍一條。

可惜我們組只有阿菊抽到了獎品，是一個旅行箱，其他人沒有中獎的。但大家都挺高興，都覺得池輝實業公司的福利活動搞得很不錯。

8. 回京探親

我在香港一年的"坐監"時間滿了，可以自由出入境了。

在香港奔波勞碌了一年，我的身體差了，婦科病、頭暈病又犯了，雖然沒有去西雙版納那會兒厲害，但也多少影響了工作、生活，必須去醫院好好看病治療。我有一年沒回北京了，很想北京的家和家裏所有的人。我去找了電池廠的領導請假，廠裏給了我一個月的假。

八八年的四月十七日，我懷著興奮的心情坐上了香港去北京的直通火車。

在火車上，我結識了四個瑪嘉烈醫院附設醫校的女學生，她們要去北京、內蒙古玩兒，她們很喜歡學普通話，我介紹了香港普通話教研社。知道我在北京是中學教師後，她們告訴我："現在香港的年輕人很多都少要孩子了，所以香港師範學校畢業的學生因為學校少了，不太好找工作。"

第二天，在火車經過湖北省武漢市蛇山的黃鶴磯時，我和四個香港醫校的女學生都看到了黃鶴樓，我問她們："你們知道黃鶴樓這處名勝古跡嗎？"

四個女學生異口同聲地回答："知道。"有一個還搶先說了出來：“有一首唐詩是寫黃鶴樓的。”

我問她：“你會背這首詩嗎？”

她不太好意思地說：“不會。”

她們四個人都只知道有《黃鶴樓》這首詩，但都不知道詩的內容寫的是什麼，也都不會背誦。

我也背不多幾首古詩，正巧這首詩還有印象，我先在腦子裏默默背了一遍：

昔人已乘黃鶴去，此地空餘黃鶴樓。黃鶴一去不復返，白雲千載空悠悠。……日暮鄉關何處是，煙波江上使人愁。

詩中大意是：曾經有仙人乘黃鶴遊經此處，黃鶴飛走後，空留下了黃鶴樓。黃鶴一去不再回來，千年間有白雲飄蕩，……太陽西下，哪裏是我的家鄉？望著江上的煙霧、波濤，使我憂傷。

唐朝詩人崔顥登上黃鶴樓後，寫下了這首懷古思鄉之作。

我把這首詩背誦並講解給四個女學生聽後，她們都沉思了一會兒，看來都有所領會，對黃鶴樓和詩人懷古思鄉之情都有了一些瞭解。

中午，我想去火車上的餐廂吃武昌魚，因為去晚了沒吃著。吃飯時，我從餐廂的車窗往外看，看到了武漢站台上，有個台灣籍老人回鄉探親，有幾個人手拿“歡迎台灣同胞回鄉探親”的標語橫幅，還有敲鑼打鼓的、手拿鮮花的，非常隆重、熱鬧。老人和親人相見了，他們都流著熱淚互相擁抱著……看到這一幕動人心弦的場面，我不由得也流出了眼淚。

在火車上，我買了一本《台港文學選刊》，看了較有收穫。顏純鈞寫的《毛毛雨》中，女主人幫助鄰居帶大了兩個孩子，可因此自己卻並沒有得到什麼，反而失去的更多。這種捨己為人的精神是值得讚揚的。

諸羅的《梅天的輓歌》寫得也不錯,把商場的競爭寫活了。

顏純鈎是福建知青,去香港後經努力,當上了天地圖書公司和文匯報的編輯。他的經歷給了我繼續在香港奮鬥的信心。

四月十九日星期二上午,火車誤了兩個多小時後,終於到達了北京火車站。

一下火車,四個女車友主動要我跟她們合影了一張照片兒,她們就先走了。

這次因為兩個孩子要上學,只有黃永康一個人來接我,一年沒見,兩個人都有點兒激動,但都沒哭。

出了火車站,我和黃永康坐小巴,多買了張行李票回的家。家裏沒有什麼變化,但很髒亂。

中午黃強放學回來了,他長高了,長得我有點兒不認識他了。他見了我也生疏了,有點兒靦覥地叫了聲:"媽。"

我看到他左手臂衣袖上別著的少先隊大隊長的符號,誇了他兩句:"我兒子真有出息了,當上大隊長了。你看,我買了不少獎勵你的東西。"我把從香港帶回來的他的衣褲、英語書、學習用具、玩具、糖果等全都拿了出來。

黃強已經是小學三年級的學生了,十歲了,可他終究是個孩子,我帶給他的這麼多東西中,他最感興趣、最喜歡的是玩具搖控小汽車。我看到他在仔細觀察小汽車上的各個部件,可能他又在想他童年時的發明夢了。

回到家的第二天,我上派出所報了臨時戶口。第三天派出所有個姓安的同志就來訪了。安同志問我:"香港怎麼樣,有沒有內地好?"

我告訴他：「各有千秋，香港人生活節奏較快，很多人都不怕苦、不怕累，他們幹起活來很專心，又快又好，簡直可以跟內地的勞模比。如果內地人都能像他們那樣勤勞，盡心盡力地工作，那中國一定會比現在更加繁榮富強的。香港人文明，乘車、買東西都能自覺排隊；我還沒見過隨地吐痰、打架鬥毆的。當然，香港也存在有不少問題，貧富差別挺大；老人退休後有的生活不能得到保障，得不到應有的照顧。……」

聽了我的介紹，他竟然問我：「你是不是共產黨員？」

真有意思，我在內地時連共青團都沒入上，去了一年香港，我的思想水準達到共產黨員的標準了？我很感激他對我的鼓勵。

女兒是個住校生，因為要考試，今天晚上才回的家。她一進門就高興地叫我：「媽，你可回來了！我這幾天要考試，所以回來晚了。」

她沒有太大的變化，比我走時長胖了點兒。我看了看她，一下看到了在她左胸的衣服上，別了一枚引人注目的共青團的團徽，這是優秀青年的標誌。我在學生時代夢寐以求沒有得到的榮譽她得到了。

星期日，我們全家去了一趟大興縣黃村。乘公共汽車時，人很多，上車時沒有人排隊，一群人蜂擁而上，我左腳的鞋被踩下來差點兒丟了。

黃永康的母親和二哥全家人，見到我們去看望他們，都很高興。他母親雖然身體不太好，有哮喘病，但表面看精神還不錯。我們在黃村吃了中午飯，快天黑了才回到家的。

這次回北京我主要是看病，醫生給我開了很多藥。

我們全家還用"五一"勞動節的假日，去了黃永康的大哥、姐姐家。和我們一直有聯繫的兩個大學同學也上我家來看望了我。

我和黃強在平時上班時間抽了一天下午的空兒，一起去了一趟立新中學，看望了他小時候教過他的幼稚園的老師；看望了我原來工作時的領導、同事。

我們到立新中學的操場時，看到有很多老師和學生，都在練跳一種即將替換課間操的運動舞蹈。我站在一邊看了一會兒，覺得很有意思，很好玩兒。跳舞的人們千姿百態，有的舉手、抬腿踢足跳得穩健有力；也有的跳到站立不穩，東倒西歪，好像個不倒翁；還有轉錯方向撞到人的，很是可笑；但看得出，他們都跳得非常地開心。看到他們，我一時間懷念起了昔日的校園生活。

我也去了黃強上的進步巷小學，看望了他的班主任和教他的幾個老師。

每到一處，或有客來我家，他們都會問我香港怎麼樣？我講了很多遍，幾乎可以像錄了音的講稿，全都一樣地講下來。

一開始在香港，我的住房裏沒有電視機，後來買了一個二手的小電視機，都因為工作忙，沒有看過一部完整的影視片。這次回京探親，我在電視裏看到了印度故事片兒《愛的火山》，影片中男主角愛別人的孩子像愛自己的孩子一樣，最後捨身救人，成全他人的高貴品質演得非常感人。

在回京的這一個月裏，探親訪友、接待來客、看病、購物、買菜做飯，在家搞衛生、做針線活兒，比上班工作還忙，時間很快就過去了。

在全家四口人的幾次非正式家庭會議後，初步決定：女兒黃彤先申請去香港，高中畢業後爭取到香港繼續深造音樂。兒子黃強小學畢業後跟黃永康一起申請去香港上中學。黃永康申請停薪留職，保住北京的住房。

我該買回香港的火車票了，我去了兩次北京火車站，因為買票的人太多了，預售三天的票都賣完了。

黃永康請了半天假，陪我一起去火車站，準備分排兩隊奮鬥買火車票。我們從一個民警口中得知，港澳同胞可以到國際售票處去買火車票。

在國際售票處我問了一下，硬臥、軟臥的車票都能買到。有個女服務員問我："你是給誰買？"

我說："給我買啊。"

她告訴我："要是給外國人買，要二百多元一張。中國人買，軟臥一百一十八元。硬臥六十多元。"

我買了一張六十多元的硬臥票。

五月二十四日，我像做了一場夢一樣，又回到了香港。第二天，雖然很累，但顧不得休息，一早我提心吊膽地進了池輝電池廠。我把帶給大家的北京糕點小吃拿了出來，我對組長、經理說："因為買不到火車票，我回來晚了幾天，我認罰了。如果需要從頭算工，那我就去別的工廠了。我就是走了，我們還都是好朋友。"

也許是我的言行感動了他們，經理對組長說："算延假，開始上工吧。"

組長阿蘭告訴我："很多人都問你什麼時候回來。"

胡鳳儀是第一個跟我學普通話的學生，我用中午和下午下班的時間免費教過她普通話。她告訴我，她和辦公室的阿蔡，都在普通話教研社報名上了初班的課了。我聽了很高興。

我頭重腳輕地幹了一天活兒。

回港兩天後，我去了一次普通話教研社，教研社負責學術研究、中文拼音報的曹老師，託我到北京幫他買了幾本書，負責管理輔導員工作的郝老師讓我帶了根擀麵棍，我聽課最多的彭老師要我給她的兒子帶京糕條。我把他們要帶的東西都送給了他們。

我又開始在香港不分晝夜地工作了起來。

第二章

天高任鳥飛

1. 婦女當自強

自從我在香港生活滿一年後，能自由出入境了，就很想去與香港只有一橋之隔的深圳走走，看看。主要是因為香港是個繁華的商業特區，我聽說過有的大企業家文化程度並不高，通過自己的艱辛創業，不但在商場有了立足之地，而且幹出了驚人的奇跡。於是我想看看到相鄰的深圳能不能找到有我可做的小額貿易生意。

我去了兩次深圳，逛過幾個商場後，發現有的商場可以租櫃台做珠寶、玉器、服裝、手袋等生意，不用花太多錢。於是我問了幾個人，打聽到地址後，去了一趟深圳市工商管理局。

工商管理局的一位同志熱情地接待了我，他告訴我："香港人不能到深圳做個體營業，只能工業投資或加工工業品。需要一百萬投資才可以到深圳做生意。"

聽了他的介紹，這一百萬元的投資數一下就把我的經商夢撲滅了。

因為在深圳各方面的消費都要比香港便宜得多，每次我去深圳，都要去郵局往北京的家裏寄錢、寄東西，還會在深圳燙一次頭髮。

有一次我在深圳的建設路附近的一條小巷裏，發現有一家只有三個座位的小理髮店，理髮價錢便宜，衛生條件也還可以，顧客少不用等，我就進去坐下燙頭髮。

理髮店裏有一個三十歲左右，主要負責理髮、電髮的男老闆，還有兩個二十歲左右的幫忙洗頭髮、打下手的女孩子。

老闆正在給我用捲髮器捲髮時，進來了一個六十多歲，穿著塑膠拖鞋、短褲、短袖襯衫的男人。他不是來理髮的，一進門就大聲笑著用不標準的普通話說：“我來了，給你們送東西來了。”

兩個女孩馬上迎了上去，一邊接過他手中的幾個用塑膠袋裝著的東西，一邊撒嬌地搶著說：“你可來了啊！怎麼那麼長時間沒來？”“我都想死你了。”

老闆沒有停手，邊幹活邊客氣了一句：“馮師傅坐啦。阿彩，沏茶。小妹，去買四個盒飯來。”

梳著鬈髮馬尾頭，穿著大雞心領花短袖衫、黑色緊腿褲的阿彩，沏了茶送給了馮師傅，等馮師傅喝了兩口茶後，阿彩用紙巾邊給他擦額頭上的汗，邊一屁股坐到了馮師傅的大腿上，兩手套在他的脖子上，嗲聲嗲氣地說：“都想死我了，你什麼時候才能帶我去香港啊？”

那個上了歲數，看上去似阿彩的父親輩的馮師傅，經不住自來投懷的媚態少女的誘惑，醉紅了臉，一手摟住了阿彩的腰，一手從她的花上衣的雞心領中摸了下去……

我對著的鏡子正好可以看到在我身後坐著的馮師傅和阿彩，這一不堪入目的鏡頭，不想看卻已經都看到了。我只好閉起雙目，希望快點兒燙完頭髮，好離開這個理髮店。

深圳，這個內地改革開放的新興城市，吸引了很多有志青壯年前來工作、創業，為建設這座現代化的城市貢獻一份力量。然而，也有一些人是想藉深圳作為跳板，找機會跳到香港，去尋找資本主義制度中的某種生活。像阿彩那樣的女孩兒就是很典型的一個。

在香港，有一次中午，我在西九龍中心商場八樓餐廳吃飯時，我看到在我的鄰桌，有一個三十多歲，體魄健壯，五官端正的婦女，和一個年近七十的老伯同吃一份飯，邊吃飯，這位女士低聲問那位老伯："你說過要買一罐咖啡給我的，怎麼還不買啊？"那個老伯看了她一眼，用筷子點點餐盤，只顧吃飯，什麼話都沒說。

看到這一幕，我真是感到這個女人實在是既可憐又可憎，這麼一個四肢健全，看上去身強力壯的人，怎麼會混到沒有錢吃飯，連罐咖啡都要低三下四地向人乞討。

當然，在生活中我看到的那種沒有自尊，自甘墮落的女人是極少數的。

在工廠裏，在餐廳裏，在清潔工的隊伍裏，在社會上的各行各業裏，有著數以萬計的婦女都能自食其力，為家庭、為社會貢獻一份力量。她們活得是那樣的有尊嚴、有意義、有價值，受人尊敬。

我去了一次深圳市工商管理局後，因為知道了去深圳商業投資需要一百萬元的本錢，這個數字對我來講是個天價，所以我不再去追經商的夢了。我準備盡我所能，先做好我力所能及的工作，爭取循序漸進，為創造美好的明天而努力奮鬥。

2. 考助教　求職教師工作

在香港普通話教研社當輔導員，雖然是兼職工作，我還是很認真的，除了在課文內容、漢語拼音上下了不小的功夫外，就是帶領唱普通話歌曲也是花了不少時間練唱的。

普通話教研社出版了一本《輕鬆集》，收集了不少普通話的歌曲，好多都是我在內地沒有聽唱過的。歌曲有《小城故事》《甜蜜蜜》《月亮代表我的心》《南屏晚鐘》等。剛拿到《輕鬆集》時，頭幾天晚上我一有時間就聽歌練唱，很快我就唱會了《輕鬆集》中的所有歌曲。

普通話教研社有一份《漢語拼音報》，登出過我寫的好幾篇稿件："刮目相看"成語故事的漢字和拼音對照，我自編的《誰先到北京》拼音遊戲，《小龍學語》等。

主管學術研究的曹老師五十多歲，個子不高，其貌一般，在普通話教研社工作很多年了，他人緣好，社交廣，還幫校外的《龍之淵》雜誌跟我約稿，登出過我寫的《唐太宗以人為鏡》《鯉魚躍龍門》《龍骨和甲骨文》等文。

我在普通話教研社做了一年多兼職輔導員的工作後，得到了老師們的好評，也得到了幾個領導的讚賞。曹老師和負責輔導員工作的、樂於助人的郝老師都動員、鼓勵我參加升助教的考試，我說："等我考上導師，香港人想學普通話的都學得差不多了，也沒有什麼學生了。"他們都說我估計錯了，起碼二十年內推廣普通話的工作永遠興盛。

八九年初的一天下午，我去普通話教研社參加了升助教的考試。

有幾個專職老師見了我表示驚訝，A 老師問我："你來應徵來了？"

我說："來玩兒玩兒，體驗體驗生活，嚐嚐考試的滋味兒。"

我還沒走遠，B 老師對 A 老師說："她說過她的語音知識還不行，她是上海人。……"

我當輔導員時，所有的專職老師都對我不錯。今天見我要考助教，卻引起了貶議。想來也不奇怪，香港是個競爭很激烈的社會，助教、老師來多了，對 A、B 是會造成恐懼心理的。

我的助教考試通過了，可以上講台上課了。我教的第一節課是第一冊第三課的語音聲母部分。我下了點兒功夫，課備得較熟，不慌不忙，講得也很自然。沒想到差兩三分鐘就要講完了，聽我課的教研社領導小組成員之一的郭老師，突然走上講台："姜老師，到時間了，B 老師該教課文了。"他把我叫了出去。

在樓道裏，郭老師一手拿著教課書和筆記本，一手托了托眼鏡，看了一眼聽課記錄，嚴厲地說："你這麼講是完全違背教學原則的，要把學生講跑的。"

我很驚奇地問他："我怎麼講錯了？"

他說："你的教案內容太多，表可以不印；開頭用'溫故而知新'這句話太難了；不應該讓學生唸定義，會把學生嚇跑的。你在這兒當輔導員吧，下節別講了。"

下課後，我先去找曹老師說了說上課的情況，我說："你是看過我的教案的，沒提出什麼意見，還說寫得不錯，我就這麼照教案講了。"

曹老師安慰了我幾句後說："誰讓你向 B 老師提供了炮彈：'我是上海人'。"

我跟曹老師談了以後，又去找了郭老師。我態度自然，理直氣壯地說："我的教案交給你們看了，沒人提意見，我是按教案講的。講多了，講慢了點兒，我都可以改。"

這次他總算說了兩句人話："……我的態度不太好。你的聲音很好，發音也很標準，下星期再給你一個班試試。"

星期六晚上，曹老師往我家打了一個電話，告訴我："B 老師跟郭老師講你的前後鼻韻母全混了。郭老師準備讓你把第七課鼻韻母的語音知識連課文《職業》全講下來。"

星期天，我在家備了一天課。

郭老師真的聽我講了第七課的全部內容，聽完課他什麼也沒說就走了。

過了幾天，我再去普通話教研社時，曹老師告訴我："郭老師聽完你的課，給你寫了七條優點，他從來沒給任何助教寫這麼多優點呢。給你寫的缺點是講課有點兒緊張。"我聽後很高興。

四月底，我被普通話教研社推薦，參加了一九八九年全港中小學生普通話講故事比賽的評判工作。

在九龍好望角大廈香港教育專業人員協會，參加普通話講故事比賽的評判員工作會上，我又見到了湯玲老師，還認識了在香港北角育才小學教學的邢老師。

在和邢老師交談中，得知育才小學是一個用普通話教學的學校，是政府認可的私人開辦的學校。半日制，分上下午上課。有一個教二年級的老師已經申請辭職了，她走後，會有一個空缺，如果我想去育才小學教書，邢老師答應會幫我和小學領導講。

我反覆考慮了一下，現在我在工廠做工，每月可以領到四千多元工資，年尾還有一個月的雙糧。去育才小學教學，因為只有半天課，每月工資不到三千元。工資少了，可以用教普通話補上點兒，雖然是教小學，起碼可以進學校當教師了。最後我選定了去育才小學做教師工作。

五月中，在九龍循道中學禮堂，舉辦了全港中小學生普通話講故事比賽。比賽結束後，我把我寫好的一封求職信交給了邢老師，託她幫我交給育才小學的校長。

六月底，育才小學儀態萬方的孫校長接見了我，我簡單地介紹了自己的履歷後，她表示歡迎我到育才小學任教，要我在下半年九月一號開學前來校，到教務處報到。

我請了介紹我工作的邢老師、湯玲老師和普通話教研社的曹老師，在北角新光酒樓飲了一次茶。邢老師告訴我：「前面幾個剛進育才小學工作的老師，進去時每月的工資都只有兩千八，校長給你每月三千的工資，你是第一個。」

我聽了以後，一是感到高興，二是多少有點兒壓力感。

3. 第二次探親

一九八九年四月底，北京掀起了學生運動。

六月初，香港的電視台、報紙上，都做了不少有關北京學運的報道。

在香港，好像生活在世外桃源，風平浪靜，學生照樣上學，工廠照樣生產。我照樣白天在工廠上班，晚上去普通話教研社教普通話。

我的心是不平靜的，我惦記著北京的家，我怕兩個孩子行差踏錯。我寫信去了北京，催促他們儘快申請來香港生活。

我又有一年多沒有回北京了，雖然經常跟黃永康和兩個孩子都有書信往來，我還是十分掛念他們的。

在工廠裏，在跟我一起做過工的幾個人裏，阿秀最愛講一些男女之間是是非非的故事了。她也曾經問過我："你總不回家，你先生要是在外面有女人了怎麼辦？"

我也想過這個問題，黃永康和我都是從風浪中走過來的，我們都很珍惜彼此間的感情。尤其有了兩個懂事的、有出息的孩子後，更愛這個家了。我們的分開是暫時的，我們都在追求自己的事業，都想彌補那已流逝了的、無所作為的一段青春歲月。我們都想為這個家，為孩子們創造一個更加美好的明天。所以，我能無所顧慮地先來香港。

當然，天會有不測風雲，人心更不可測。如果真有意料之外的事發生，我也不怕，感情是不能勉強的，強扭的瓜是不甜的。我並不是一個離開男人就不能活的人。婚外情並不能得到真正的幸福，它只會給那些失去理智的人帶來更多的痛苦、煩惱，甚至是災難。

我到香港這兩年，北京的家一直都是平平安安的，年初接到黃永康的信，第一次告訴了我一個壞消息：小強和幾個同學在學校修建房屋用的磚垛旁玩兒時，他碰掉的磚砸傷了一個同學的腳，骨折了，花了一百多元還沒完全治好，現在那個同學還在家養傷。

六月中又接到一封信，信中說："六一"兒童節，北京市少年宮舉行了一次小學生樂器比賽，小強以揚琴參賽了，不知什麼原因，他把《金蛇狂舞》的結尾有一段打成了《人民海軍向前進》，最後又改過來了。這次比賽，他只得了第三名。比賽結束後，老師嚴肅地批評了他幾句，說他思想不集中，不認真……他回家後大哭了一場，說他根本就不喜歡打揚琴，以後再也不學揚琴了。

黃強這孩子，一直都是在順境中、在蜜水中、在讚揚聲中長大的，沒有吃過苦，沒有跌倒過，連幾句批評的話都接受不了，怎麼能進步？長大後怎麼能頂風破浪，融入社會。

我決定了暑假回北京一次。

六月底，我和育才小學簽了合約，下半年起去育才小學當小學教師。

我在池輝實業公司的電池廠辭了工，做到七月底就不做了。

臨離開工廠時，我在廠子附近的敘福樓酒家請了鄭經理、組長阿蘭、許先生、溫仔、阿菊、胡鳳儀、人事幹事陳小姐，加上我，一共八個人飲了一次茶。

在回廠的路上，阿蘭問我要什麼紀念品？我說："什麼都別買了，你們對我這兩年的照顧、情義，永遠會留在我的腦海裏了，這就是最好的紀念。"

他們還是送給我紀念品了：一支有包裝盒的金色圓珠筆，一本精裝筆記簿。

臨走前，我還買了三十多元的蘋果、香蕉、葡萄，送給了車間、倉庫、辦公室幾個沒有請飲茶，在一起工作了很長時間的同事，好來好走，做好了結尾工作。

七月底，我買了一張硬臥的火車票，又要回北京探親了。

我特意買了一張硬臥的上舖，下舖雖然可以看窗外的風景，但我有暈車病，一看窗外那些與列車相反方向飛速移動的外景，我就會頭暈作嘔。白天，下舖常會有上舖的乘客下來借坐、吃東西、聊天，無法躺著休息，所以還是睡上舖的好。

在我的舖位這一組裏，下邊兩個舖位的乘客，一男一女都是五十歲左右的中年人，我對面上舖的乘客是一位二十多歲，做服裝生意的男青年，他們三人雖素不相識，但因為都很健談，很快就聊開了。

女士："有的學校，老師上課不好好講課，放學收學生的學費上補習課。有的參考書其實只能當廢紙賣，可硬要學生花錢買書。"

男士："聽說有的地方政府要辦老幹部學習班，有的還要辦電視大學，知道老幹部會想他們不能成龍只能成灰了，不會交學費的，就動員各單位說：'老幹部革命了幾十年，有貢獻，應該讓他們度一個有意義的晚年。'讓各單位給老幹部付學費。"

男青年："現在送禮，有的在點心盒裏的點心下放好多錢的，有的一包煙裏全放的是錢。"

女士："買不到車票，有的人手中夾十元錢，跟列車員握一下手給票（錢），就可以上車，上了車後補票。"

男士："中國人的工資不是低了，而是高了，因為實際幹不了幾個小時，還給一百多塊工資。也有不合理的，按貢獻能得萬元的，只給幾百塊的。"

男青年："日本的工廠廠長做得好，他知道每個工人的生日，誰家缺什麼。如果有人因為工作忙忘了過生日了，廠長會開車送禮物到他家。誰家缺什麼，年終獎廠裏就會送你什麼。"

女士："我們這兒的領導要都能這麼關心員工該多好，那都能好好幹活兒了。"

男士："現在是北京靠中央，山東靠老鄉，廣東靠海外。"

我是從香港到廣州後轉的到北京的火車，在火車上聽到的不少話題是我聞所未聞的，有的話題中反映出了某些地方還存在著不少問題，不知中央各部門的領導知不知道，真應該讓一些坐在辦公室的各級幹部都出來走走、看看、聽聽。

這次回北京是暑假，放假了，家人都在家。黃永康和小強到火車站接的我。回到家，黃彤已經做好了中午飯。

吃完飯，我把從香港帶回來的東西從行李箱裏全都拿了出來。其中有一本書叫《天才的故事》，是不同年齡的人看了都會得益的。我已經看過一遍了，把其中的幾篇在書中目錄上畫了勾，我讓小強重點看，看完要寫讀書筆記。

這幾篇畫了勾的歷史名人成長的故事有：《（中國）孔子》《（英國）莎士比亞》《（英國）牛頓》《（德國）貝多芬》《（法國）雨果》《（丹麥）安徒生》《（蘇聯）高爾基》《（中國）華羅庚》……

從《天才的故事》書中的一百位世界傑出名人成長記錄中可以看到：一個有思想的人，才真是一個力量無窮的人。成功的人靠的是百分之一的靈感加百分之九十九的汗水。

收拾完我帶回來的東西後，全家人坐下聊了一會兒。我剛提到小強參加樂器比賽，打揚琴有失誤的事兒時，黃彤插了一句說："我弟弟還真有本事，兩個曲子打混了，打得跟改編了的曲子一樣，一般人都聽不出來的。"

黃永康在一邊"唉！"了一聲說："外行看熱鬧，內行看門道。怎麼聽不出來，是懂音樂的都能聽出來。"

我接著說："打錯了，比輸了，都沒有關係，只要能吸取教訓，每一次都認認真真地練習，認真地參加比賽，一定會取得好成績的。最怕的是輸了一次就放棄了，再也不練不學了……"我還沒說完，黃強就流著眼淚，抹著鼻涕走到小房間裏去了。

孩子長大了，打不得說不得了，可怎麼辦？

我和黃永康在兩個孩子面前，一個是慈父，一個是嚴母。在教育自己的孩子方面都存在著缺點。他從來沒有動手打過孩子，也沒有體罰過他們，對他們只有過分的溺愛。

我在學校裏當老師，一直是十分注意教師的守則的，就是對再淘氣、再犯混的學生也都是耐心說服教育的。

在家裏就不一樣了，也許是受我母親壞脾氣的遺傳，也許是受了社會上的壞影響，對兩個自己的孩子在不愛學習、過分淘氣時也有攏不住火，罰過、打過的。

在內地，很多家長在教育孩子的問題上，都有些錯誤的思想，"打是疼，罵是愛，急了用腳踹。""不打不成器，不打不成才。"是普遍認可的。

記得黃強上小學一年級時，有一次我剛給他洗完頭，他出去玩了一個多鐘頭後回到家，手拿著弄髒了的足球，滿身泥沙，連頭髮根裏都沾滿了沙土，我把他趕到門外樓道裏，拍打了他身上的灰沙，打了他幾下小屁股，罰他站在門外不許動，我就進屋關上了家裏的大門。

十多分鐘後，黃永康見我還沒讓黃強進家來，開大門看了看，告訴我："小強不見了。"

我又生氣又著急地剛想下樓梯去找他，他正好走上來了，我生氣地問他："你怎麼不好好地站著，到哪裏去了？"

他抬頭怯生生地望著我說：“我聽到樓下張凱在樓道裏的哭聲，我去看了看他。”

我聽了，氣消了點兒，雖然對他仍舊繃著臉，心裏覺得有點兒好笑：這些孩子，一個個的都讓家長操心，小強自己在受罰，還去關心他的捱打受罰的小朋友。

在香港，法律是充分保障人權的，無論在學校、在家裏，都不能虐待兒童和老人，誰要是打傷了兒童，哪怕是家長打傷了自己的孩子，都會受到法律的懲罰的。

還沒等我想好怎麼可以挽回僵局，對小強進行他能接受的可行教導，在小強的房間裏，響起了節奏較強、較快的揚琴聲，聽得出他是還帶有情緒在打揚琴，不管怎樣，他已經想通了，他用行動認錯了。

我回家的第二天，我和黃永康、黃強，拎著水果、糕點，一起去看望了被磚砸傷了的黃強的同學周志剛。經治療後，周志剛的腳傷已無大礙，暑假休養後，開學可以上學了。雖然這次黃強是不小心傷了同學的腳，作為家長，我和黃永康一再向周志剛和他的家人道歉，得到了他們的原諒。

我這次回北京又去醫院看病，拿了不少藥。

這次回京，雖然北京的學生運動已經平息了，我還是希望全家人能早點兒在香港團聚。

黃彤已經高中畢業了，因為申請了去香港生活，所以沒有報考大學，為了避免耽誤上學的年齡，我帶她奔走活動了好幾處，爭取能快點兒得到批准去香港。

我們全家人還用星期日去親戚、朋友家轉了一圈，看望了他們。

我在北京買了好幾本教小學的參考書、手工課的書、圖片等，準備帶回香港去育才小學教課時用。

因為九月一日開學前要去香港育才小學報到，又要提前備好課，所以八月下旬我就乘火車回香港了。

4. 小學教師

一九八九年九月一日，我開始踏入香港育才小學，成為小學教師。

學校分給我的課是三年級的一個班，除了音樂、體育課外，我要教這個班的語文、算術、常識、美術、勞作、書法（寫毛筆字），一腳踢，課全包了。還有這個班的班主任工作也由我擔任。除了我自己班上的課以外，還要教另一個班的算術課。

我教的是上午班，每節課上半小時，中間休息十分鐘。第三節和第四節課中間休息二十分鐘。半天裏，我要上五至六節課。

開學的前一天，負責三年級的戴眼鏡、較肥胖的歐主任召集老師們開了個會，佈置了這一學期的主要工作，講了"好兒童"評比辦法。帶大家備了備語文、算術課，提了幾點教課要求。

會後，歐主任熱情地帶我去教學樓三樓老師辦公室看了看，辦公室有四套辦公桌椅，每套辦公桌椅上下午兩個老師合用，每人用一頭的幾個抽屜。兩個大書架，每個老師用一層，可以放教學用具和學生的作業等。

開學的第一天還好，沒有要批改的作業，不太辛苦，一切都很新鮮。

第二天我半天上了六節課，休息時間又去教務處領校服、處理學生的事，只上了一次洗手間，忙得頭都暈暈乎乎的。學生交上來兩大摞作業本，因為上、下午兩個老師共用一套辦公桌椅，沒有地方可以改作業，只好拿回家去改。

香港小學生的作業本、教課書都很大，紙張都非常厚，每個小學生的書包都很重，我一人要拎重過他們好幾個書包份量的作業本回家，真是很累。回到家裏，累得腰都直不起來了，只好先躺下休息了一會兒，起床後吃了一碗方便麵，趕緊批改作業。

晚上又去香港普通話教研社教了一節課。從新界葵涌家到香港來回要兩個多小時。這一天，真是非常辛苦。

本以為上半天班可以餘出不少時間做兼職工作，沒想到工作量大到比工廠上班還要累幾倍。沒辦法，已經"破釜沉舟"了，只好咬牙堅持下去。

育才小學的學生好像不知道課堂常規，我講著講著課，突然會有一個學生像"小幽靈"一樣站在了我的身旁，問我一些跟上課毫無關係的問題："老師，你去過海洋公園嗎？""老師，你怕不怕老虎……"

下課後，我在辦公室跟兩個老師說了說學生的課堂紀律問題，她們告訴我："因為一、二年級搞過活動教育，學生跟老師隨便慣了，跟老師非常親密，甚至連昨天媽咪又生了一個小弟弟都會在上課時告訴老師。"

班裏有一個得自閉症的學生潘達智，上課嘴裏會哼不成調的小曲，愛下座位，不愛拿出書本，有時還會撿地上、垃圾桶裏的食物吃。他在家長的壓力下，一些死記硬背的功課成績還可以。有一次小測驗默課文，他考得還不錯，以為自己沒默好，哭鬧、打同學，足足鬧了六節課，最後一節課累得趴在課桌上睡著了。

要想上好課，一定要有一個好的課堂紀律。我跟全班的同學講："你們已經長大了，不能再像一、二年級的小學生上課那樣隨便走動，跟老師、同學講一些課外的事情了。因為課本上有很多知識需要老師講給你們聽，你們必須遵守課堂紀律、坐著好好學習，才能學到很多知識。"

我把班幹部，課堂紀律、學習成績好的幾個同學召集到一起開了一個會，要他們幫我維持課堂紀律，上課時，不讓那幾個愛活動的同學隨便離開座位。要大家都關心幫助潘達智，多讚揚他的優點，幫他改正一些壞毛病。

我在家長聯繫簿上每次都寫了潘達智的優點，再寫希望他要注意改正的缺點。我還約見了他的家長。

班裏的課堂紀律一天比一天好起來了。我也可以正常地給學生講授課本上的知識了。

學校給每個班發了很多《兒童報》的訂單，因為訂費高了點兒，全班只有兩個同學訂了《兒童報》。這兩個同學有一次把報上的幾篇文章和插圖剪了下來，貼在了班裏的"學習園地"上。我知道後馬上在班上、在家長聯繫簿上表揚了他們。班裏做好事的同學多起來了。好幾個同學把家裏的圖畫書、貼紙，交給了班幹部。坐在潘達智旁邊的女同學，每節課都幫他拿放好課本和學習用具。

十月中的一個星期日，學校組織全校師生去荃灣、元朗的幾個寺廟秋遊，家長可以陪同學生一起參加。

班裏有一個女同學帶著家裏的兩個菲律賓女傭來晚了，我們在元朗吃齋飯時才到，為她們，我特意去麻煩寺廟的住持要了三份齋飯。還有一個女同學，帶著妹妹，沒有家長陪同，每到一處，我都要留意這姐妹倆跟上了沒有，可不要丟失了。最後，我把她們送回了北角她家的住所。總算安全完成了這次秋遊活動。

小學生都非常可愛，他們像嫩綠的幼苗，需要園丁耐心地為他們澆灌，輸入養分，呵護他們成長。作為園丁，我希望他們每個人都能健康地、茁壯地成長。

學生的作業本越來越多了，好幾個老師都用有軲轆的大書包或小行李箱把作業本拉回家改。我把家裏買菜用的小菜車拿到學校拉作業本回家改。

為了備課、改作業，只好減少了晚上去普通話教研社兼職教課的次數。

十月底，考完期中考試，老師集中在一處批閱卷子。先改的是數學卷子，每人包改兩個班，香港人的工作效率是超快的，我還沒有改完一個班，有老師已經改完兩個班的卷子了。

接著是改語文卷子，流水作業，我抽籤抽到第一題，我怕我改慢了會影響後幾題改卷的老師，就集中精力快速改完了三個班。歐主任突然問我："姜老師，'寬'字有沒有一點？"

我告訴她："有一點啊。"

她說我改完的卷中，沒一點的有沒扣分的。還說了句："我們教小學的，一點一劃都要認真地看的。"

我只好把改過的卷子都重新檢查了一遍，是有兩個看快看漏了沒扣分的。有幾個是因為學生寫了簡化字，簡化字的"寬"字是沒有一點的。

我沒有做好工作，很自責，不高興。

育才小學老師的工作量超大。有老師說："誰要能在育才小學做長了，以後到什麼地方就都不怕了。"

但是，一九八九年底，我被香港普通話促進協會聘用為秘書，辭去了育才小學的教師工作。

一九九〇年有一次我去育才小學，給一位老師送普通話促進協會的一份材料時，正好上午班的學生放學集合隊伍在操場等主任講話。我教過的三年級一班的學生看見我，非常親熱地叫我："姜老師，姜老師！"班長王俊傑還從隊伍中擠出來，走到我跟前問好，我感動得熱淚盈眶。

要不是為了追求一個理想的工作，為了多掙點兒錢打好經濟基礎，真不應該離開這些可愛的孩子。

5. 劏房中的生活

鄰居

初到香港那幾年，我住的都是租的劏房，就是在香港沒有電梯的舊唐樓裏，房東把一層樓用木板分隔成幾小間房，這些用木板間隔成的小房間，便是香港人稱作的劏房。房東把劏房分租給家庭收入較低，買不起房的香港居民。

在葵涌大廈閣樓我租住的房間，有一扇小窗的那面是水泥牆，窗外是天井，其他三面是木板牆。沒有房門的木板牆後都有人住，在我床頭靠著的木板牆後的那間房間裏住著一個阿伯，他每天晚上都看電視，可能因為耳朵聽力差，電視聲開得特別的大。從他屋裏放出的電視聲，很少有新聞、電視劇的聲音，經常能聽到的是我最討厭聽的賽馬聲。

我曾經碰到過阿伯的女兒，她告訴我："我阿爸本來開過一間小士多[1]，後來因為他喜歡賭錢，把士多都賭沒了，只好搬到這兒來，申請政府的綜援金過日子了。"

有一天晚上，阿伯的電視機聲整整響了一個晚上，我一個晚上沒有睡好覺。

第二天下午在樓道裏我碰見身體矮胖，睡眼惺忪的阿伯時，我問他："阿伯，你架電視機係唔係壞咗呀？"

他說："冇壞啊！"

我又問他："嗽點解[2]響咗一晚？"

他笑了："噢，我瞓著[3]咗。唔好意思[4]，吵你喇。"

在這一層租客的房裏，經常會傳出電視機聲，敲、砸聲，手電鑽聲，歌聲，罵聲，就好像生活在一個很多人幹活兒的熱鬧建築工地上。

房東

我在育才小學的工作量是超負荷的，晚上還有普通話教研社的兼職工作，回到家裏已經很晚了。因為居住條件差，經常休息不好。

為了能休息好、工作好，也為了黃彤來香港好有一個像樣點兒的居所，我搬離了葵涌大廈。新的住所離葵興地鐵站近了點兒，在一座唐樓的二層。房東把整層樓間隔成六個很小的，一房有獨立廚廁的小單位，租給了六戶人家。我租下了其中的一個

1　士多：store 的音譯，主要賣生活中食品的小商店。

2　點解：怎麼。

3　瞓著：睡著。

4　唔好意思：不好意思。

單位。

我和母親用星期天打掃了屋子，買了一個雙層床，買了一張黑色人造皮的雙人沙發，一個能摺疊的小方桌，一個小電冰箱，把房間佈置得還挺不錯的。我是在育才小學上班不久的十月初搬的家。

這層樓是兄弟倆合著買下來的。大房東鍾生是個五十多歲，長著一張秤砣臉，酒糟鼻，賊眉鼠眼，挺著啤酒肚，穿著邋遢，不講禮貌的粗人。有一天晚上都九點多了，他突然敲門來訪，我想開著門在門口跟他說話，可他自己闖進了門，還把門關上了，他往沙發上一坐，翹起二郎腿，邊用手指摳撓腳趾縫，邊跟我說：“我要去台灣做生意，想跟你學普通話。”

我把香港普通話教研社介紹給他，他說沒時間去學。

他看到我放在桌子上的普通話書說：“畀我睇 [1] 吓得唔得 [2]？”

“得。”我把書遞給了他。

他用手拍了拍沙發：“來坐啦。”

可真讓人討厭，我繃著臉：“唔使。”仍坐在方櫈上。

他可能看出我不歡迎他了，把書往沙發上一扔，站了起來，看了看桌子上我正在寫的推廣普通話的稿子，要我教他寫信。我沒好氣地對他說：“我唔得閒 [3]。”

我把房門開了，下了逐客令：“唔好意思，好晏 [4] 喇，我仲有 [5]

---

1 睇：看。
2 得唔得：行不行。
3 唔得閒：沒有時間。
4 晏：晚。
5 仲有：還有。

嘢[1]做。"

他很不高興地走了。我生氣地"砰"的一聲把門關了。

真邪了門兒了，這樣的人也能買成房，當房東，莫非可能中了"馬"，可能……

不知何時，停水了，沒有自來水用，我只好睡了。剛迷迷糊糊地要入睡，突然大房東在樓道大聲喊："姜姑娘，有水沒有？"把我一下驚醒了。

我開了一下自來水龍頭試了試，沒開門也沒開燈，討厭地回答了他："有了，有水了。"就一頭倒在床上疲倦地又睡了。

在香港，住房問題不知困擾了多少家庭，要想安居樂業，必須解決住房問題。

其實好好想想，我住劏房的日子裏，雖然環境極差，卻也是件好事兒，促使我要更加努力地工作，爭取能儘快搬離劏房。在劏房裏，我寫出了幾篇小說、散文，自學了教授普通話的課本，使我能在香港這塊"天高任鳥飛"的土地上步步向上，終於實現了自己理想的工作和生活。

6. 推廣普通話

普通話是中華人民共和國的法定國家通用語言。

普通話以北京語音為標準音，以北方話為基礎方言，以典範的現代白話文著作為語法規範。普通話的"普通"二字是"普遍"和"通用（共通）"的意思。推廣普通話主要是為了消除方言隔

1　嘢：工作、事情。

閣，利於經濟、文化等各方面的社會交際。

在香港，不光是很多香港人都在熱心地學習普通話，準備迎接香港回歸祖國。就是已經定居在海外的華僑也有人在關心香港推廣普通話的工作。

有位愛國華僑陳先生，曾在抗美援朝時，捐贈給中國人民志願軍每人一雙鞋和一些生活用品。陳先生在他的家鄉福建，為鄉親們出資修過路，建過學校……

據陳先生自己講，小時候他家很窮，十幾歲從老家福建出來時，母親給他做了一雙新鞋，他捨不得穿，經常把鞋夾在腋下，光著腳走路。他跟幾個同鄉的年輕人到印尼後什麼工作都做。經過一段時間的辛勤勞動後，一步步升級，最後連他自己都沒估到，自己成了一個開過銀行、擁有好幾間大公司的實業家。

現在陳先生在印尼的銀行結業了，他全家定居在新加坡了。

陳先生現已年過七十，他把經過艱辛創業屬於他的幾間公司交給了兒孫打理。他想在晚年做點兒好事，於是看準了香港的推廣普通話的工作。

陳先生在香港買了堅尼地道半山上的一層四房兩大廳的房。那主要是給福建老家託他帶來的三個女孩子住的。一是因為陳先生出資在家鄉修路、建學校等做了很多善事，二是地方上也想培養人才，將來好為家鄉多做貢獻，所以很順利就批了三個女孩託陳先生帶到香港來上學深造，工作培訓。

這三個孩子裏，小月、小惠高中畢業後都沒上大學，來香港後，陳先生把她們安排在一個朋友的銀行裏工作了。年齡最小的是小玉，來香港後進了一間中學上高中二年級，學習成績一直不錯。

陳先生是這三個女孩子的監護人，他經常要在新加坡、香港兩地跑。他買下的住所，他住一間最大的房間。因為小玉要上學，溫書、做功課，所以一人住一間。小月和小惠兩人住一間。還有一間客房是為陳先生在新加坡的兒女、孫子來香港旅遊、做生意時住的。

　　有兩次到香港時，陳先生從飛機場乘的士回家，的士司機不會普通話，陳先生不會廣東話，在中國，在自己祖國的領土上，還要用英語來溝通，他覺得很不應該。

　　他看到香港有不少教授普通話的業餘學校、學習班。他想做好事，在香港興建一所培養教普通話師資的語言、文化大學，以後在香港的大中小學校裏，都用普通話來教學。目前他先組織了一個普通話促進協會。

　　他的想法、構思是好的。但要實際做起來，在人力、物力、資金、時間等問題上都有相當大的困難。

　　在我進育才小學工作不久，就聽說了有個愛國華僑陳先生要想在香港大搞推廣普通話的事。

　　過了不到兩個月，香港普通話教研社負責學術工作的曹老師找我談了談："……陳先生已經是七十歲高齡的人了，又有心臟病，他想請人幫他做一些宣傳、跑腿的組建工作，已經請了一個男秘書了，還想請一個女秘書。除了幫他寫文章做一些宣傳的工作外，還要做通知開會、聯絡組建人，整理、發送推廣普通話的文件等工作。每月的工資六千元，由陳先生自付。我想你做這個工作挺合適，不知道你願不願意做。你如果想做這份工，我可以幫你跟陳先生說。"

　　我回去想了兩天，如果去陳先生那兒做推廣普通話的工作，當然好處甚多。首先，在"九七"香港即將回歸祖國之時，能參加在香港推廣普通話的工作，能幫助很多香港人加強與內地人在思想、文化、經濟、科研等很多方面的交流，意義是十分重大的。

我已經多少積累了一些教普通話的經驗，寫幾篇推廣普通話的文章難不倒我。我還不老，身體還行，什麼苦我都不怕。如果這份工做得好，將來能為黃永康來香港找工作鋪了路，這也是很大的好處。工資比在小學工作要高一倍，這就可以解決我一直擔心的，兩個孩子來港上學的學費問題。

我想做這個秘書工作，找曹老師說："我可以做這個秘書工作，只是我不能半途放下我教的育才小學這個班的學生不管，要轉工作也得等教完一個完整的學期。"

曹老師把我的情況講給了陳先生聽，陳先生邀請我在一個星期日的晚上，參加旁聽了一次他召集的推廣普通話的會議。

陳先生身材頎長，衣冠楚楚，一表非俗，雖已邁入古稀之年，又有心臟病、高血壓等病，但表面看他精神矍鑠，精力仍然很充沛。

這次會上，他請了一位他的好朋友陳女士。這位陳女士是早期上海某報的編輯，後來在新加坡辦過報社。當年陳先生在新加坡銀行工作過，他和陳女士在工作上互相支持，成了好朋友。陳女士後來移居香港。

這次陳先生要在香港大搞推廣普通話，陳女士在家幫陳先生打電話與報社及其他機構聯繫，做了不少工作。

出席這次會議的，還有北京僑聯駐香港的主席劉先生，香港的幾個大學的教師，幾個教普通話學校的領導成員，有企業家、律師……還有我這個旁聽者。

陳先生在見到我本人後，問我要了一份我的履歷、發表過的文章。沒有簽文字合約，他在一次較多人員出席的普通話促進協會籌備工作會議上，向全體人員宣佈，正式聘用我和伍平安為籌備工作的秘書。

我在一九八九年底，在學期末辭去了育才小學教師的工作。開始了香港普通話促進協會的秘書工作。

普通話促進協會籌備工作的主要辦公地點在某書局，陳先生租用了一小塊地方和兩套辦公桌椅，只供我們兩個秘書用。

每次開大會都在不同地點，預先統計好出席人數後，在酒樓訂包間、訂飯桌，由陳先生出錢，邊吃邊商談工作。

出席開會的有教普通話的，有報社、雜誌社的，有經商的、開公司的……一個介紹一個，參加開會、吃飯的人越來越多，節假日有時候一天要訂中午、晚上共兩三桌。

我和伍平安的日常工作除了統計開會人數、訂酒樓、訂餐桌、通知開會地點外，還有一項主要工作是送稿件，把陳先生寫的推廣普通話的稿件、參加開會的人讚頌陳先生組織推廣普通話活動的稿件，發送到幾個報社和雜誌社去。

這些傳媒機構非常喜歡登我們送去的推廣普通話的稿件，因為一登這些稿件，陳先生就會訂幾百份，銷量極其可觀。有的雜誌，陳先生說好要訂三百份的，等取時會增加到四五百份，陳先生雖然有點兒生氣，但還是照多給的數量付了錢，下次照送稿去，照超多付錢，為的是擴大影響力。

我們把這些拿回來的報紙、雜誌發給了所有與會人員，有時每人還給了五六份。我們還去幾個地鐵站口發了些。每次剩下的越積越多，在某書局租下的辦公桌旁都放不下了，只好叫的士拉送到陳先生住所的客廳裏，客廳的靠牆處和沙發背後都擺放滿了，像一個儲存報刊雜誌的小倉庫。

和我一起工作的伍平安是個三十歲出頭，中高個，略肥胖的年輕人。他家裏有一個剛上小學的孩子、一個上幼稚園高班的孩子，還有一個正在學走路的BB仔，他的老婆沒有工作，在家帶小孩。他家租住的是唐樓天台搭出來的屋子，雖然房租不太貴，但是靠他一人收入的六千元，一家五口生活是不夠的。

他經常上班、開會遲到，甚至有時半天都見不到他的人影兒。某書局的老闆娘有一次說："這小伍又到處去找工作做了，真對不起陳先生。"

書局老闆說："他也是沒辦法，一家五口，靠這六千塊工資生活怎麼夠。聽說他有兩個朋友正在準備開一間速遞公司，他可能去幫忙了。陳先生要辦普通話學校，好是好，可對小伍來講，是遠水解不了近渴啊。"

原來小伍以前工作的Y公司在經濟不景氣的情況下結業後，他便失業了。他幫過某書局推銷書籍，某書局的老闆娘好心把他介紹給陳先生，幫陳先生做事的。

很多時候，我都要分擔伍平安缺勤時的工作。好在這份工比我來香港做過的好幾份工，在體力、腦力上都要輕鬆不少，沒感到太吃勁。

八九年底，我女兒黃彤被批准來香港定居了。春節前陳先生對我講："我要回新加坡過春節，小玉要回福建過節。你可不可以春節帶著你女兒到我家陪小月、小惠住兩天？"

我答應了："可以，沒問題。您放心回新加坡去過春節好了，好好多休息幾天。"

小月和小惠這兩個女孩子非常懂事，春節前擦窗、擦地，把整個住宅打掃得乾乾淨淨。年初一一早我們互相拜了年，我給了小月、小惠每人一份利市錢。我和黃彤回到我母親處拜年，吃了午飯。晚上回陳先生住所時，本來說好我給她們做飯的，但小月、小惠把晚飯都做好了。年初二早上等我和黃彤起床時，小月、小惠又已經做好了早餐。

春節後，陳先生從新加坡回來，雖然過節他休息了幾天，但身體越來越差了，他有心臟病、高血壓等病，一天要吃好幾種藥。他在香港又忙了一個多月後，心臟病厲害了，住進了醫院。他的兒女都來香港看望他，不讓他再在香港操勞了。

他的家人幫他把香港的房子賣了，三個小女孩搬到了山下一座唐樓兩房一廳的新居所。

我和伍平安因為再也沒有人願意牽這個籌建普通話促進協會的頭而失去了工作。

7. 華興貿易公司的工作

香港普通話促進協會因為陳先生生病，回新加坡去了，沒有人牽這個頭而自動解散了。

陳先生在回新加坡前，拜託了幾位普通話促進協會的成員，幫我找了份工作。沒多久，經過面試，香港華興紡織品貿易公司聘請了我。

香港華興紡織品貿易公司有兩個老闆，一個姓譚，一個姓李。

兩個老闆都還年輕，三十五歲上下。譚老闆個子略高，戴副近視眼鏡，是香港中文大學畢業的高材生，對人和藹，是個很有修養的人。李老闆身材矮胖，扁長臉上也戴副眼鏡，是個不愛說笑，較嚴肅的人。

我進公司工作的第一天，李先生給我佈置了工作：一、每天整理報紙上有關經貿方面的資訊資料；二、協助辦公室工作；三、以後跑國內的生意；試用期是一個月。

第一天，李先生拿了《經濟日報》《文匯報》《大公報》三種報紙給我，要看，要劃重點，記要點。八八年、八九年兩年的報紙都有一些，我忙了整整一天都沒有整理完。

快下班時，李先生走到我的辦公桌前說："明天起，當天的報紙只看一個多小時就行了。我們不能僱一個人光看報紙。"

李先生走後，譚先生在百忙中抽空跟我講了講怎麼整理舊報紙。

第二天上午，我用了一個多小時，整理完了當天的報紙。

李先生給了我五張名片，要我在一小時內寫五封信。

一處是有一個貨櫃已到香港，要寫感謝信。有兩處也做成了生意，還有兩處雖沒做成，但人家熱情接待，都要寫感謝信。我開始好緊張，差點兒無法下筆，定了定神，終於在一小時內寫成了五封信。李先生看了我寫的五封信後，一一誇好。

我把工作做好了，心裏踏實了許多。

華興紡織品貿易公司讓我用兩個星期六的下午，參加了一個在銅鑼灣的電腦學習班，學倉頡法中文打字，以後將用電腦來打中文書信。

我除了要寫中文書信外，工作很雜：要去珠江船務公司辦提貨手續；去東國纖維有限公司取樣品；去亞洲貿易旅行社給韓國佬辦簽證……。

沒多久，我跟公司的陳小姐一起去了幾次深圳、珠海，還參加了一次廣交會。

在內地，很多單位如果有出差去外地的機會，便可以順便遊覽名勝、購物消閒，所以出差是美事。

在香港就不一樣了，出差就是辦事情，辦完事立即回港，沒有一點兒逛街遊覽的時間。第一次我跟陳小姐一起去深圳就是當天去，當天回香港的：

我跟陳小姐去了深圳的粵海酒店，參加了湖南華升苧麻紡織企業集團公司產品及質量資訊發佈會。

去羅湖賓館找了浙江紡織品有限公司的兩位先生洽談生意。

去友誼大廈找 W 市紡織品進出口公司的胡先生，為退貨問題商談，如何處理德國漢堡退回來的貨不對板的牛仔褲。最後決定退回的貨品在香港找銷路，損失的錢各賠一半。

我和陳小姐是上午去的深圳，傍晚返港，我到家已經是晚上十點多鐘了。

一九九〇年四月十七日下午，我從香港坐直通火車到的廣州，在假日酒店等了陳小姐一個多小時，陳小姐是從佛山出差後趕到廣州的。陳小姐不到三十歲，做貿易工作已經積累了不少經驗。她穿著樸素大方，短髮，戴副近視眼鏡，工作認真，能吃苦，是個很能幹的人。我和她一起參加了廣交會。

第二天在廣交會上，我和陳小姐分頭找內地的公司談生意。我像演戲一樣，認真地和很多公司代表洽談生意，明知價高做不成也要談。

在山西、河北，我都被他們看出是新手，但其他很多地方談得都較成功。

在回香港的火車上我整理了洽談記錄。晚上快九點多了才到家。第二天一早，我拎著很重的廣交會上拿到的樣品，去了公司上班。

我經過勤學苦練，多問多請教公司的同事和普通話教研社的老師，終於能獨立用電腦打中文信、打一些表格，學會了儲存檔案和列印等電腦操作的工作。

我在香港華興紡織品貿易公司得到了老闆和同事們的好評，試工一個月後，便被正式錄用了。

8. 編輯工作

在華興紡織品貿易公司工作，每天都要整理一個小時的報紙。有一天，我在報紙上無意中看到，香港亞洲文化公司招聘資料員的廣告，我心動了。雖然我已經被華興紡織品貿易公司正式錄用了，但跟我所學的專業、愛好，是有不小的差距的。在華興貿易公司工作，要經常出差，工作時間不固定，所以不能兼職去教普通話課了。

我徵求了普通話促進協會中幾個在香港教育界、文化界有些名望的人士和普通話教研社中幾個老師的意見後，經過慎重考慮，寫了一封求職信，寄去了亞洲文化公司。幾天後，我接到了要我去面試的電話。

一九九〇年六月的一天，我向華興貿易公司請了半天假，去香港亞洲文化公司面試，接見我的人事主任、熱情的黎先生告訴我："你寄來的簡歷和發表過的文章，公司的領導都看過了，條件不錯，歡迎你來。有個資料員位，還有個編輯的位，你可以考慮選一個職位。"

我問黎先生："編輯工作是不是比資料員的工作要難做些,有一定的挑戰性?"

他回答我："那當然,這次的編輯工作是要編排 Y 國《華僑日報》的中文版。"

我又問他："那每天的上班時間怎麼安排?"

他告訴我："因為香港的白天是 Y 國的晚上,我們白天八小時工作,把編好的版面電傳到 Y 國,Y 國的《華僑日報》是晚上工作,第二天白天報紙在 Y 國一些地區銷售。我們每天的工作時間是早上八點到十二點,中午休息一個半小時,下午一點半上班,五點半下班。每天工作共八小時。節假日按 Y 國的時間安排,香港的三號風球、八號風球也都要上班。"

我很快地想了一下,資料員、編輯,我都沒有做過,這兩項工作共同對我的有利面是,時間上不影響我兼職教普通話課。從挑戰性、好奇的角度想,我最後選擇了編輯工作。

經過面試、體檢,我被亞洲文化公司聘用為 Y 國《華僑日報》中文版的編輯。要我半個月後去上班。

我回到華興紡織品貿易公司後,找李先生辭工,李先生沒好氣地說:"我們想你不會走的,才讓你去學電腦,要知道每個人來這裏,頭兩個月都是沒什麼貢獻的。"

我跟他講:"我一定教會別人打中文電腦,沒人會打中文電腦時,每天下午放工後,我來幫忙打。"他這才沒話說了。

我又找譚先生談了辭工一事,他對我說:"有好前途恭喜你,不過當編輯沒什麼發展。"

我也知道做編輯工作發達不了,可在華興貿易公司我不也只是個打工的。

陳小姐知道我要走，她想挽留我：“好不容易熟悉了，你再考慮考慮。”

我的意向已定，好馬不吃回頭草，只要一反覆兩邊都會不落好。

為了走得踏實些，我一連三天用放工時間教彭小姐打中文電腦，她學得比較快。

最後一天上班的中午，因為李先生、譚先生去了韓國，陳小姐又去內地出差了，譚先生事先委託楊會計和辦公室主任陶先生組織大家在聯邦酒樓吃了一頓較豐盛的歡送餐。

回公司後我請大家吃了我買的糕點和蘋果、橘子、葡萄等水果，謝別了華興貿易公司的同事。

亞洲文化公司在香港地鐵太古站附近的一座商業大廈裏，因為新裝修過，公司的環境很舒適。

一進公司的玻璃大門，靠右邊有一個收發櫃台，一間佈置得很雅致的會客室。長方形屋子的四周有電腦房，主編、副主編的辦公室，公司經理的辦公室，會計室等。

屋子中間用一米多高的木板牆間隔成兩排十個編輯的工作小間，我就在其中的一間工作。

我們編輯的 Y 國《華僑日報》中文版，有香港新聞版、財經版、娛樂版，還有鄉情版、醫藥版、文摘版……我主要負責鄉情版。

亞洲文化公司訂閱了香港各種主要報刊，放在編輯部後面的長桌櫃上。我們每天都要在很多報刊上尋找，跟進各自負責的版面有關的文章，審編、排版。

想來真有意思，我剛去華興貿易公司的第一天，李先生讓我整理兩年多報上有關貿易的資料，我整理了一天也沒理完，他對我說："我們不能僱一個人光看報紙。"

進了亞洲文化公司，每天的工作就是看報紙，選文章，編排《華僑日報》的版面，這回我可真是拿四千多元工資光看報了。

我們每個編輯的工作量都不算小，一到上班時間，人人都埋頭動腦、動手，忙個不停。如果有人請假，就需要別人幫他完成一部分工作。那麼這個幫忙的人，工作就會加倍的緊張，真是忙得連上廁所的時間都捨不得給了。

香港人有句俗話："越忙越撞鬼。"也就是越忙越出錯。誰要是出了錯，把關的副主編、主編就會把他找到辦公室去批評一頓。不過，回到自己的座位上，左鄰右舍的同事一定會安慰幾句，或開個玩笑："怎麼，開天窗啦。""悠著點兒，別太著急，越快越容易出錯。"

我們編輯部的同事之間都相處得較融洽。坐在我前面做醫藥版，比我大幾歲，雍容爾雅的任大姐，有時給我，也給其他幾個編輯一些她收集到的保健資料。我有時也會把我從醫藥、保健書上看到的一些文章介紹給任大姐。我有時早上上班來晚了點兒，任大姐總會焦急地看幾次公司的大門，等我進門差一兩分鐘八點打完卡，走到我的座位上時，她才鬆口氣，對我說："真是有驚無險啊！"

坐在編輯部最後一間板隔牆裏做文娛版的小蔡先生，在我先生剛到香港時，還介紹我先生去雜誌社做過校對的工作。

在編輯部工作，每天最輕鬆，可以大喘氣的時間是下午四點來鐘，清潔工來擦地搞衛生的時間。這個時間，我們編輯部所有的人都可以休息一刻鐘左右。

我們會在公司外面的樓道裏，做太極操，活動活動筋骨。可以看看報紙、刊物或聊聊天兒。這是一天中最高興的時間。

在亞洲文化公司下午五點半就下班了。為了打好經濟基礎，我去池輝電池廠又找了一份兼職工作，晚上上了一個六點半到九點半的特別班，讓我做 QC 度電的工作，工作不太累，還能熬。星期日我還兼職教普通話課。

兩個月後，池輝電池廠晚上的特別班改到離我家較遠的另一間分廠去做了，所以我辭掉了這份兼職工作。我專門兼職教普通話了。

半年後，我在香港普通話教研社經過考核，從助教升為了教師，雖然是兼職，但課給得不少，收入也多了。

一九九一年三月底，香港電訊局解僱了一千二百多名職工。生活在香港，一定要攢點兒錢做備用，還要多技能，才能較好地生存下去。

在亞洲文化公司，除了我有兼職工作外，其他人也有兼職工作。編輯部中有人白天下班後，晚上到另一家報社兼職編輯工作；有下班後去補習社教學生畫畫、寫書法的；有去雜誌社做校對工作的。總之，很多人都為家庭、為社會獻出了自己所有的能量。

在工廠做工能聽到很多稀奇古怪、五花八門的故事，在編輯部裏沒有人會用時間講故事。吃完中午飯，大多數人會趴在辦公桌上補覺。

在工廠裏有些人會買六合彩、買賽馬票，很少有人談買股票。在編輯部裏，很少有人買六合彩、買賽馬票，反而有幾個人喜歡炒金、炒股票。

每天上午做電腦室送來的、打好字的文章的校對工作，應該是效果最好的。有一天，新來的負責財經版的 G 先生，打電話長談股票，很大聲地說："某某機構內部可買股票，幾百萬，抽到可以得幾十萬，一百抽十二……"吵得我校對不下去了，直想去找經理、主編提意見。

沒想到曾經在內地某城市的出版社工作過，年近六十，有豐富工作經驗，風度威嚴的主編 A 先生走到編輯部問 G 先生："怎麼，G 先生要買股票啊，幫我也買點兒啊……"

我一聽震了一下，這時正好坐在我前面一板隔的任大姐站起身，在板牆上方遞給我她多影印的一份保健文章。我對她小聲地說："真吵人，我剛想去 A 先生那裏提意見，誰知他去 G 先生那裏還想讓 G 先生幫他……"我還沒說完，任大姐向我瞥了瞥眼，暗示了一下，慌忙坐下幹活兒了。

我回頭一看，主編 A 先生正朝我這裏慢慢走來，他走到我的辦公桌邊跟我說："姜海燕，等你忙完了，去我辦公室找我一下。"

我忙完校對稿件後，去了一趟主編的辦公室。回到座位上，任大姐又站起身來，從板牆上方探頭問我："A 先生找你有什麼事兒？"

我讓她猜："你猜是好事兒還是壞事兒？"

她說："我猜不著。"

我告訴她："不好不壞，讓我當編輯部的福利委員。"

她舒了口氣說："還好，他剛才沒聽見你說的話。"說完，她又轉身坐下工作了。

在亞洲文化公司的福利待遇不錯，每年春節都有宴會，有抽獎活動，我抽到過一個照相機。每年都會分批組織旅遊。我們去過深圳，參觀了深圳藝術館中的國寶展覽。參觀了民俗文化村，晚上在民俗村看了文藝遊行表演、舞台民族節目表演；欣賞了美麗壯觀，用鐳射打出的音樂噴泉。

有一次"三八"婦女節，亞洲文化公司組織所有的女同事去澳門旅遊，男同事照常工作。

我們十一個女士去了澳門的國父紀念館、炮台、大三巴，最後去了葡京娛樂場。葡京娛樂場中有好幾層賭場，在一層圓形大廳中間，是買籌的各種攤位的大賭。周圍一圈是拉老虎嘴的小賭，最少下賭注五十元錢，都換成兩元一個的硬幣，拉老虎嘴也會吞蝕本錢。我們都只玩兒了拉老虎嘴。我最多一次中過二十個硬幣，人人都是輸了想贏，贏了還想贏多些，最後每個人都輸了，最少輸了三四十元的，多數人都和我一樣輸了近百元。

亞洲文化公司的領導讓我當編輯部的福利員，在一次開福利員會時，電腦部的福利員杜小姐反映有人想讓公司買耳機聽。我說："你們打錯那麼多字能聽耳機，那編輯部可以看電視了。"大家都笑了。

在亞洲文化公司編報紙，有時要趕時間，不管是電腦打字還是編輯校對稿件，經常會出現一些很簡單沒有看出的錯字，甚至標題出錯，所以一定要特別專心，集中精力，決不能一心二用。

我很喜歡在亞洲文化公司的編報工作，每天都可以看很多文章，這對我提高文學修養、寫作能力，收集寫作素材有很大的幫助。

第三章

時通運泰

1. 父子來港

一九九一年七月底，黃永康和黃強被批准來香港定居了。

來香港前，黃永康在北京中央財經大學語文教研組被評為了副教授。黃強在北京市西城區進步小學被評為西城區三好學生，黃強的名字被載入進步小學優秀學生的名冊。

九一年七月二十八日星期日上午，我到深圳羅湖關口去接黃永康和黃強，他們只帶了一個小行李箱和一個小行李袋，我見了說了句：“你們哪像來定居的，倒像是來旅遊的。”

黃永康說：“我先來看看，把黃強安排好了，我再回去工作兩年，等評上正教授我再來。”

我生氣地說：“好啊，本來我是高高興興地來接你們的，你倒好，來看看就回去，真夠自私的。行了，你回去享受你的教授榮譽去，我一人在香港搏命掙錢供黃強上學好了。”

我們已經分開生活四年多了，就這樣，我生著氣把他們接過了關口，接到我一人在香港租住的蝸居中。

我的女兒黃彤，八九年底來香港定居時，錯過了升學考試的機會，找過幾份工，都因為她是學過音樂的，怕培養她工作不了多久就跑了，所以都沒有錄用她，最後只好在香港的琴行中找了教彈鋼琴的工作。

黃彤在第一個琴行工作沒多久，就被女老闆的弟弟看上了，想跟她拍拖，她嫌他個子矮了點兒，沒同意。換了一個琴行工作，又被一個女職員的哥哥看上了。當黃彤告訴我她有男朋友的消息後，我做了她不少工作都不管用。在黃永康和黃強來港前，黃彤就和男朋友同居了。本來女大就不中留，我經過艱辛工作租下來的蝸居，在她的眼裏根本就不像個家。

這次黃永康和黃強來後，我準備把我積蓄的錢拿出些，搬一個條件稍好點兒的房子。

我和黃永康、黃強剛進家門不久，我母親就來了，送來了兩碗菜，聊了一會兒才走的。

晚上，黃彤和男朋友梁偉業（一個中高個兒，完全沒有一般廣東人那種鼻樑和眼窩，是相貌中上等的廣東人）來家看望我們，帶來了給黃強買的衣服、鞋、手錶等，還請全家吃了自助餐。

黃強從小就景仰警察叔叔，想長大也當個警察。當我寫信告訴黃永康，黃彤在香港有男朋友了，黃強還在黃永康給我的回信中親筆給黃彤寫上了一句："姐，你找對象時，一定要給我找一個當警察的姐夫。"

在吃自助餐時，趁梁偉業上洗手間的時間，黃強問黃彤："姐，他是不是警察？"

黃強這一問，我們全都笑了。黃彤笑著對黃強說：「我找對象又不是給你找，怎麼，不是警察你就不認他了。他是做香港海關工作的，跟警察的工作差不多。」

黃強「噢」了一聲，似懂非懂地不再問了。

黃彤和梁偉業準備九月初結婚。梁偉業家兄妹五個，只有他是男孩，母親已病故，父親在工廠做工。梁偉業很早就工作了，邊工作邊上的夜大，夜大畢業後，考上了公務員。

黃永康和黃強來港的第二天是星期一，我休息了一天，帶他倆到我工作的亞洲文化公司和香港普通話教研社轉了一圈，帶去了幾盒黃彤的結婚蛋糕給同事吃。星期二我回公司上班，沒想到收到了一份公司同事送給黃彤的結婚禮物——相冊。

八月中，我和黃永康、黃強走了幾處，最後在房價較便宜、交通又較方便的深水埗醫局街，租了一處唐二樓中間隔出來的不到三百呎，很小的兩房一廳。是一個兩房用衣櫃相隔，廚、廁相連，中間用塑膠布簾相隔的單位。星期日，黃彤和梁偉業，還有梁偉業的兩個姐姐、姐夫，兩個妹妹，全來幫我搬家了。

黃強來香港正好是小學畢業的暑假。八月底，我和黃永康帶黃強到九龍的香島中學報了名，他被老師帶走考了兩個多小時。英文考得不太好，因為黃強在北京上的小學沒有英語課，只請了黃永康的學生教黃強學了點兒英語。數學和語文都考得不錯，最終被香島中學錄取了。

黃彤和梁偉業給黃強買了校服和書包。

九一年九月初，黃彤和梁偉業在沙田「金翠宮」舉行婚禮，結了婚。

黃永康在我做了工作後，開始踏進香港普通話教研社的大門。經亞洲文化公司編輯部我的一個同事的介紹，黃永康還在香港的一家雜誌社，做了兩年兼職的校對工作。

黃永康在普通話教研社工作了一段時間後，由輔導員升為了助教，又升為教師。我和他都為普通話教研社的課本、香港中學教普通話的課本寫過幾篇課文。

一九九四年，我和黃永康經過香港教育署的考試，取得了聘用普通話教員的許可證。

黃永康經過考試，被香港理工大學聘用為專職普通話教師，又在香港城市大學、香港管理專業協會等處兼職教授普通話。有了用武之地，黃永康在香港安心地工作、生活下來，成為了香港的永久居民。

2. 佛緣

在香港，有很多我教過的學生，有學校的學生，有在公司、銀行、護老院等工作的老闆、職員，唯一有一個女學生是在佛堂裏的修道女。

在沙田一處環境幽靜的小崗坡上，在一座明亮的樓房底層，有一個聖光佛堂。那裏有一位修道女是我剛來香港時，在工廠做工的同事，也是跟我學過普通話的學生，她叫胡鳳儀。

在工廠時，剛二十歲的鳳儀是科研室裏博士的助手，她聰明、厚道，有著像鳳凰一樣美麗、恬靜的儀表。工廠裏有一個年輕英俊的職員，曾是鳳儀的男朋友，在我即將離開工廠時，聽說他們中間出現了第三者。

我離開工廠後不久，鳳儀也離開了，成為一位虔誠的佛教徒。她去台灣佛光寺學習半年佛學後，便回香港一直在聖光佛堂修道。最近，她打電話想請我去聖光佛堂看看。為了不辜負她的心意，我帶著對她的想念，帶著一種特別的好奇心，在一個星期日的下午，去看望了她。

我提早到了約好見面的沙田火車站，在眾多的出入人流中尋找穿淺灰色佛袍，剃光頭的鳳儀。突然，一個熟悉的聲音在我身側響起："老師！"

我側身一看："啊！鳳儀。"

一個熟悉的臉龐，裝束陌生的鳳儀出現在我的眼前，她沒有剃光頭，黑長的頭髮往後梳成一個小的髮髻，身穿一件白色長袖衫，一條深藍色的過膝西裙。她比在工廠時老成了許多，成了一個地道的、憨厚的佛門修道女。

在去佛堂的路上，我關心地問："鳳儀，你們修道的可不可以結婚？"

她說："可以。"

我衷心地說："我並不反對你信教，我總覺得你年輕、聰明，應該做更適合你的工作，應該有個自己的家。信教可以作為業餘的活動。"

她告訴我："老師，我的父母也是對我這麼說的。可是我喜歡佛堂，佛堂裏有很多有意義的活動，可好呢。"

被她這一說，我真想看看她所在的佛堂到底是什麼樣的，這麼吸引她。我和鳳儀邊走邊聊，很快便到了聖光佛堂。佛堂門口有兩個和鳳儀一樣打扮的姑娘笑迎過來，鳳儀給我一一做了介紹。剛邁進佛堂的大門，一個十歲左右穿著白襯衫藍短褲的小男孩，兩手托著一塊小方白毛巾，邊鞠躬邊把毛巾遞給了我，我接過毛巾道了謝。

佛堂裏很整潔，佛堂正中牆上有一幅笑口彌勒佛巨像，佛像上端有"皆大歡喜"橫聯，佛像前的長桌上香燭共明，有兩個小女孩正在跪拜。

一位與鳳儀同樣裝束的何姑娘把我請到了佛堂的休息室裏，休息室的一面牆上掛有台灣總佛堂送的"修道要訣"內容的聯幅，室內有五六個中小學生和兩個學生家長。

鳳儀告訴我，這裏正在辦一個暑期中小學生學習班，她說："道因劫降，因為有了邪惡，所以要傳道，要辦各種學習班。參加過學習班的學生起碼不會去做壞事，回家也不會頂撞父母。他們都很懂禮貌，能幫家長做家務，家長反映都很好。我們還想在學習班開普通話課，想請你來教。"

我說："我最近比較忙，如果時間安排得開，我一定會來的。"

鳳儀給我倒了一杯她們自製的甜豆漿，何姑娘熱情地把一盤素炸雞腿和其他齋食送到我面前的茶几上讓我品嚐。

何姑娘坐到我身旁的長沙發上，高興地跟我說："你今天能到我們這兒來，說明你有佛緣、有祖德、有根基。如果你想入教，只要寫個名字，舉行一下拜佛儀式就可以了。"

我忙解釋："我這次主要是來看鳳儀的，當然也想看看你們的佛堂。"

鳳儀在一旁說："老師，我們這裏不勉強入教的。以前入教很難，一代祖師傳一代祖師。現在是有善根的都可以得道。得道的人死了靈魂可以升天堂，不會變成牲畜。"

我說："我不相信死後還有靈魂，還能升天。不過，我非常贊成你們除邪惡、行善。"

鳳儀馬上接著說:"現在很多人都失去了良心,如果每個人都講良心,就沒有邪惡了,就可以不用法律,人間也就是天堂了。"

我相信她的這些話,很多人都會贊同的。

鳳儀告訴我她現在已經沒有任何雜念,她說:"有不少人想做一番事業,我只想做好聖業。"

真是人各有志,也許她是真有佛緣。

以前我一直默默祝願鳳儀能找一個稱心的白馬王子,現在我更多地祝願她追求的聖業能夠成功。

我雖然沒有佛緣,但我對佛堂裏能為中小學生辦各種學習班而真心讚揚。

香港的兒童也是香港未來的希望,除了學校有責任教育培養他們,社會上各種機構、團體也都責無旁貸。只有人人都關心幼苗的成長,他們才能打好根基,長成良材,成為香港的棟樑,使香港變得更加繁榮、昌盛。

3. 到台灣旅遊

一九九六年五月中,因為亞洲文化公司要解散,我準備換工作。

在離開亞洲文化公司前,因為我存有七天假日必須用完,我一人參加了香港的旅行團,去台灣旅遊了一次。

黃永康因為有課要上,旅行團出發那天上午十點多,他送我到香港啟德機場,找到我參加的旅行團後,他就走了。

飛機起飛很準時,我在飛機上吃了一頓日本餐,飛機很穩很快到了台北中正機場。

台北中正機場很大，很乾淨。人不多，有很長的平地自動電梯，旁邊綠化得很漂亮。

在飛機場到六福村旅遊點的途中，導遊在旅遊車裏，向大家介紹了台灣的一些概況、風情："台灣有兩千多萬人口，是香港人口的三倍，面積比香港島加九龍和新界大三十多倍。台灣盛產圓粒米、烏龍茶、鳳梨等。台灣人愛嚼食檳榔，吃檳榔可以發熱提神，但會上癮，吃多了會得喉癌。台灣的地鐵叫捷運。台灣的電單車像大陸的自行車一樣多……"

我們在旅遊車上參觀了六福村野生動物園，最有趣的是一有車進動物園，就會有很多頑皮的猴子爬到車頂上坐著玩兒，等車子轉完一圈快出動物園時，這些猴子都會自覺地跳下車來，留在動物園裏。

我們在野生動物園裏觀看動物，也有一些動物在觀看我們。

六福村還有個不太大的遊樂園，有非洲及少數民族的建築特色，有黑色火山、小瀑布、很多竹子和枯草建成的亭屋，也有水上樂園，海盜船等遊樂項目。

我們在一家蒙古餐廳吃了自助餐的晚飯。

吃完晚飯，全團去麒麟飯店分配房間，旅遊團裏還有一個獨自一人報名的林小姐也是上海人，我跟她同住一個房間。林小姐跟我年齡差不多，比我個兒高，細眉大眼，短髮，很精神。她在香港觀塘的一家茶餐廳做收銀員，有個女兒想到台灣上大學，她這次是邊旅遊看看台灣，順便再去親戚家看看能不能幫忙照看她的女兒。

放好行李後，很多人跟導遊去飯店附近的華西小吃街逛夜市，吃夜宵去了。因為是自由活動時間，林小姐去了在台灣的親戚家。我去了這次五天遊沒有安排的台灣總統府附近。

因為沒有人作伴，去台灣總統府前我心裏不免有些害怕，問了飯店工作人員，他們都說台北很安全，不會有問題。打聽好了坐車行程十多分鐘，車費六七十元台幣，於是我一人斗膽招手截住了一輛計程車，上了車跟司機說："去總統府。"

司機看了看我問道："你是從香港來的吧？"

我反問他："你怎麼知道我是從香港來的？香港人說的是廣東話，我說的是國語，跟你說的不是一樣嗎？"

司機笑著說："現在香港人有很多都會說國語了。你不是台灣人，台灣人這個時候不會像你這樣坐計程車去總統府的。"

我雖然不是台灣人，但是跟他的語言相通，我們都是中國人。很短的路，我們聊得不錯。

在總統府前的廣場上，為了把自己拍到照片上去，我求了幾個人，和他們溝通也沒有任何語言障礙，他們幫我照了好幾張照片兒。

每當我翻看去台灣旅遊的照片兒時，我總會想起那幾個幫我拍照的台灣人，還有那個一眼就看穿我不是台灣人的司機。我和他們有著共同的語言，我們都是中國人。

第二天上午，我們先去了台北東北部金寶山的鄧麗君墓，山上樹木很密、很美，此山全是"有錢鬼"的住所，墓地建築都很大，很漂亮。

鄧麗君是我和我女兒都很喜愛的歌星，我在她墓地的塑像旁同她合影了幾張相。

從第二天到台灣各地旅遊起，每次照相不是林小姐和我互相幫照的，就是請導遊幫我們照的照片兒。

下一個旅遊點是野柳海邊風化礁石風景區，煙雨茫茫，我拍了幾張照片兒。

　　中午在野柳的素芳海鮮餐廳吃完飯後，我們參觀了忠烈祠，在門口值班的兩個衛兵做了一些耍槍的動作後，便像兩個假人似的一動不動地分立在兩邊的木方台上。

　　聽導遊介紹說，這些衛兵都是從海、陸、空軍中挑出的一米七以上的士兵，三軍分別守衛四個月，夏天最辛苦。

　　導遊還帶我們到了台灣鄉民農產所，聽了有關茶葉的介紹，每人都品嚐了一小杯茗茶。屋子的牆上貼著喝茶的益處：

　　　晨起一杯茶　振精神　開思路

　　　飯後一杯茶　清口氣　助消化

　　　忙中一杯茶　止乾渴　去煩躁

　　　工餘一杯茶　舒筋骨　消疲勞

　　這兒的茶葉雖貴，但是台灣的特產，我問林小姐買不買茶葉，她說："我不買了，我去親戚家，他們送了我兩罐台灣的茶葉了。"我買了一罐烏龍茶。

　　下午，坐了兩個多小時車到台中，在梅園餐廳吃完晚飯，又坐了兩個多小時的旅遊車到達高雄市，住進了名人飯店。

　　第二天，在高雄市澄清湖的九曲橋上，林小姐和我都用十元一個的硬幣打進了水池中一個小和尚跟前的錢缽中。聽說打中的人可以許個願，會有神靈保佑。

　　我問林小姐許了什麼願，她告訴我："希望佛能保佑我女兒到台灣上成大學。"

她也問我許了什麼願，我告訴她："希望我們全家人能在香港安居樂業，好好地生活下去。"

接著，我們登上了中興塔最高層，遙望台灣海峽，一峽之隔，便是中國大陸的沿海地區。我想，一定有不少台灣的老兵上過此塔遙望遠處的故鄉，寄託那濃濃的思鄉之情。

下了塔，我們又到著名的佛光寺參觀。我在香港池輝實業公司教的普通話學生胡鳳儀曾在台灣佛光寺學習過。前不久，我還去過香港的聖光佛堂看過她。

接著我們又參觀了龍虎塔，林小姐幫我照了一張站在虎口裏的照片兒，我告訴她："我先生是屬虎的，我是屬羊的，這下正對上了一句歌詞：'羊兒落在虎口裏……'了。"我把歌詞說唱給她聽，她聽了笑了。

下午坐了近兩個小時的車，終於到了我最嚮往的阿里山。阿里山上樹木翠綠繁盛，風光旖旎；山迴路轉的盤山路上雲蒸霞蔚，雲霧繚繞，汽車在山路上穿雲海，撥霧紗，我們似在仙境中遊覽。

天快黑時，我們換乘小巴，在狹窄的盤山路上轉了幾個彎後，真是曲徑通幽，別有洞天，我們來到了風景優美、環境幽靜的阿里山頂，在阿里山閣國民旅社吃完晚飯後分了房間。

我和林小姐分到的房間是，在阿里山頂公園邊一樓一間有落地玻璃窗的房間。

林小姐怕不安全，要求換房間。結果給我們的是三樓一間臭氣熏天，有蟑螂，牆壞地毯爛的房間，這使我想起了香港阿濃寫的《換湯》的小小說：

有幾個朋友聚餐，發現菜湯裏有隻小飛蟲，於是讓服務員拿走換湯，飯桌上有人說："很可能他們把小飛蟲撩走，拿來的還是那碗湯。"有人又說："要是碰上壞廚師，他認為你找了他麻煩，還可能會往湯裏吐兩口吐沫。"結果，湯換來了，誰也沒有喝。

我把《換湯》小小說的情節講給了林小姐聽，我問她："還要不要再換房間了？"

林小姐笑著直搖手說："算了。不換了，不要換了。"

我和林小姐只好忍著住了一晚。

天還沒亮，全團人起床坐小火車到祝山觀看日出，好不容易等到太陽剛要升起來了，一眨眼，它又害羞似的鑽進一團烏雲中去了。日出沒看成，大家都很掃興。

早飯後，我們參觀了附近的森林公園，看到了兩姐妹湖、四兄弟樹，盤根錯節的古松、神木等景色。森林公園中有各種各樣的樹木、大樹根在森林裏奇特地生長著。我感到我好像身處在童話故事裏那神秘的大森林中。

我們從阿里山頂下山的一條盤山路上，遇到昨晚塌方的好幾塊巨石擋住了路，司機只好往回開車，路程不免增加了許多。

最後一天的下午，我們參觀了日月潭的孔雀館、蝴蝶館和文武廟，在日月潭附近的小街上，每人都買了幾盒鳳梨酥、肉鬆餅等作為手信，帶回香港。

晚上我們住在日月潭的水沙觀光飯店。

跟著旅遊團，我們每天都緊緊張張，走馬觀花地參觀了祖國的寶島——台灣。

4. "九七" 香港回歸

一九九七年七月，香港將結束英國的殖民管治，回歸到中國母親的懷抱中來。在香港，有人歡喜有人怕，這是可以理解的，他們需要有一個認識、適應的過程。

香港之所以繁榮、昌盛，能成為亞洲的 "四小龍" 之一，那完全是香港人的辛勤勞動創造出來的。

香港人中有不少人就像是被貧窮時的祖父輩拋棄了的子孫一樣，已經習慣了在另一個門庭下生活，忘記了自己的根，忘記了自己是一個中國人。

在此，讓我們回顧一下中國的歷史吧，到底香港是怎麼被英國殖民管治的。

香港是中國的領土，在清朝是廣東省廣州府的新安縣。

中國地大物博，資源豐盛，早就是很多西方帝國主義國家垂涎之地。他們用盡各種卑鄙無恥的手段來削弱中國人抵禦侵略的意志、力量，其中用毒品鴉片來毒害中國人，危害了很多人的身體。凡吸食鴉片的人都成天精神萎靡不振，打哈欠、流鼻涕，肩不能挑、手不能提，什麼活兒都不能幹，吸食的人多了影響了生產，國民經濟日益衰退，國防力量岌岌可危。

一八三九年六月，清政府派欽差大臣林則徐在廣東省從英商手中繳獲鴉片，從民間繳獲煙具，集中在廣東虎門當眾銷毀鴉片一萬九千一百八十七箱和兩千一百多袋，總重量二百三十七萬六千二百五十多斤。

虎門銷煙，維護了中華民族的尊嚴和利益。

一八四〇年六月，英國藉口虎門銷煙危害了英商在華的利益，派遣遠征軍侵略中國，爆發了第一次鴉片戰爭。

由於清政府的腐敗無能，一八四二年八月二十九日，中英簽定了《南京條約》，中國割讓香港島給英國。一八六〇年十月二十四日，簽定了《北京條約》割讓九龍半島。一八九八年六月九日，又簽定了《展拓香港界址專條》割讓新界。

一八四一年一月二十六日，英國海軍在水坑口登陸升旗，香港成為英國屬土。

一九八四年冬，經過中華人民共和國政府的多方面努力，中英兩國在北京簽定了確定香港回歸的《中英聯合聲明》。當時的中國領導人鄧小平提出了由港人治港的"一國兩制"的方針，五十年不變。

一九九七年六月三十日晚上十一時三十分開始，在香港會議展覽中心，中英兩國進行了交接儀式，中國國家主席江澤民和英國查理斯王子分別致辭，標誌著中華人民共和國正式對香港恢復行使主權。

一九九七年七月一日零時零分，香港特別行政區宣佈正式成立，香港結束了近一百五十六年的英管治時期。

香港回歸中國，舉國歡慶，全中國各地的人民和香港人民，熱烈慶祝香港回歸祖國。

我沒有去室外參加慶祝香港回歸祖國的一些活動，我在家看了很多海內外華人慶祝香港回歸的電視節目，心裏萬分感慨。我寫了文章，在《大公報》上發表了，題目是《我談基本法——五十年不變》。

我的大外孫，在畫畫學習班裏，老師出了"香港回歸"的畫題，他畫了五十年不變的"馬照跑、舞照跳"的圖畫，得了九十分。

香港回歸中國，有人歡慶有人怕，在剛回歸後的三四年中，香港出現了移民潮，不少人移居到美國、英國、澳大利亞等地去了。移民中也有不少人很快又移回了香港，真是這兒好、那兒好，親身經歷後證實了，哪兒都比不上自己的家鄉好，哪兒也比不上祖國親，比不上家鄉的親人親。

一九九七年七月一日香港回歸祖國後，每年的七月一日定為了香港回歸紀念日，每到這個時候都會有很多紀念活動：

在香港會議展覽中心外的金紫荊廣場舉行升中國國旗、香港特區區旗儀式時，香港特首及政府官員都會出席。

香港政府舉行特區成立紀念酒會，邀請各界嘉賓出席。

北京的中央領導人也會有人來香港參加慶祝香港回歸紀念日的活動。

香港的康樂及文化事務署會傾力籌劃、主辦或支持多個文化、體育活動和城市美化項目，與香港市民一同在歡樂的氣氛中，紀念七月一日這個有重要歷史意義的日子。

5. 香港置業

在香港生活，對每一個家庭來講，住房問題是最大的問題。雖然香港居民可以申請香港房屋署建造的低租金的公屋，但輪候時間最少七年，而且有家庭收入的限制。香港的樓價、房租都很貴，一般低收入的家庭是買不起房、供不起樓的，只好捱貴租等待輪候分配公屋住。

黃永康和黃強來港後，我們曾經申請過公屋。為了生活，為了能有一個安定、理想的居所，我除了白天的正職工作外，一直堅持著做兼職的工作。

我除了在旺角的普通話教研社教課外，還去過北角、西環、沙田、大埔、上水等地的一些社區活動中心、公司、銀行等處教過普通話的課程。

記得有一次，晚上我去香港仔的華富社區活動中心，教完普通話課的回家途中，我在大巴的上層疲倦地睡著了，等我醒來一看，大巴又把我拉回到去華富中心的路途中了。我趕緊在離香港大學不遠的一個大巴站下了車，過馬路再換乘往回家方向的大巴，我再也不敢在車上睡覺了。

還有一次，我在文化公司上完八個小時班後，去灣仔的普通話教研社分校又上完了六點至七點的普通話課，之後便去地鐵站準備回家，突然想起八點至九點，在柴灣的社區活動中心還有一節新開的課要上。我趕緊走出地鐵站，找了一家麵包店買了兩個麵包，邊走邊吃晚餐，趕到柴灣上了社區活動中心的第一節普通話課。

在生活上，我和黃永康一直都是比較節儉的。我們的穿著都很樸素，衣服都是買的便宜貨，不是換季的減價衣服，就是在小攤上、板車上賣的低檔貨。

有一次，黃永康給黃強買了一條在板車上賣的便宜牛仔褲，告訴他只有三十元。黃強說：「以後你們再買便宜的衣服給我，不要告訴我多少錢，也好給我心靈上一個安慰。」

我在買菜買水果時，經常買分成小堆的便宜菜，還要看哪一堆好些、多些，看時間略長了，小販會不耐煩地譏笑我：「挑港姐哪！」「揀房哪！」或者索性趕我走：「唔好阻住啦。」我都習慣了，頂多這次不買了，下次再買菜時，我還會挑挑揀揀買又便宜又好的。

就這樣，我和黃永康像牛一樣無聲無怨地工作、耕耘。春耕秋收，一九九六年，在香港，在我們的人生之秋交付出了首期，問銀行貸款，買成了市價五十多萬元的房子。

第一次買房沒經驗，買了近太子地鐵站的廣東道的一處唐四樓，不到四百呎，廚房是僭建的兩房一廳的一個小單元房。政府要業主拆除住房中的僭建處，我家拆了僭建的廚房，客廳的一角間隔成廚房，客廳變小了，住了兩年房價漲了，我們便把房賣了，賺了十多萬元。我們用賣房的錢加了點兒存款，問銀行貸款交了首期後，又買成了一處太子道西的唐六樓，實用面積近七百呎，兩房兩廳比市價九十多萬便宜了十幾萬元的大單位。

在買這處太子道西的二手房時，我們還特別問了地產公司和樓下店舖中的幾個人，都沒問出此樓有過什麼問題。快要搬進去時才發現，此樓每層兩戶，和我家相對的另一家的大木門又髒又舊，在木門上只有一個很小的合頁鎖，好像很久沒有人住過了。在木門前的地上還放有一個裝著燒過香火的小瓷碗。

我到五樓敲了兩次此樓門洞組長家的門，女戶主和她的兒子在我的請求下，告訴我："你家對門這家的兒女都移民走了，留下的伯伯也申請移民了，在快要走的前幾天，伯伯上房高處的儲物櫃拿東西的時候，摔到地上死在房間裏了，沒有人知道，直到有人在樓道裏聞到了從屋子裏散發出的屍臭味，報了警，才知道裏面死了人。已經過去好多年了，也沒有人來理這屋。"

真沒想到第二次買樓房，比第一次買到僭建的廚房還糟糕，竟買了一處與鬼屋對門為鄰的房子。買房的錢是退不回來了，只好住進去。

雖然我是學歷史的，是個唯物主義者，我先生和我兒子都是男的，膽子都不小，可每次一人上樓，進出家門時，都有一種恐懼的陰影。我兒子嘴上說不害怕，可自己買了一個特大的手電筒，一直用了好幾年。

我家的廚房裏有一個後樓梯的門，是跟對面鬼屋的後門相對著的，沒有特別情況，誰也不會開這扇後門。有兩次樓道的燈管壞了，燈光一閃一閃的，回家開門很黑，陰森森的，瘮得慌。

住了兩年，突然發現鬼屋的大門不知是被人撬了，還是本來就沒有鎖好，開了一條很大的門縫，可以看到裏面黑洞洞的房間，更是令人毛骨悚然。我家報了警，還給屋宇署寫了信。鬼屋終於有人管了，屋宇署派人調查後沒收了此屋，找人搬走了裏面沾滿塵土、蜘蛛網的所有傢具，清潔了整個單位。

過了幾年，鬼屋被政府拍賣了，有人用四十萬元買下了我家對門的鬼屋。

二〇〇一年九月十一日，恐怖分子劫機撞穿美國世界貿易大廈，在電視中我們看到大廈被燒毀倒塌，慘不忍睹。

黃強正好被英國一間大學錄取讀碩士學位，全家人都因為怕打仗，而為他擔心。

就在送黃強去香港飛機場的那天，送完他，晚上我和黃永康回家發現我家被盜竊了，滿屋狼藉，衣櫃、抽屜全翻得亂七八糟，滿地衣物，後門被撬，木門推壞了，倒在了洗衣機上。

在這以前，我經常囑咐黃永康和黃強："我們住的唐樓什麼人都可以隨便進出，對門又是沒有人住的，誰出門都要鎖好門，在家也不要隨便開門讓生人進屋。"

黃永康每次聽我囑咐都滿不在乎地說："咱家有什麼呢？誰會來偷東西。"

這次小偷真來了，黃永康看到被盜竊後的場景，也驚呆了。

我和黃永康立即打電話報了警，又打電話把我女兒、女婿全叫來了，他們幫扶好了後門。從警員口中得知，他們能猜到大概是哪些人作的案，因為這一帶經常有小偷作案。香港的唐樓是沒有管理人員看門的，誰都可以任意出入，所以很不安全。

在一次幾個普通話老師的聚會上，有人講："小偷光偷東西還好，如果碰上有人看見了，他怕你會報案，很可能會殺人滅口的。"

我家被盜的半年後，我和黃永康又到處找房子，準備搬家，最後選中了九龍的美孚新邨。在美孚新邨，有管理人員看門，有電梯，有閉路電視監控。

經過美國"九·一一"事件後，香港的房價大跌，是入市的好時機。

在美孚新邨有十幾個炒家，他們好樓不看即下訂金，低價買進高價賣出，買主一般只有從炒家手中才能買到好樓。

我們就是從炒家手中買到的一個建築面積七百二十呎的兩房一廳，有一個露台，價值一百四十多萬元的單元房。炒家帶我們去看房時，業主還沒有搬走，他們知道被地產公司騙了，找某某地產大吵大罵了一頓，最後還是被騙了近十萬元。

二〇〇二年暑假，我家搬到了美孚新邨。

二〇一〇年十一月，香港政府推出了壓制樓市的"辣招"，包括額外印花稅。

二〇一六年十一月，香港政府再推出樓市新"辣招"，如果港人本身已有住宅物業，再買多一處住宅，便需要繳付百分之十五的印花稅。

香港政府的"辣招"狠狠地打擊了那些投機倒把、損人利己的樓市炒家。

我們在美孚新邨一直住到了我和黃永康都退了休，最後搬到了荃灣區青馬大橋附近的馬灣屋邨。

我家在香港買成房後，總算可以安居樂業了。我和黃永康在香港教了近二十年的普通話，我們的學生幾乎遍佈大半個香港。

6. 師生情誼

我是一九八七年初到香港定居的，三年後開始涉足香港的普通話教學領地，到我退休，我在香港教了將近有二十年的普通話課。我的學生說不上桃李滿香港，也差不多有香港一半以上的地區。因為學生實在太多了，我沒有記住他們所有的姓名，更沒有什麼聯繫，但我想他們一定會記得有過我這麼一個老師的，我也永遠忘不了他們對我教學上的支持和我們師生間的情誼。我記得，曾經有這麼一個班，一直使我記憶猶新：

新學期開始了，每個新開學的普通話班我都會請兩名學生做普通話課的班長，沒有特別的要求，只要願意為班裏同學做一些簡單的工作，班長的名額在第一次課間休息的十分鐘裏先報先得。

課間十分鐘過去了，某某學院普通話 T2 班沒有一個學生報名想當班長的，以往有的班會有四五個學生報名願意當班長，我怕我沒講清楚，等學生來齊了又動員了一次，希望願意當班長的下課後留下找我。

兩小時的普通話課上完了，臨下課前我又提醒了一次：「哪兩位同學願意當班長請留一下。」

　　學生一個接一個走出了教室，眼看著走了快一半了，我靈機一動，忍不住喊了起來：「怎麼沒有人留下啊？這樣吧，請走在最後的兩位同學留一下。」

　　還沒走出教室的學生聽了我這一招兒，一下蜂擁而逃，我客氣地截住了走在最後的兩個學生，在點名冊上做了記號，這兩位學生便成了 T2 班普通話基礎課的班長。

　　T2 班普通話基礎課的班長一男一女，女班長叫董小慧，中等身材，細眉秀眼，青絲垂肩，充滿活力。她的普通話口語能力已具中班水準，她自我介紹時說自己漢語拼音不行，所以報讀了基礎班。

　　男班長李勇高個子，粗眉大眼，染黃的鬈髮過耳長，像十九世紀歐洲人的一種髮型。他的普通話糟糕透頂，有點兒像外國人在學說中國話。這樣一個學生竟被我抓來做了班長，真是令人哭笑不得。

　　兩個班長都是「抓」到的，既給了班長的頭銜，也都接受了班長需做的一些工作。

　　普通話基礎班每星期有三個小時的課，學院為了節省開支，其中一小時上大課，好幾個班的學生在一個大演講廳裏，由一位全職普通話教師教授語音知識；後兩個小時各班回自己的課室，由一位兼職普通話教師教授課文，組織活動。

　　因為上大課的班很多，各班都由班長負責本班學生在點名冊上簽到，我影印了兩份 T2 班的點名冊，給了兩位班長各一份，上大課時 T2 班的學生到兩位班長那裏簽到即可。

開學後的第二週，我看了兩位班長手中上大課的點名冊，女班長董小慧手中的 T2 班點名冊差不多簽滿了名。男班長李勇手中的點名冊上只有李勇和另外兩個同學的簽名。我安慰了他幾句："沒關係的，簽在哪個班長手中的點名冊上都一樣。你以後早點兒去上大課，坐在邊上的座位，這樣同學們就容易找到你了。"

為了樹立李勇在班上的威信，我在課堂上用兩三分鐘時間讓同學們練聽力，聽我介紹"人不可貌相"的一個事例："兩年前，在我教的一個校外普通話基礎班上，有三個學生受了社會上的某些影響，打扮得很特別，兩個女生喜歡穿超短裙、緊身露肩細背帶的小背心。男孩子愛穿寬大肥賑的長燈籠褲、黑底怪獸圖案汗衫，他們都戴著各種奇特的耳環、項鏈，頭髮染成黃紅間色。班裏同學都遠離他們，他們三人坐在教室最後排，很少有同學跟他們說話。有一次上完課，我問下堂課有誰願意表演普通話的節目，半天沒有人回應，突然他們三人中的一位女同學舉手說，下堂課他們三個一起出一個節目。到了下一堂課，他們在講台前配著事前準備好的音樂，三人用簡單整齊的動作，又唱又跳地表演了國歌：'起來，不願做奴隸的人們……' 他們嚴肅認真的表演贏得了全班同學熱烈的掌聲。從此，跟他們三個人說話的同學多起來了，他們的奇特打扮也收斂了許多。最後，這三位同學普通話課的考試成績都不錯。"

我講完這個小故事，問坐在前排的李勇："你聽懂了嗎？"他微笑著點了點頭。

我笑著說了句："你聽懂了，那全班同學一定都聽懂了。"大家都笑了。

第三週上完課文，為鞏固課文中學的數目字，我帶全班同學做了一個數目字遊戲，遊戲中李勇做錯了動作，他被罰在下一週上課的時候表演一個普通話的節目。

第四週上課，李勇帶了一把吉他，他給了我一張影印好的流行歌曲歌詞，自彈自唱地表演了普通話的歌曲，他的表演得到一陣熱烈的掌聲。

我高興地對全班同學說："李勇同學是我們班上普通話基礎較差的一個，平時說不好普通話，可他唱的普通話歌曲歌詞都唱得不錯。這說明學習普通話可以通過多種方法，多種途徑來學；也說明李勇在學習普通話上下了不少工夫。我相信他會進步得很快的。"

第六週我看到了李勇手上 T2 班的點名冊上，大課簽到的人數越來越多了，跟李勇聊天兒，請他幫伴奏練普通話小節目的同學也多起來了。

李勇的普通話進步得非常快，期中考試的成績在班上是中上等的。我驚奇地問他："你怎麼會進步得這麼快？"

他告訴我："老師，你不知道我用多少時間學普通話了吧，我回到家裏看有普通話的電視節目，學唱國語歌，打電話用普通話聊天兒，上學坐在車上還用耳機聽普通話的廣播節目。"

我問他："你是不是別的學科成績都很好，所以能用很多時間學習普通話。"他不好意思地點點頭。

我又問他："你都跟誰打電話用普通話聊天兒了？"

他直爽地說："跟那個女同學班長董小慧。"

我沒有再問下去了。我看著他，邊笑著點了兩下頭，邊心裏在想，他還真有兩下子，真是人不可貌相啊！

兩個多月，一共十二週的普通話基礎課程結束了，最後一次期末考試是在一個星期六的上午，考完試有一個普通話的有獎比賽活動，十幾個普通話基礎班的學生集中在一個大演講廳裏，非常熱鬧。老師們坐在前兩排擔任評判工作，學生按班坐在一起準備各項比賽。

考試時我沒有監考 T2 班，普通話比賽開始前我沒有看到李勇，只看見女班長董小慧，因為要準備評判工作，我也顧不上多問班上的事了。

普通話比賽開始了，第一項是有六個班各上一個學生在講台前比賽朗誦詩詞，接著比賽的項目有繞口令、拼音連線、粵普詞語對譯等。

最後一項是講演比賽，司儀宣佈了六組比賽的班號，這次又有 T2 班。六個班參賽的學生都上講台了，我沒有認出 T2 班的學生。每個班的學生都舉起寫有自己班號的 T 字形木牌，我特別注意了舉起 T2 班木牌的那個學生，我很害怕，我的記憶力怎麼突然間差到連自己的學生也不認識了呢？難道是有學生拿錯了班號牌？我定了定神仔細看了看那個舉 T2 班木牌的學生，我終於認出來了，是他，是班長李勇，他把金黃色兒的頭髮染黑了，剪了個學生頭，穿著一件翻領短袖白襯衫，深藍色西褲，一下子變小了幾歲，好像一個穿著校服的高中學生。

李勇沒有看我，他在注意司儀的號令。六名學生都按十分為滿分來評判比賽的得分，前三名舉手搶答的學生會有 3、2、1 的獎勵分。我希望他能快速舉手得到獎勵分，可他跟第一次上課一樣，又是最後一個。

最後一個的演講題是 "我的普通話老師"。李勇走到麥克風前，T2 班響起了董小慧的領喊聲："李勇，加油！"接著是全班的啦啦隊聲："李勇，加油！李勇，加油！"李勇面對台下幾百名師生，頗有演講者風度地抬了一下雙手又放了下來，全場一下子安靜了。

李勇開始了兩分鐘的演講："我的普通話老師是姜海燕老師，我是第一次上普通話課被姜老師抓到的 T2 班的班長……姜老師的普通話教得非常好，她對我們很有耐心，有愛心，所以我們全班同學的普通話都學得很好。我以前講普通話大家都聽不懂，現在我講的普通話你們都聽懂了嗎？"

台下不約而同地響起了回應："聽懂了。"

李勇高興地結束了他的講演："謝謝大家！謝謝姜老師！"他停了一停，雙手握拳，右手有力地擺動了一下，一字一頓地喊了一句："姜老師，我們愛你！"

T2 班的女班長董小慧又啦啦開了："姜老師，我們愛你！"接著全班同學有節奏地齊聲喊了起來："姜老師，我們愛你！姜海燕！姜海燕！"

我含著激動的淚水站起身向 T2 班的同學深深地鞠了個躬。

* * *

我記得還有一個班在學期普通話課結束後，全班同學請我在城市大學的城軒酒樓晚飯聚餐。那天下午五點多鐘，天文台發了三號風球將改颳八號風球的消息，很多人下班、放學後都急忙回家了。可這個班的同學沒有一個回家的，都來參加了晚宴。他們並沒有人知道，也沒有人問過我的生日時間，那天並不是我的生日，他們給我訂做了一個生日大蛋糕，服務員送來蛋糕後，在班長的帶領下，全班同學唱了生日祝福歌：" ……慶賀你生辰快樂。祝你年年都有今日，歲歲都有今朝。恭喜你，恭喜你。"

每年我的生日都是在家簡簡單單吃碗長壽麵，有時忙得連生日都不記得，就過去了。

這一次學生給我舉辦的特殊的生日晚宴，使我終生難忘，更難忘他們對我的深情厚誼。

學生對我教學工作的肯定、鼓勵，使我更加熱愛教育事業，我盡我的努力，在人生之秋做出了一些成績。

7. 我們和時間賽跑

每個人的生命都是有限的，自古至今，自上到下，皇帝、百姓，富翁、貧民，知名人士、無名大眾，都不可能長生不老，都有與世告別的那天。

我來香港時已經四十多歲了，黃永康來香港時，已經五十出頭了，我們都不怕死，但都怕活得沒價值，死得有遺憾。

我和黃永康經過各自的努力，都成為了香港普通話課程的教師。

一九九六年，亞洲文化公司要解散，我提前辭職了。經過面試，我被香港城市大學語文學部、專業進修學院錄取為普通話兼職教師，我還在香港普通話教研社、香港管理專業協會等處兼職教授普通話課。

在熟悉、積累了一些教授普通話課的經驗後，我和黃永康開始寫書了。我們可以寫書的時間都不多，平時除節假日外，每天的課程時間都排得滿滿的，尤其是我，還得肩負家中買菜、做飯、搞衛生等工作，真是把走在路上的時間、睡覺的時間都利用上了，都在思考怎麼編寫普通話的教學參考書。

我編寫的《趣學普通話》一書，是我在教課時自編了幾個繞口令、順口溜的短文幫助學生學習普通話的，編著編著，編上癮了，最後把普通話的語音知識分成了五個部分，結合語音知識，編寫出了以繞口令、小快板兒、順口溜、相聲等為形式的一百六十多篇小短文，並由香港某某出版社在二〇〇三年出版了。

黃永康因為在北京中央財經大學教課時，就寫過不少財經方面的教材，在香港教授了一段時間普通話後，結合香港是國際金融中心的優勢，及不少從事經濟、金融工作人士的需要，寫出了有關中國經貿方面的《普通話口語交際教材》一書，由香港某某出版社在二〇〇八年出版。此書出版後很受歡迎，在市場的銷售量、在香港公共圖書館借閱此書的人次，都極其可觀。

我和黃永康兩人合作，我主要負責寫例文，黃永康負責寫評述與指導，我們寫出了《國家語委普通話水平測試　三十話題例文與指導》一書，由香港某某出版社在二〇〇五年出版。

雖然我們出版的書籍不多，但我們在有限的時間裏已經做出了努力，多少對香港的普通話教學有一定的貢獻。我和黃永康在香港度過了教學普通話的高潮時期。

二〇〇八年，我和黃永康都退休了，退出了教授普通話的舞台。退休後，我和黃永康還教過幾個公司的職員和個別求學普通話的學生。

我的女兒在香港上了中文大學音樂系的課程，畢業後在香港的某某國際學校教音樂，在琴行裏教授彈鋼琴。

我的兒子黃強在香島中學以優異的成績畢業後，考上了香港大學經濟金融系。大學畢業後，去英國讀了碩士學位，回港後考上了政府的公務員工作。

我們一家人在香港，在不同的崗位上，為香港這顆"東方之珠"發揮了自己的光和熱。

第四章

退休生活

1. 香港人長壽

香港人一般的退休年齡是六十五歲。

因為香港無重工業，環境衛生搞得比較好，空氣清新，有益於身體健康。香港是國際貿易、物資交流的樞紐地，是個美食天堂。因此香港人有著豐富的營養，很多香港人都健康長壽，退休後都能再工作幾年。

我和黃永康在退休後的三四年裏，還教過幾個公司班和個別學生學習普通話。

我母親和我的繼父都是長壽之人，繼父活到八十九歲得的腸癌在醫院病故。我母親九十二歲時還能一人到處行走，去香港賽馬會的投注站買馬票賭馬、買六合彩……

母親在生活習慣、思想上跟我和黃永康都格格不入，我和黃永康喜歡看書、寫文章，我母親喜歡賭馬、打麻將牌。母親最不

滿意我和黃永康的是：＂不講吃，不講穿，又不買馬，你們來香港做什麼？＂

雖然母親跟我和黃永康在很多方面都處不到一起，見她一天比一天老了，需要人照顧了，我曾經提出過讓她搬到我家來一起生活：＂……黃強結婚搬走了，你可以來我這兒住了。＂

母親說：＂你家就兩間房，讓我住小房間，只能放一張小床，一個小衣櫃，哪兒有我現在住的公屋寬敞。俗話說，金窩、銀窩，不如自己家的狗窩。住哪兒也沒有自己的家好，隨便、自由。再說，我住到你那兒去，就不能拿政府的綜援金了，你們能給我多少錢？還是拿綜援金的好，像每月都有工資拿一樣，有保障。＂

我知道，除了她提出的問題外，還有兩個不願意來我家的原因：我家住的馬灣屋邨，既沒有大商場可逛，更沒有賽馬會的投注站可以賭馬。再就是她怕失去經常在一起搓麻將牌的那幾個老朋友。

母親她願意一人獨居，生活自由，於是我要照顧兩個家。平時，每個星期我都要去我母親處兩三次，幫她買米買菜，煮飯、煲湯……她身體好時不喜歡在家吃，喜歡在外面的茶樓、餐廳吃。

住在我母親斜對門的郭太太有三個女兒一個兒子，分別上中小學，所以她沒有工作，在家是全職家庭主婦，我拜託她在我沒有去我母親處時，幫我多照看一下我母親，她答應了。我幫我母親申請了一個平安鐘，如果身體不適，一按平安鐘馬上會有人問，會有救護車、救護人員來送病人去醫院。

黃永康不會做飯，我去我母親家時，他會熱我做好的飯菜吃，或者吃用開水沖的方便麵。

我和黃永康退休後，為了節省出退休後的生活費，我家搬到了沒有地鐵站，交通不太方便，房價較市區便宜，空氣、風景都很好的，與青馬大橋相鄰的馬灣屋邨。

　　黃永康的主要退休生活不是看電視，就是到屋邨的平台上散步，看青馬大橋的海景：

　　遠處海天相連，層巒疊嶂；煙波浩淼，碧波蕩漾的海面上的貨輪、遊艇、漁船，往來不絕；大海上空，海鷗在展翅飛舞；被鬱鬱蔥蔥的山丘環繞的馬灣小島與青馬大橋相依為伴……眼前的海景，組成了一幅美不勝收的畫卷。

　　黃永康邊看海景邊吸香煙，邊吸香煙邊看海景，一天不知道吸食了多少尼古丁。

　　我和全家所有的人都反對黃永康抽煙。我女婿的父親就是因為抽煙得肺癌死的，當檢查出肺癌時，他後悔莫及，可已經晚了，過了沒到半年就去世了。我經常用這個例子提醒黃永康，可他並不在乎地說："我又吸得不多，我都七十多歲了，人生七十古來稀，夠本了。"

　　時間長了，不知道是因為生活太悠閒了呢，還是吸煙吸多了，加上黃永康自己買了很多補藥瞎吃吃多了，黃永康的大腦開始出現了問題。剛開始時，我只感覺到他有點兒"變態"，以往不太愛發脾氣的他，有幾次在退休的普通話教師聚會時，竟大聲地呵斥正在聊天的老師："別說了，人家已經夠慘了……""無商不奸，商人沒有幾個好的，要不叫'奸商''奸商'麼。"

　　普通話老師中，大部分人都有家人或親戚是經商的，我只好打圓場向大家道歉："別理他，也不知怎麼了，最近他有點兒變態，他是吃不著葡萄說葡萄酸。"

這以後的幾年裏，我和黃永康再也沒有接到邀請我們參加任何聚會的電話了。

2. 兩個病人

二〇一七年的夏天，黃永康的大小便開始失禁，有幾次把褲子、鞋、地上全弄髒了。有一天晚上，他把床單、被褥、地上尿得全濕了，從大房間一直尿濕到樓道、廁所。早上起來後，我因為約好母親那天上午要去她家的，我只好先把地用乾拖布擦了擦，幫黃永康換好了褲子。吃完早飯，我跟他講："你再有尿時，早點兒上廁所，別再尿褲子了。我去我媽那兒看看，要是沒什麼事兒，我會早回來的，下午我帶你去醫院看病。"

我去母親家時，母親正在廚房煮粥，她說她想吃粥了。我說："你去坐一會兒，看看電視，我來看鍋。"

她把火關上了，說："粥已經做好了，晚上吃。你來了，就一起去茶樓飲茶吧。"

我問她："這兩天你身體好嗎？"

她告訴我："沒什麼，就是感到沒力氣，胃口不太好。"

我說："你要想買什麼我幫你買，你想吃什麼就吃什麼，多吃些有營養的。"

她開始發牢騷了："吃什麼啊，現在物價都在漲，什麼都貴。就這點兒錢，能買什麼。再下去，我真要去撿報紙、拾罐頭皮去賣了。人家有兒子有女兒的，掙了錢都交給媽管，我是沒有這個福氣啊！"

我從錢包裏拿出二百元錢給了她："今天我不能多陪你了。黃永康病了，昨天晚上尿得床上、地上一塌糊塗，下午我要帶他去看病，過一兩天我再來看你。你先跟郭太太打個招呼，有什麼事兒先讓她幫你一下，給我打個電話。"

母親沒好氣地說："我早就看出來了，我老了，沒用了，我的命算什麼，還是黃永康的命值錢。"

我臨走時，她跟我說："你等著，就在這幾天，會有大件事發生，你做好思想準備吧。"

我早就聽慣、看慣她發脾氣了，我是從小被她嚇大的，所以沒多想，沒理會她說的話。

中午，我買了一包成人尿褲帶回家，黃永康在看電視，沒有尿濕褲子，只是廁所的坐廁旁有些尿，我把它擦乾了。我讓黃永康到小房間坐在椅子上自己先穿上尿褲，我去做方便麵，等吃好飯就叫的士去醫院。

我做好了麵，盛了一碗放到客廳的飯桌上後，去小房間想看看他穿好了褲子沒有，剛一看就嚇著我了，長褲拖在地上，左腳穿進尿褲中去了，右腳把半邊尿褲踩在地上，不會穿了。

我幫他把尿褲穿到大腿上，把長褲的左褲腿穿了上去，還沒來得及穿右褲腿時，他的上身斜倒在了電腦櫃和窗台間了，我問他："你怎麼了？"

他不會說話，也不會動了，只睜著眼看著我，我趕緊打"999"急救電話，很快，救護車來了，救護員幫他穿上褲子，送到了醫院。在急救室搶救了一個多小時後，醫生說他發高燒、肺炎、小中風了，需要住院治療。

我打電話把兒子、女兒都叫來醫院了。晚上我們快要離開醫院時，黃永康總算清醒了，可以說話了，但記憶力一下差了。

護士送來了留尿、留痰的小瓶，放在了病床旁的床頭櫃上，兒子黃強拿起小瓶告訴他爸："這是留痰的瓶，你咳嗽有痰時，吐口痰在這個小瓶裏，好化驗。這個小瓶是留尿用的，你想尿尿時，第一，要叫護士；第二，告訴她要尿尿；第三，尿尿要留尿。"

黃強重複了三遍後，問他爸："你有尿時，第一，要做什麼？"

黃永康答對了："叫護士。"

"第二做什麼？"

第二應該是告訴護士要尿尿。黃永康答的第二是："脫褲子。"再問他第三該做什麼，黃永康答不出來了。

黃強又教了他爸兩遍，黃永康還是記不住。最後只好告訴了護士，讓護士幫忙了。

第二天，我去醫院看完黃永康就回家了，清洗被他尿濕了的床單、被套和他換下來的衣褲，擦了兩遍地。

黃永康住院的第三天，中午我去醫院看望黃永康後，就坐車去了我母親家。快到她家的門口時，只見大門沒有關上，留著很大的縫，從大門縫裏可以看到廚房、廁所的門全開著，沒有人。我走進睡房一看，母親橫躺在大床上，雙腳搭在床沿上，穿著睡衣褲，被子、毛巾什麼都沒蓋，她閉著雙目，奄奄一息、微弱地哼哼著，我緊張得不知如何是好，馬上按下了平安鐘。

救護車來了，把她送到醫院急救。她被放進了只有她一人、不許家屬入內的觀察病房。第二天，她總算闖過了鬼門關，被轉到了六人一間的病房。

從小到大，在我的記憶裏，母親發起脾氣來，經常掛在嘴邊的話是："我不要活了，我死給你們看。"這句話說了有半個多世紀了，我的親父親、我的姑姑、大姨、魏伯伯，都聽煩、聽厭了，一耳進，一耳出，誰都不理會。想不到這次會輪上她想真死給我看了。

我退休前後一直都照顧著兩個家庭，我自己的身體雖無大病，但小病也不少，本來我總認為自己做得夠多的了，星期天、節假日都沒有休息，比任何一個保姆還忙、還累。我母親這一鬧，我又覺得還是自己對她關心做得不夠，心裏很是內疚。

黃永康和我母親分別住在兩個不同的醫院，我每天要走兩處去看他們。他們兩人都住了一個月的醫院，快要出院時，我真不知道怎麼辦才好。

母親在住醫院期間，腦子也出現了問題，經常會有一些幻覺，胡說八道：「這兒的醫院不好，我昨天去中關村看中醫了。」「我搬家了，樓上有個大商場，我就住在樓下。」「滙豐銀行請我去做會計，明天我就去上班。」

醫生對我說這次我母親出院後一定要每天二十四小時都有人照顧才行。我請求醫生：「我先生中風了，現在還在醫院躺著，能不能讓我母親在醫院多住些日子。」

醫生讓醫院裏的社工幫我，社工龐小姐找我談話說：「像你母親這種情況，只有去護老院，那裏二十四小時都有人照料護理，還有醫院的醫生定時會去巡診。」

我跟她說：「我知道護老院，聽說院費很貴，最便宜的每月都要八九千元。」

龐小姐告訴我：「你母親是申請綜援的，你可以去社會福利處幫她申請護老院，費用政府全包的。我給你準備一些你方便去的地區護老院的資料，你挑好一個政府資助買位的護老院後，帶著醫院醫生的診斷報告，就可以去社會福利處申請了。」

3. 申請援助金

在醫院社工的幫助下，我拿到了幾頁有關護老院的資料。我挑了五六個離我家不算遠，交通還算方便的護老院，一一參觀，瞭解了一下環境、服務項目、收費等情況後，在荃灣的荃景護老院付了九千元訂金，佔了一個有窗口的房間。

替我母親申請政府的援助金，需要我做她的監護人，我沒有出生紙，我到荃灣區的民政事務處通過宣誓後，有了一份母女關係的證明文件。因為以後政府給的援助金必須有一個只有監護人的姓名，只能用於受援人所得的援助金進出賬戶的銀行戶口，我去滙豐銀行開了只有我的姓名，只能存取我母親的援助金的銀行簿。

申請政府援助金是有資產限額的，我母親沒有買過房，沒有任何物業、股票、債券，她只有一個滙豐銀行的銀行簿，簿上只有幾千元港幣，因此是絕對符合申請條件的。

一切工作準備就緒，我帶著所有要求帶的申請政府援助金的文件，包括證明、醫生診斷書、銀行簿，去荃灣社會福利處順利地辦好了母親的政府援助金。

住醫院整一個月的最後一天，母親可以出院了，醫院有專門送病人回家或回護老院的車，車上一次要送好幾個病人，所以不能讓病人家屬上車陪同病人。

本來護士告訴我，下午可以把我母親送到荃景護老院的，因為這次要送的病人多了，母親是最後一個送到的，我在護老院足足等了五個多小時，天都黑了，七點多了才接到她。護老院的工作人員專門給她熱了飯菜，讓她在飯廳裏吃了晚飯。

吃完晚飯，母親對我說："啊！這兒的環境還不錯，地方大多了，剛才我去了一個地方，又髒又亂，什麼人都有，還有和尚。"

我說："你哪兒都不可能去的，你一定在車上睡著了，又做夢了。"

我帶她去了她住的房間，一直等她睡下了我才回的家。

我到家已經九點多了。黃永康比我母親早一個星期出的醫院，他除了記憶力差了以外，看不出有太大的變化。我回家時，他問我："怎麼去那麼長時間啊，這麼晚才回來。"

我告訴他："醫院的車送晚了，天都黑了才送她到護老院。她第一天換了一個地方，我不放心，多陪了她一會兒。你怎麼樣，沒事兒吧？"

他說："我沒事兒。"

"你吃飯了嗎？"

"吃了。"

他是吃的我給他準備好的杯麵。我也用開水沖了一個杯麵吃了晚飯。

第二天下午，我去看我母親，我問她："在這兒還可以嗎？"

她說："還可以，就是房間小了點兒。不用自己做飯，也不用洗衣服，蠻好。"

我聽了總算鬆了一口氣。

她接著跟我說："你幫我打一個電話給上海的招弟、阿妹，告訴她們過兩天我就回家了，讓她們來香港一趟，接我到上海去。"

我以為她又說夢話了。我對她說："你剛出醫院，身體還沒康復，醫生讓你要好好休養。我剛給你申請了政府資助的，不用你自己出錢，二十四小時都有人照顧的護老院，怎麼能想走就走呢？進護老院，我是問過你，你自己都同意了的啊。"

她告訴我："我老早就跟招弟講好了，她家地方大，樓上樓下四間房，有一間沒人住，二樓還有個大平台，她答應過我，我可以到她那兒去養老。她家是開餐廳的，在她家，我可以吃到地道的上海小籠包、臭豆腐、陽澄湖的大閘蟹……"

我勸她："那是以前，你還走得動，又肯花錢，你現在要去肯定不一樣了。在這兒，怎麼著我都會管你，照顧你的。"

她又告訴我："我還有錢放在招弟那裏，有一個存摺她拿著呢。"

看她的樣子既不像在說夢話，又不像在撒謊，我問她："你來香港一直都是拿綜援金過日子的，哪兒來的錢？"

"我有內地的退休金。"我聽她這一說，把我嚇了一跳，前幾天我去幫她申請政府的援助金時，填的表格上她是沒有任何收入的。這下可壞了，欺騙政府是要受法律制裁的。我希望她還是在說夢話。

我問她："你不是沒退休就離職來香港了嗎？"

她說："我是申請停薪留職來的香港，後來補的退休手續。"

只怪我上大學一年級時，春節母親跟我繼父結婚後，我跟她疏遠了，不少事情互相都不太瞭解。

我又問她："你看過報紙、電視沒有，你知不知道有額外收入不報，欺騙政府拿綜援金是要受處分的？"

她一點兒都不怕："怕什麼？我回去過要停退休金的，是我以前工作的單位不讓我停的，我的退休金又不多。招弟、阿妹讓我把錢存在她們那裏，叫我退休後回內地養老用，我又沒在香港用。"

她還挺有理，我沒話可說了。自從我父親、黃永康在內地的政治運動中分別摘除了"右派""現行反革命分子"的帽子獲得平反後，我身上的家庭政治包袱放了下來，所以能輕裝向前，在工作上取得了一些成績。沒想到老了，退休了，又有一個家庭包袱要揹上了，真不知道怎麼辦才能卸掉。

我打了一個長途電話給上海的表妹招弟："阿姨病了……她住進了護老院。她要你們來香港接她去上海，她說她有一個存摺在你手裏保存著。"

招弟聽了馬上說："沒有啊，哪有什麼存摺，她是不是又在說夢話。"

我真是希望母親說的是夢話，並沒有什麼存摺放在招弟那裏。可我對上海那兩個表妹並不是十分信任的。

母親在九十歲以前，差不多每年都要去上海、蘇州的親戚家住上十天半個月玩兒玩兒。她是個極愛面子的人，每去一次上海，都把自己買的金首飾全都帶上，花起錢來大手大腳，去一次上海，能把自己一年的積蓄全都花盡，這家親戚要買房，那家親戚要開店，她都會慷慨解囊。回香港後就該問我要錢了："我要去拾報紙，拾罐頭皮……"我都聽慣了，為求安寧，多少得幫她點兒。

有一次在母親快要去上海前，阿妹打電話告訴我母親："招弟去買菜，被一個人拍打了她兩下，下了迷魂藥，把招弟引到一個僻靜處，把她身上的金首飾全拿走了。招弟哭得死去活來，報了警也沒找到犯案的人。"母親去上海探親時，又送了她們姐妹倆金首飾。

事隔不到一年，我上海的大表姐也傳來了她被人下迷魂藥搶去金首飾的事。

我有好幾個教普通話的同事都是上海人，從來沒有聽她們講過有什麼下迷魂藥的事。

我總覺得上海的治安，不會差到總有人被下迷魂藥，被搶東西的吧。多半是我母親被下了迷魂藥，損失了金首飾。

我打了兩次長途電話告訴招弟，我母親的身體越來越差了，她想見見你們。招弟對我說："我去看她是可以的，可要我接她到上海養老是不可能的了。我是答應過她，老了可以到我家來，那是好多年前了。現在我一個人要照看兩個孫女，一個在上小學，一個剛會走路。我還要燒飯、買菜，你妹夫又得了糖尿病……"

我對她講："我母親我已經安排好了，我能照顧她。只是她的脾氣你們也是知道的，不能刺激她了。你們來看看她，告訴她目前家裏有點兒困難，不能馬上接她去上海，等安排好了再來接她。這樣，對她也是個安慰。"

二〇一七年聖誕節平安夜的前一天下午，招弟和阿妹姐妹兩人來香港探親了。我在母親的住所等她們來的。招弟和阿妹敲門進屋後，我差點兒認不出她們了，快有七八年沒見面了，她倆也都是花甲之年歲了，可穿著打扮和二三十歲的當代女孩子差不多。兩人都穿的是牛仔褲，上身是不同顏色的薄棉夾克外套。招弟梳了個披肩直髮頭，阿妹燙了個齊耳長一絡絡的鬈髮頭。兩人高矮、身材都跟我差不多，都是南方人小巧、嬌健的體型。她們兩人長得都不難看，可她們不合年齡的打扮，那目無他人、有點兒傲氣的眼神，真讓人看不慣。

我讓她們先休息一下，去尖沙咀看看聖誕節的燈飾，第二天再去接我母親回家住幾天。她們說："我們都來過香港好多次了，看過了，跟上海的燈飾差不多，不看了。"

我又問了到底有沒有母親的退休金存摺在她們那裏保管，她倆還是一口咬定沒有。

聖誕節平安夜那天上午，我和兩個表妹去護老院把我母親接了出來，在茶樓吃了中午飯。下午在回家的路上，在的士裏，母親問招弟："我上海的房子怎麼樣，可以去住了吧？"

招弟似乎有點兒驚訝地反問道："什麼你上海的房子？"

我怕她們會吵起來，趕緊說："好了，在路上不要說了，回到家裏再說吧。"

我把母親接回她家後，因為我出來已經快一天了，我家裏還有一個要照顧的，我就先回我的家了。

第二天上午，我去看我的母親，一進她家門，裏面的三個人都沉默地坐著不說話。母親見我來了，按不住火地向我哭訴："你看看她們，還有良心沒有，把我的錢全花光了，說話不算話，不要我去上海了。"

我只好安慰她："我聽招弟說了，她家裏是有一些難處，等以後安排好了就會接你去的。"

母親拿出了一本內地的銀行簿，晃了晃："這是我內地的退休金簿，每年都是她倆幫我去北京拿錢的，每年我都讓她們來香港玩一次，還給她們一些錢，現在錢呢？還有什麼錢了。"母親說完了，她把銀行簿又收了起來。

我問招弟："你們不是說沒有拿什麼銀行簿嗎？"

她說實話了："是阿姨不讓我們說的，要我們閉住嘴，咬緊牙，死也不能講。"

這下我母親不說話了。

快中午了，我問她們："你們吃飯了沒有？"

阿妹說："阿姨生氣了，昨天晚飯，今天早飯我們都沒吃。"

我勸母親："別生氣了，身體要緊，生病的日子是不好過的，有事可以慢慢商量。"

我的兩個表妹在香港過了一個星期後回上海了。母親的身體越來越差了，兩個表妹在時，她自己出去過兩次，走得很慢還差點兒晃悠得要跌倒，她主動要我把她送到了護老院。

母親沒有把內地的退休金銀行存摺留下，她讓招弟拿走繼續保存。她還是想等招弟接她去上海。

看來我光對母親、對兩個表妹做思想工作是沒有用了。她們只知道繼續拿錢花，根本不管這麼做的後果有多嚴重。

我只好往我母親以前在北京工作的單位打了長途電話，跟人事部門說清楚因為我母親住進了護老院，費用由香港政府全包了，所以不能再有退休金等其他收入，否則兩邊都拿是要犯法的。我問清了往人事部寄信的地址，又寄了一封信要求撤銷我母親的退休金。最後我母親在北京的退休金終於取消了。為了我母親的身體不受影響，不會情緒失控，我一直沒有告訴她。

4. 護老院

香港的護老院有政府辦的，也有私人經營的。

政府辦的護老院不多，條件較好，院費最便宜的，每月三千多元，因此登記排隊輪候的重症長者很多，需要四五年才能排到。

私人辦的護老院數目極多，各區到處都有，最低價每月八九千元院費，條件好的每月要兩三萬元。

每月八九千元院費的護老院中，住宿環境、衛生條件、醫務條件較好的護老院，經調查評估後便成為政府資助買位，供低收入經濟條件差的、經醫生證明需特殊護理的長者入住。

每個護老院裏，都會用木板間隔，裝修成高兩米左右，大小不同的單人、雙人……一間的房間。有的房間有窗戶，租金高些，沒窗戶的、一間多人合住的，租金低點兒。

我母親入住的是一間環境、衛生條件、醫務條件都不錯，設有護士室，二十四小時都有人護理的，政府買位的護老院。

在護老院裏，生活很有規律，每日三餐，早餐以粥、粉麵為主。午餐、晚飯都是三菜一湯，有葷有素，有菜有肉。不能吃正常餐的老人可以自選粥或菜飯攪爛在一起煮成的糊糊。病癱在床上的院友，由護理員負責餵食。

護士室裏的護士在吃飯時、晚上睡覺前或特別需要時，會推著裝滿各種藥物的小車，分派不同藥物給所需要的院友服用。

所有入住院友的衣服、床上用品替換下來的，都由護老院負責清洗。分男女隔一天洗一次澡。

我母親對她住的這間護老院的伙食比較滿意，說這裏的菜做得挺配她的胃口的。

剛進護老院的兩三個月裏，母親的身體還可以，生活基本上能自理。她能慢步一人從自己的房間走到大廳中她的餐位上進食，跟同桌的院友邊吃邊聊天。早起晚上自己能上自來水龍頭處刷牙梳洗。

護老院的作息時間是早上七點前起床，七點吃早餐；十一點吃午餐；下午兩點有幾塊餅乾或麵包片、小蛋糕的下午茶點；晚上五點吃晚飯。

護老院上午九點後才許家屬探望，我一般都是晚上六點左右去看望母親。因為一是不影響我和黃永康的吃飯時間；二是母親習慣了吃完中午飯睡個午覺；三是護老院的晚飯開得早了點兒，晚上容易肚餓，除了我買了些放得住的餅乾、蝴蝶酥、朱古力批等食物，給我母親放在床頭櫃裏讓她肚子餓時吃外，每次我去看她時，會帶點兒她愛吃的蛋撻、燒賣、小籠包等。她身體不好、胃口不好時，我還會給她買魚片粥、餛飩麵、河粉⋯⋯

天氣好時，下午我有時會提早去帶我母親到護老院外散會兒步，在附近的超市看看，買幾樣吃的、用的。有時也會帶她去附近的麥當勞飲杯奶茶，吃一個漢堡包、薯條。

在護老院裏，不讓院友身邊放錢，人多手雜，怕被人拿了。院友只能由家屬送吃用的東西來，或在辦公室會計那裏存放小額錢，需要時，請職員幫買物品。院友的廁紙、紙巾、洗臉毛巾、奶粉、滋補品等，是需要自備的。

住了幾天護老院，母親和幾個同飯桌的院友都熟悉了，她告訴我："坐在我對面的老太太已經一百歲了，每天還能自己走到飯桌前吃飯。她飯量可不小，有時吃完她那一份還不夠，還要添飯。"

我對她說："你也多吃點兒，好好保重身體，也能活到一百歲。"

她馬上搖搖手說："我不要活那麼長，想想都害怕。"

母親隔壁房間的一個院友看上去很斯文、很精神，每次我去看母親時，我跟她都互相打招呼，有一次我對她說："阿姨，看你的樣子挺精神的，歲數也不太大，你都還可以不住老人院。"

她對我笑笑說："我都快九十歲了，有心臟病，腰腿也不太好。我不想增加兒女們的負擔。在這裏生活我覺得挺好的,心裏很踏實。"

我跟她有一樣的想法:"我跟你想的一樣,老了也不想增加兒女的負擔,也會自己到老人院的。"

在護老院生活半年多後,母親的骨質疏鬆導致她走路越來越困難了,在護老院裏她要靠通道兩旁的長扶手扶著走路。有兩次上完廁所,坐在廁座上站不起來了,按了求助鈴,等護理員來幫她才走了出來。

我給母親買了一個可以放在房間裏,大小便時用的便椅。買了一個有自助輪子的輪椅。有時我去看她,用輪椅推著她到護老院外散步。她的腸胃不太好,冬天又愛感冒、咳嗽,我用輪椅推著她去醫院或私人診所看病。有兩次我去看她時,她坐在輪椅上,雙手握動著自助輪圈,在護老院裏的通道中,轉來轉去地散步。

母親對我說:"這個輪椅真好,我又可以走路了,我可以去上海了。"

她還想去上海,有幾次她生氣地跟我說:"你去給我買飛機票,我要去上海,招弟那裏還有我的錢呢。她們不來接我,我自己去找她們。"

母親想去上海,拚命練走路,有一次在房門口摔了一跤,左腳摔至骨裂,住了一個月醫院。事隔不到半年,又在房間裏摔了一跤,又住了一個月醫院。這次出院時,醫生說:"她右膝蓋內的膝蓋骨錯位了,以後左右腳高低不平,不能走路了。"

母親並不知道我已經把她在北京的工作單位的退休金停了。上海的兩個表妹拿不到錢了,也沒有再來電話問候我母親了。

母親不能自己下床了，需要有護理員抱她到輪椅上，早、晚也不能自己去自來水龍頭處梳洗了。

有一次我問她："有人幫你刷牙洗臉嗎？"

她說："沒有，我自己用濕紙巾擦的臉。"

護老院的護理項目上是有幫不能自理了的病人洗臉、餵飯、剪指甲等項目的。我找了院主管提意見，希望能讓護理員幫我母親洗臉。

香港不少護老院裏的護理員中，有很多是請內地來港的合同工，這些員工的素質、思想水平、工作態度參差不齊，我給主管提了意見沒幾天，我母親突然吵著要回家，要去上海："我不在這兒了，你帶我走，在這兒生不如死。"

我還沒從我母親口中問出她為什麼吵著要走，沒想到負責夜班的，平時打扮得好像是在寫字樓工作的 Y 姑娘主動找我來了，她斜瞪著眼，扭曲著臉，好神氣地對我說："你母親不是投訴我不給她洗臉嗎？我讓她端著洗臉盆在床上坐了一會兒，告訴她，你好好記著，我可給你洗臉了。"

我聽她講後，真把我惹火了，可又不能得罪這種小人，我對她說："我們誰也沒有投訴你，只是我母親現在不能走路了，半癱在床上了，護老院規定的服務項目中，有幫助病人洗臉這一項的，我找主管請求幫病人洗個臉，難道不可以嗎？我根本不知道應該是誰幫我母親洗臉。"

我找了護老院的院長，把 Y 姑娘罰我母親的事全說了，我告訴她："我母親說她在這兒生不如死，如果她要真出了什麼問題，像這種事讓香港的傳媒宣傳出去，我想這對護老院，對誰的影響都不好吧？"

我跟院長反映情況後，Y姑娘對我母親的態度有了一百八十度的大轉變，有兩次見到我，主動跟我打招呼："你還沒回去啊！我天天早上用熱水給你母親洗的臉，她總說：'謝謝你啊，姑娘。'"

這以後，每天下午沒有特殊情況的話，我會早點兒去護老院幫我母親洗臉、洗假牙，按摩、活動幾下胳膊、腿。母親不再鬧情緒了。

5. 腦退化

黃永康從二〇一七年夏天小中風住了一個月醫院後，記憶力一天比一天差了，有時聊天時問他以前工作過的學校地址、同事的姓名、我家住過的地方，好多他都記不得了。連以前他經常一個人自己去的荃灣工聯會門診所都不會去了。

他只能在家附近的超市、便利店、阿信屋走走，買點兒東西，還不能讓他買多了。有一次讓他買三樣東西：番茄、香蕉、雞蛋。他像背書一樣背了好幾遍，剛開大門跨出一隻腳，又退回來了，我問他："你忘了帶什麼了？"

他問我："你讓我買番茄、香蕉，還有什麼來著？"

像這樣的情況，久了就見怪不怪了。

有一天中午，我和他一起在家附近的"大快活"餐廳吃飯，吃完飯我讓他自己先回家，我去超市買點兒東西。

我們每次回家都愛走屋邨車庫裏進樓座的小門，比走樓座的正門要近些。小門門口有一個流動的門衛台座，值班的保安人員是經常走來走去巡視的。

我從超市買完東西回家，從車庫往樓座的小門走時，看到黃永康一人坐在小門旁的警衛座上，警衛員不在，我問他："你怎麼坐在這兒，不回家。"

他告訴我："門壞了。"

我看了一下，小門是關緊的，我用我的住戶證拍了一下讀卡器，小門開了，門沒壞。我把小門關上了，問黃永康要了他的住戶證拍了一下讀卡器，小門又開了，他的住戶證也沒壞。這就奇怪了，我問他："門沒壞呀，你的住戶證也沒壞，你拿什麼拍的讀卡器？"

他愣了一下，把手中我家房門的鑰匙拿給我看了看說："我拿鑰匙開的門，開不開。"

我也有過糊塗的時候，那還是在沒退休時，有一次回家要開門了，我拿出了地鐵卡，不過馬上收回了手袋裏，重新拿出鑰匙開了家門。

這次我只說了他一句："你拿家裏的鑰匙怎麼能開樓座的門呢？你怎麼不用住戶證開呢？"

他不高興地說："我也不知道，我忘了。"

過了沒幾天，我在家打掃衛生，有人敲門，我開門一看，是我們樓座正門大廳的老警衛陳先生把黃永康送回來了。黃永康去大廈平台散步回樓後忘了自己住幾樓了，陳先生從閉路電視裏看到他樓上樓下進出電梯間好幾次，又在電梯間裏不知道按幾字才對，於是進電梯間把他送到家來了。我感謝了陳先生。

我從黃永康的衣服口袋裏找出來我給他寫好的樓座、樓層、電話號碼的紙卡，我問他："你怎麼不拿出我給你準備好的錦囊看一看呢？"

他又回答：“我忘了。”

我帶他去醫院看急診，醫生測試了幾個問題：“今天是幾月幾號？”

他回答：“三月。”幾號答不出，月份也答錯了，應該是九月。

醫生又問他：“你家住在哪兒？”

他回答：“荃灣。”具體什麼屋邨，幾座，幾樓幾號，什麼都說不出來。

醫生再問他：“這裏是什麼地方？”

他回答：“不知道。”

我告訴了他：“這裏是醫院。”

二〇一九年九月初，黃永康留住醫院觀察治療。

幾個月前，他自己還能去屋邨平台散步時，曾經跌倒過兩次，他沒告訴我，是事後屋邨的保安員告訴我的：“你先生跌倒在地上起不來了，我和另外一個保安員兩個人把他拉起來的。以後他再散步時，一定要有人陪著，要不摔壞了就不好了。”

我感謝了他們。

同一段時間，我母親摔壞腿腳後，左手又不能動了，癱在護老院的床上有幾個月了。我每天都要去護老院一次，幫她洗臉、翻身⋯⋯我每次去我母親那裏前，先帶黃永康去屋邨的平台上散散步，小半個鐘頭後，等他走累了，就帶他回家，讓他在家看電視，千囑咐萬叮嚀地要他不要自己出去。然後我趕快去我母親處幹活兒，忙半個小時左右然後急忙回家。總算黃永康還很聽話，每次都能在家一直等我回來。

這次住院，經醫生診斷，黃永康嚴重腦退化了。需要特別護理，他身邊不能離開人。

我一人要照看兩個特殊病人，我沒有分身法，再說，我自己都已經是七十多歲的人了。於是我和子女商量後，決定請一個外傭來家。

我和兒子黃強找了一家僱傭公司，從資料上挑選了一個印尼籍的女傭，但因為需要辦理很多的手續，要等三個多月才能來香港。

要僱外傭來家，我家還必須小裝修一下，要把儲物室裝修成傭人房。要處理掉一個大衣櫃，還有書桌椅等，要買小床、床頭櫃、床上用品等。我還要分別去護老院、醫院看兩個病人，我也不知道自己能否挺得住。於是經過與子女商量後，決定在黃永康出醫院後，先讓他入住三個月護老院，三個月後，家裏裝修好了，工人也來了，就把他接回家。

二〇一九年九月底，黃永康從醫院出院後，住進了離我母親住的荃景護老院只有兩站路遠的來福護老院。由於入住護老院的老人太多，床位不足，黃永康進護老院時，男床位已經滿額了，於是把他安排在唯一的一個公公、婆婆合住的舍區內了，他的左鄰右舍，對面屋住的全是阿婆。

在護老院裏，所有房間的間隔、大小，門、牆的木板，房內的床、櫃，全都是一樣的。要認識自己住的房間，就要記住房門編號、姓名，這對一般老人來講，問題都不大，黃永康就不行了，晚上好幾次都走錯了房間，坐在了別人房間的床上了，等房間的主人回房時，把她們嚇壞了。

我給黃永康的房門貼上了他的放大版半身照片，還在木板牆上貼上寫了他名字的幾張大紙片。但他有時還會找不到自己的房間。

黃永康的大小便經常失禁，其原因是腦退化，屎、尿已經排泄出來了，大腦才有想大小便的反應。他不愛穿尿片或尿褲，常把尿片、尿褲脫掉亂扔，有時從房間出來去飯廳吃飯，會邊走邊尿一褲子一地。

護老院有一個很長很大，有很多坐椅，可以坐著曬太陽、賞花觀鳥，散步的平台。平台的兩頭都有出口可通馬路。黃永康還可以拄著拐杖到平台散步，有一次他獨自一人走出了護老院電腦熒光屏的監視範圍，護理員找了他好一陣，才從大馬路旁的 "7-11" 便利店門前找到他。從此，護老院的護理員不讓黃永康上平台散步了。他失去了隨便走動的自由，便鬧起情緒來，他常問護理員、院友："我姐呢？我姐怎麼還不來，我要回家。" 他已經叫不出我的名字了，叫我 "姐"。

平時我每天都要去兩個護老院，先看黃永康，給他吃完我帶的糕點、小吃，就陪他上平台坐著讓他練寫自己的姓名，背他還能背誦出來的唐詩，讀幾段短篇小說，再散散步。陪他一個小時左右，之後我再去母親處。我去看完母親，就回家了。

自從黃永康在護老院走丟過一次，被看管緊了後，他天天都鬧情緒。於是我每天先陪他一個多小時後，再去看我母親，看過母親再回到黃永康那裏陪他一會兒。每次走時都要跟他做不少工作，告訴他："家裏正在裝修，我還要去買東西，等過幾天忙完了，傭人來了就接你回家。你在這裏是暫時的，一定會接你回家的。"

不管我做多少工作，還是沒用，他越鬧越厲害了，我接到護老院主管打來的電話："他大哭大鬧，搞得別人都沒法休息，有好幾個人都投訴了。你還是接他回家吧。"

護老院裏有一個年歲較大的中年護士鄧姑娘告訴我："像你先生這樣的腦退化病人，我見過好幾個了。這種病往往是時好時壞，有週期性的，有時可能會好一兩個月，壞一兩個月，又好幾個星期，壞幾個星期，好好壞壞，越往後，週期性越短，到最後甚至會連自己的名字都記不得了，最親的人都不認識了。護老院人手少，往往對這樣的病人照顧不過來，如果家裏有人照顧，一對一的護理，對病人是有很大好處的。"

我一邊請求護老院負責人，再給我點兒時間做做黃永康的工作，一邊抓緊時間買小床、床上用品、壁燈、電扇等工人來我家要用的東西，求裝修師傅抓緊快點兒整好傭人房。

最後，護老院寧可不掙黃永康的住院費，只讓他住滿了一個月，退給我押金等費用後，讓我把他接回了家。

我做好了思想準備，準備面對因嚴重腦退化而已經失去理智，不能控制自己情緒的黃永康，回家後還會給我添很多麻煩，甚至會有我料想不到、難以應對的事發生。不管什麼情況，他是病人，已經病得很可憐了，我決不能對他發脾氣，一定要耐心照顧他。

但黃永康回家了，真是出乎我的意料之外，他突然變得正常了，非常之乖，很聽話，好像比以前懂事了。

他在家可以不用拐杖，扶摸著牆壁、傢具，到處走動。他會到窗口看海景，會到廚房門口來看我，我問他："你幹嗎來了，有什麼事兒嗎？"

他回答我："我來看看你。"

他走累了，自己會坐到沙發上看電視，有時還會在黃強給他準備好的，寫了一些日常用語、日用品、傢具等名詞及"黃永康"

三個大字的本子上練習寫字。

因為我母親已經病癱在床上，不能坐輪椅了，我把輪椅拿回家，給黃永康用了。

每次我需要上超級市場買東西時，我會用輪椅推著他一起去超市。到超市後，我把輪椅放在不妨礙其他人的地方，囑咐他不要亂動，我去買東西。他會很聽話地乖坐在輪椅上，一直等到我買完東西過來把他推回家。每次去看我母親時，我用輪椅推著黃永康一起坐大巴，倒一次車，到了我母親住的護老院後，我把他放在母親房外的過道裏，他會乖坐在輪椅上，一直等我忙完，我再推著輪椅一起回家。

就這樣，黃永康沒有給我添太多的麻煩，我忙累著熬過了一個多月。

二〇一九年十一月中，有一天，母親住的護老院打電話來告訴我："你母親嚥不下東西，氣管裏不停地往上有痰聲，呼吸急促，我們把她送醫院了，現在被留醫院急救……"

我推著輪椅，和黃永康一起去醫院看我母親，醫生對我講："你母親現在不能進食，如果想給她吃東西，只能從鼻孔放進食管輸送牛奶，那會很痛苦的，我們現在只能用氧氣罩幫她呼吸。她的年齡實在太大了，很難救了，隨時有生命危險，你們要做思想準備了，多來看看她。"

我告訴了黃彤、黃強，他們也抽時間到醫院看望了幾次外婆。

我推著輪椅，同黃永康乘坐大巴，每天都去醫院看望母親。

母親在醫院吸氧氣搶救了六天後，安詳地去世了。享年九十五歲。

我推著輪椅，帶著黃永康一起去醫院取了醫生開的死因診斷報告，母親的死因是肺炎。

我和黃永康又去長沙灣政府合署香港生死登記處，辦理、領取了我母親的死亡登記核證文件。

黃永康坐在輪椅上等我辦事情，他非常聽話、非常乖，看上去他像是一個只是腿腳不能行走的正常人一樣，誰也看不出他有腦退化、精神不正常的病。我真希望他還能變回一個正常的人。

6. 香港的社會運動

我在香港生活了二十多年都是太太平平，能夠安居樂業的。沒想到，在我退休後，不光是家裏的兩個病人使我不能安心地生活，香港的社會也出現了較大的動盪，爆發了震驚中外的幾次社會運動，使香港居民處於不得安寧的生活環境中。

二〇一三年初至二〇一四年底，在香港爆發了一次部分港人為爭取所謂"普選"而佔領中環的非法"佔中"運動。

我也希望能有一天香港凡有選舉權的公民，能一人一票地選出香港的特首、政府官員。然而，每當我從電視裏看到香港議會中有一些議員借著"民主""自由"的旗號，大鬧會場，做出有傷大雅，甚至有些下三爛的舉止時，我真覺得現在還不是可以一人一票普選的時候。

我想每一個正義的香港公民，決不願意看到被選出的議員拿著政府的公帑不務正業，常為一黨一己的利益、政見，在議會中拉布、缺席、鬧事，耽誤了需要開會通過的，政府計劃要興建的工程項目、有關民生的大事……

我真不明白，這些"佔中"運動的發起者、參與者是怎麼想的？難道只有破壞香港的交通，癱瘓香港的經濟，影響香港人民的生活才是爭取權力的唯一可行的辦法嗎？更令人不可思議的是，竟有教授法律的高校教師會組織、煽動群眾知法犯法，做出既損人又不利己的低智商行動，你們的良心都上哪兒去了？

我深信，歷史是會做出公正的判斷的，但是等到那一天，已經不知道有多少人受害了。希望那些受蠱惑的、被蒙在鼓裏的香港人快覺醒吧，不要再瞎跟著跑了。

＊　＊　＊

二〇一九年三月底開始，香港社會上又有人發起了"反對《逃犯條例修訂草案》運動"，規模之大，參加人數之多，是頗為驚人的，由運動之初的群眾示威活動，發展成多種暴力舉動：破壞交通，破壞商店、商場、銀行，縱火，傷人，塗抹國徽，踩踏國旗，高舉"港獨"旗、美國旗、英國旗……這一系列的恐怖活動破壞了香港的經濟，影響了香港居民的正常生活，觸及了國家安全的底線。

在一忍再忍，忍無可忍的情況下，於二〇二〇年六月三十日，由全國人民代表大會常務委員會通過了《中華人民共和國香港特別行政區維護國家安全法》，簡稱《香港國安法》。

《香港國安法》，以全國性法律形式納入《中華人民共和國香港特別行政區基本法》附件三中，在香港特別行政區公佈實施。

《香港國安法》對防範、制止和懲治發生在香港特別行政區的分裂國家、顛覆國家政權、恐怖活動、勾結外國或境外勢力危害國家安全等四類犯罪行為的具體構成和相應的刑事責任，作出了

規定。其中,對分裂國家罪的處罰如下:

> 對首要分子或罪行重大的,處無期徒刑或者十年以上有期徒刑;對積極參加的,處三年以上十年以下有期徒刑;對其他參加的,處三年以下有期徒刑、拘役或管制。

在《香港國安法》中,對四類犯罪行為都有條文例舉具體的犯罪內容,按罪行的輕重分別有不同的處分。

《香港國安法》公佈後,少數人的暴力行動、恐怖活動逐漸減少了。

二○二○年中,受新型冠狀病毒疫情影響,香港群眾性的示威活動也開始降溫了。

香港政府和所有關心香港安危、前途的香港公民都開始反思起來,香港繁榮、穩定了幾十年,為什麼突然會動亂到幾乎不可收拾的局面?

我也想了許多,其中最主要的原因之一是,香港政府幾十年來忽視了對香港教育陣地的工作,尤其是在愛國愛港、正確的人生觀方面的教育,實在是做得太差了。

你看那示威遊行隊伍裏,絕大多數都是年輕人,不少是大中小學的學生。

在學校裏,有的教師還在課堂上宣傳"港獨"的思想,煽動學生參加反政府的示威活動。

有的青年夫婦還抱著 BB 仔來參加遊行,讓幼兒也接受不分是非的、錯誤的,敢造反、敢反政府的教育。

也有年輕人在參加暴力行動被捕後承認:"我拿了人家的錢,

就要為人家做事。"

另一個原因是香港開始老齡化了，很多老人都在頤養天年，做做操、飲飲茶、聊聊養身之道。事不關己，高高掛起，既不看報，也不看電視新聞，更懶得管子女的事兒了。

在香港大動亂初期，有一次在惠康超級市場買東西，大排長龍，比平時買東西的人多了好幾倍，有一個阿婆問一個靚仔[1]："點解咁多人？係唔係要打風[2]！"

靚仔話："唔係打風，係打仗！"

阿婆對阿公話："我哋唔理[3]喇，走，去飲茶。"

在這段非常時期中，一般的人是躲在家中不出門的，上班的人是一定要出門的。有一次，有很多巴士因暴徒用障礙物阻塞交通、破壞了交通燈而停駛了，去我母親住的護老院的大巴、小巴都不開了，我沒能去看母親。第二天，去看母親時，我問負責護理母親的職員："你昨天怎麼來上班的？"

她告訴我："我從荃灣地鐵站走了五六站路，走來的。"

香港，在暴徒的亂打爛砸下，地鐵、道路、商店、商場、議會廳……到處被破壞得像打過仗一樣。居民不敢出屋，外商不敢來港，往日繁華、興旺的香港，一下變成了蕭條、淒涼的城市。

《香港國安法》出台了，香港有救了，沉默的香港人該清醒了，再也不能讓暴徒破壞美好的家園了。

---

1 靚仔：漂亮的小夥子。

2 打風：颱颶風。

3 唔理：不要理。

7. 我家的印尼女傭

自從把黃永康從來福護老院接回家後，我的負擔很重，身體越來越虛弱，精神越來越差，自己都感到力不從心了。

有一次我推著輪椅帶著黃永康去護老院看母親時，我右腿膝蓋關節的骨刺處突然痛了起來，差點兒走不了路，只好停下來歇了會兒。

我服老了，我也怕我會病倒，給子女帶來更多麻煩，只好同意我兒子多次提出的，在印尼女傭沒能來香港前，要請一個鐘點工幫我的建議。

有一次我要去醫院看病，黃強提前兩天幫我請好了一個在"活力專業護理"醫療機構經過專業培訓、年輕體健的女護理員袁姑娘。我去看病那天，她來我家幫我照顧了黃永康三個小時。袁姑娘給黃永康看我家照相冊裏的相片兒，讓他回想過去的一些事情；帶他到屋邨平台上散步，看海景，讓他說一些天氣、季節、風景中的景物詞語，散完步回家後，她給黃永康喝水、吃水果。

我回到家，等女護理員袁姑娘走了，我問黃永康："她對你照顧得怎麼樣，好不好？"

他微笑著回答："好。"

可因為我心痛三個小時就要付出五百多元的工資，我決定沒有特殊情況，不讓黃強再請鐘點工了。我自己注意保養好身體，儘量能堅持就堅持下去。我一人扛著照顧黃永康的重擔，又熬過了艱辛的一個多月，終於盼來了我家聘用的印尼籍女傭。

二〇二〇年初的一天下午，黃強又幫我請了一個中等身材，年輕健美的女護理員洪姑娘，她到我家來陪黃永康，我和黃強一起去僱傭公司接印尼籍女傭。

我家請的印尼籍女傭叫莎莎，四十多歲，長相一般，皮膚黑紅，梳了個直髮馬尾頭，中高個，身體肥胖了點兒，成典型的 S 形。她曾在台灣工作過，能說一些不標準的中國話。

我和黃強帶著莎莎回到家，一進門我就向黃永康和洪姑娘介紹了莎莎："這是莎莎，是我們請來的印尼工人。"

黃永康立即指著莎莎："我不要她，不要胖的。"又指著洪姑娘："我要她。"

我對黃永康說："洪姑娘是香港居民，是有工作的，她是不能做女傭的。莎莎能講普通話，身強力壯好幫我幹活兒，幫我照顧你。你要是不要她幫我，把我累垮了怎麼辦？"

黃永康雖然腦退化，但他知道我一人照顧他是很辛苦的，我這麼一說，他就不鬧了。

莎莎剛來我家時，我讓她有的活兒先看我怎麼做，尤其是炒菜。有時我看她動作慢，我就讓她先坐著，看我是怎麼快手快腳地幹活兒的。

黃永康看不過去了，他生氣地說："哼！你怎麼不讓她做？幹嗎你幹活兒，讓她坐著？"

我解釋道："她剛來，有的活兒我先做給她看看，要怎麼做才做得好，很快就會讓她做了。"

莎莎較肥胖，幹活兒動作慢，很能吃，吃相也很難看，好像是從孤島老林中已經罕見的原始人群中走出來的，有她愛吃的，生怕別人先吃了。她從不顧別人怎麼看她，只要飯桌上有雞吃，她會不客氣地拿起筷子撥挑起來："我愛吃雞翅膀。雞腳，我愛吃。"於是用筷子一件一件，一口一口地把雞翅膀雞腳全都吃了。

我從百佳超市買來切好的半隻一份的燒鴨，一上飯桌，莎莎先搶著把鴨腿吃了。

我家第一次請傭人，從第一餐飯起，我就讓莎莎跟我們同時同桌吃飯。莎莎不懂禮貌，難看的吃相，引起了黃永康極大的反感，他實在看不下去時，邊猛敲一下飯桌，邊大聲說：“哼！真難看。”

我也看不慣，很生氣，頭一個星期差點兒想辭掉她。

我的兩個外孫是我女兒顧外傭帶大的，她勸我：“別生氣了，慢慢來，你跟她好好說，可以分開吃。印尼、菲律賓都很窮，你就是換一個來，都差不多。”

我只好忍下來想辦法，我對莎莎說：“我和黃老師都老了，有些東西吃不動了，黃老師上牙只有兩個了，他又不肯戴假牙，覺得戴假牙不舒服。以前吃雞時，我都挑嫩的雞翅膀弄掉骨頭給他吃。以後這樣，兩個雞腳全歸你吃，兩個雞翅膀我弄給黃老師吃，雞腿你吃一個，我和黃老師兩人吃一個。”這個規定莎莎執行得很好，總算留了些可以給我和黃永康吃了。

因為印尼大部分人都是信伊斯蘭教，不吃豬肉，莎莎也不吃豬肉，所以我們常吃的肉食便是雞肉、牛肉、魚、蝦。

從跟莎莎的幾次聊天中，得知她家住在印尼西爪哇的偏遠地區，祖輩都是農民。

莎莎有四個哥哥，一個弟弟，只有她一個女孩子。小時候，父母要養活這六個孩子，每天的飯菜都是煮一大鍋雜菜湯，每人分一份。有時改善伙食，把雞肉、雞內臟剁碎，放一點點油和米飯一起炒了，一人分一份。六個孩子中，只有老三較胖，其他人都很瘦，她小時候也很瘦。老三經常不夠吃，有時問她要：“莎莎，給我點兒吧。"莎莎經常把自己的這一份撥給老三一些。

現在因為家裏兄妹努力工作，掙錢買的房子是在馬路邊的，開了一個小雜貨店，她出來做工，就由她女兒打理小店，她的丈夫仍在務農。

莎莎不笨，挺能幹挺聰明的，在我家住了沒多久，她跟我學會了炒、煮好幾種上海菜，總說我家的菜好吃，等回印尼她會做給她媽媽吃。

香港的外傭在星期日和香港的勞工假日是可以休息的，如果不休息，顧主要按天數給她們工資。

我在屋邨的平台上看到過，經常有外傭推著輪椅帶阿婆、阿公曬太陽、散步的，在莎莎來後便帶她到平台認識了兩個印尼老鄉。

莎莎剛來第一個月時，我問她："你跟她們說好了嗎，什麼時候一起休息，好讓她們帶你出去走走。"

她告訴我："她們很少休息，一個月才休息一次，都說：'我們是來掙錢的，不要休息。'"

我建議她："你不要白來香港了，每次休息出去吃飯、逛商店、逛花市時，多看看，學學香港人是怎麼工作，怎麼做生意的。你家裏有人務農，有人經營小商店，你可以買些花的種子，蔬菜、水果的種子帶回印尼，想辦法學學香港商人做生意的手法：顧客吃一頓晚餐，到一定錢數，可以送一蚊[1]一隻雞。在印尼，顧客買你家店裏的東西，你也可以送他們幾朵很香的花朵或者水果……

她告訴我："我有一個阿姨的女兒在台灣工作，她從台灣把苦瓜的種子帶回印尼，種出了很大很好的苦瓜，我媽媽可愛吃炒苦

1　蚊：元。

瓜了。"

我問她："你阿姨的女兒還在台灣嗎？"

這一問可問出了一個故事：

"我阿姨的女兒比我大，我叫她姐姐，她比我早去的台灣，她的工作是照顧一個腿腳癱瘓坐輪椅的阿叔。她去台灣工作時，她的丈夫去了馬來西亞做工。兩年後等她回印尼探親時，她的丈夫已經帶了一個馬來西亞的女人，住在離她家很近的地方。我的這個姐姐很生氣，又回台灣工作了。

"姐姐回台灣還是在阿叔家工作，沒想到阿叔的太太因為有癌症先去世了，她在病危時把阿叔交給了我姐姐。後來我姐姐跟這個坐輪椅的阿叔結了婚，每次回印尼探親時，她都推著輪椅，帶著阿叔一起到印尼。現在她還在台灣生活。"

這些外出工作的女傭，要做多大的犧牲啊！

莎莎在二十多歲時到台灣工作過，在一家照看剛上小學二、三年級的兄妹倆，女主人和丈夫離婚了，兩個孩子跟母親過。莎莎去後，女主人經常不回家，有幾次回家都喝醉了酒，半夜三更才回的家。每個月女主人給莎莎一筆錢後，就把這個家全交給莎莎管了。莎莎在這個家工作了兩年，學會了講一些中國話。

黃永康在莎莎來我家不到一個月時又犯病了，每天晚上都睡不著覺，經常出一些時大時小的怪聲，有時想叫我又不知道我的名字了，就"媽""姐"地亂叫。我起床問他："你怎麼了？"

他總說："我睡不著，我快不行了。"他經常把莎莎都吵得起來問怎麼了。

我對莎莎說："晚上沒特別情況，我不叫你，你就別起來，你睡你的。我上夜班，你上白班，白天你做飯幹活兒，晚上我管他。"

每天夜裏，我都會起床幾次，到小屋（黃永康的病房）看看他要不要尿尿，有沒有尿濕尿片、床墊、被褥。

有一天半夜，我聽到噗哧一聲，嚇得我一下就驚醒了，我去小屋一看，黃永康從床上摔了下來，不知什麼時候他把上身的棉毛衫脫了，大冬天的光著上身摔倒在地。我想把他扶起來，拽了他好幾下，都弄不動他，只好把莎莎叫了起來，還是莎莎的力氣大，幫我把黃永康拉了起來，弄到床上。

早上，莎莎在清洗黃永康的便盆，我正在廚房準備早餐，突然莎莎走到廚房叫我："太太，你快去看先生，他自己起床穿衣服呢。"

我和莎莎一起走到小房間，黃永康把棉毛褲的褲襠弄壞了一個特大的口，正往頭上套呢，我和莎莎看了都笑了，黃永康傻乎乎地看著我說："我怎麼不會穿了？"

我告訴他："這是褲子，你把它當成衣服穿了，那怎麼能穿。"

黃永康的大小便裏又有血了，右腳又痛風痛得走不了路了。我摁了平安鐘，我和莎莎一起陪著黃永康坐救護車把他送醫院看了急診，他被留院治療了十多天。

醫生開了很多藥，有改善認知補腦的、治痛風的、止血的，還有晚上的安眠藥……

黃永康出院後，在我和莎莎的照料下，逐漸又正常了不少，他又能摸著牆、傢具在屋子裏慢步走動了。白天自己能上廁所，晚上能自己下床在便椅上大小便，很少尿在地上。

莎莎幫了我不少忙，做飯、幫我一起替黃永康洗澡、幫黃永康剪指甲、推輪椅，都由她做。我的身體一天天好起來了，人也精神了許多。

比較安寧的生活過了有兩三個月，有一天下午，黃永康坐在沙發上看電視，看著看著突然嘔吐不止，把中午吃的飯全吐了出來，我邊用紙巾替他擦衣服上被吐的髒處，邊喊："莎莎，快拿塑膠袋來。"莎莎拿了三四個塑膠袋都不夠用，黃永康吐了一身，衣服上、沙發上、地上全吐髒了。我又按了平安鐘叫來了救護車。

經過留醫院檢查，醫生查出黃永康的心臟出了問題，人的心臟分四塊組成，黃永康的其中一塊心臟老化了，功能減退，心臟跳動一下，它跟不上，心速變慢，心率紊亂，在醫生建議下，黃永康體內安進了一個最先進的起搏器，幫助心臟能正常跳動。

黃永康出院回家後，身體逐漸康復了一些，但是有時還會痛風，導致腳痛，在家走路都要拄拐杖，扶傢具、扶著牆走。每次去醫院復診，去屋邨平台散步，都要坐輪椅，由莎莎推著輪椅。

莎莎雖然能講一些普通話，可有不少詞語發音不準確，有時我聽了還要想一想，猜一猜她在說什麼。我講的話，有的詞語她也不懂，還要解釋給她聽。

有一次，莎莎要準備午餐食料，說了句："我去準備'嚇人'。"剛一聽，我沒聽懂，想了想，她是說錯了，我故意跟她開玩笑說："你準備嚇誰？"

她問我："噢，我說錯了嗎？"

我告訴她："我猜到了，你是要準備'蝦仁兒'，說成'嚇人'了。'蝦'是第一聲，聲音不高不低，平的。'嚇'是第四聲，聲音往下去了，'蝦仁兒'的'仁'是兒化韻，要帶'兒'音。"

黃永康在一邊說："你跟她講那麼多做什麼？對牛彈琴。"

我笑了，問莎莎："你知道對牛彈琴是什麼意思嗎？"

她搖搖頭："不知道。"

我問她：“農村中耕地的牛你知道吧？”

她點點頭：“知道，吃的牛肉。”

我又問她：“你唱歌給牛聽，牛會聽得懂嗎？”

她笑了：“聽不懂。噢，我懂了，我就是牛。”

我也笑了：“牛是聽不懂唱歌、彈琴的，對牛彈琴用到人身上講，是打個比方，是說對某一個人說了對方聽不懂的話，如同對牛彈琴。咳，我又說多了，又對牛彈琴了。”

大家都笑了。

有一次吃完午飯，我要讓莎莎出去買東西，我說了句：“你去出趟差。”

她沒聽懂，問我：“你要我炒一個菜？”

我告訴她：“你沒聽懂，出差的意思是出去做一件事。”

她笑了：“噢，我懂了，我是牛，你又對牛彈琴了。”

莎莎在我家學會了不少普通話，下雨了，不再說成下“魚”了；吃粽子，不再說成吃“蟲子”了……，我們之間不但語言溝通沒什麼問題，思想也經常能溝通了。

8. 香港的疫情

二十一世紀初，在香港，在全世界，是傳染病流行，多災多難的時期。

沙士

二〇〇二年底，首先在內地的廣東省爆發了一種，由 SARS 冠狀病毒引起的，被稱作嚴重急性呼吸綜合征的急性呼吸道傳染病——沙士,其後擴散到香港。在中國台灣、加拿大等二十九個國家和地區也都出現了沙士。

沙士也稱為非典型肺炎,與一般肺炎的症狀區別是:

一般肺炎呼吸急促、有濃痰、呼吸有聲、喘息。

非典型肺炎早期症狀與流行性感冒相似,比一般肺炎症狀要嚴重,有時會發冷、顫抖、頭痛、疲倦或肌肉痛,有的還會肚瀉,嚴重的會導致生命危險。

二〇〇三年初,香港爆發了沙士,在醫院的醫護人員中,在一些社區中,都有人感染了非典型肺炎,香港九龍的淘大花園便是重災區。

呼吸道疾病是通過飛沫傳播的,戴口罩是預防傳染病最好的方法之一。在香港沙士期間,市面上的口罩一度被搶購一空。

當時香港特區的行政長官董建華先生,及時向北京中央政府提出請求,要求協助儘快在內地訂購醫護人員用的保護衣、眼罩、口罩等物資。

北京中央政府十分重視香港同胞的健康問題,迅速行動起來,做了很多支援香港抗擊沙士疫情擴散的工作。總理溫家寶特別作了批示:送到香港的醫療物資,必須保證質量。所有費用都由中央政府負擔。

二〇〇三年五月八日,在深圳舉行了中央政府支援香港抗擊非典型肺炎的醫用物品的交接儀式,向香港政府移交了上百萬件的醫療物資。

五月底,內地第二批防護用品送到香港。在運送支援香港物資的大貨車上,人們可以看到非常引人注目的大標語:"同舟共濟""眾志成城"。

在香港人民的共同奮戰和中央政府的支援下，在很短的時間裏，沙士疫情在香港得到了控制。

二〇〇三年六月二十三日，香港從世衞沙士本地傳播的名單中除名。

在香港沙士短短的五個月期間，共一千七百多人受感染，二百九十九人死亡。

二〇〇三年，香港失業率高企、經濟低迷，香港人經歷了艱難的一年。

新型冠狀病毒感染

二〇一九年底，在湖北省武漢市出現了病毒性肺炎病例群組個案，這種病毒性肺炎是由新型冠狀病毒所引發的。很快，二〇二〇年初開始在中國香港、中國台灣、新加坡以至英國、美國，世界各地都出現了新型冠狀病毒感染。這種新型冠狀病毒所導致的病症是：發燒、乏力、乾咳及呼吸困難。

潛伏期：從感染到出現疾病臨床症狀的時間，短的是五天左右，大多是十四天左右。

湖北省武漢市出現新型冠狀病毒感染後，為了防止病毒擴散，政府採取了封區、封城的措施。

春天，本是一年四季中最美好的季節，萬物復甦，花香鳥語，到處充滿生機，使人精神煥發，對新的一年充滿希望。二〇二〇年的春天，新型冠狀病毒到處傳播，人人感到恐懼萬分。

在聽到湖北省武漢市封區封城的消息後，香港各區都出現了搶購潮。超級市場、百貨商店的米、麵、餅乾、廁紙、消毒水、口罩……甚至連肉食、蔬菜都搶購一空，貨架上清掃得乾乾淨淨。有的昧了良心的商人，便趁火打劫，抬高物價。很多香港人怨聲載道，埋怨政府無能。

香港政府採取了封關控制新型冠狀病毒侵入香港，但對物資的輸入是敞開大門的。

緊張的供不應求的市場只持續了一兩個月，短缺的物資又陸續出現在超市、商店的貨架上了，香港的市民恢復了正常的生活。

口罩是防新型冠狀病毒侵入人體最有用又最緊缺的物品。在很難買到口罩的那些日子裏，只要見到哪家藥房、商店有賣口罩的，就是比平時貴了好幾倍價錢的，人們都會不惜代價排長龍買口罩。

我是個生活上節儉慣了的人，出去買東西時見到過好幾處有高價口罩賣，猶豫過，沒捨得花高價買，家裏有幾個放了好幾年的口罩，我們每人兩三個，用了好幾個星期。我排了幾次長隊，花了不少時間，買到了幾條廁紙、紙巾。後來是我的兒子、女兒買了一些口罩、廁紙、消毒水等，送到我家，幫我度過了這些防疫用品最緊缺的日子。

新型冠狀病毒傳播的日子裏，我和黃永康沒有在外面的茶樓、餐廳吃過一餐飯，都是在家吃的飯。

在新型冠狀病毒傳播，防疫物資緊缺的情況下，香港政府想盡辦法，從國內外多種渠道訂購了大批量的口罩，還獎勵香港人自設廠房自製口罩。

疫情期間，有的社區組織和老人活動中心做了不少防疫工作，在馬路旁掛起鼓勵民眾齊心抗疫的大標語："眾志成城""團結抗疫"……；組織中小學生到公公、婆婆家派發口罩、消毒洗手液等防疫用品。

有一天下午，我家的門鈴響了，莎莎開了木門，從鐵門上方的空格處看到有人站在門口，她告訴我：“太太，有幾個小孩子來了。”

我開門一看，是三個二三年級模樣的小學生，我問他們：“你們找誰？”

兩個女孩子微笑著說：“我們是來給公公、婆婆，送口罩、消毒洗手液的。”

站在中間的小男孩，把手中的一包用塑膠袋包裝好了的防疫用品遞給了我。

我接過塑膠袋，感動地說：“謝謝你們了！等送完防疫用品，你們快回家，戴好口罩，小心不要受感染。”

他們因為做完了一件非常有意義的事而高興地向我告別了。

我不用多問便猜到了，這三個小學生一定是馬灣長者鄰舍中心派來的小義工，事後我去那裏感謝了他們。

幾個月後，香港政府通過郵政局，免費給每個香港居民發了口罩。有的慈善機構和有良心善心的人士，也在街頭、路邊分發給市民口罩。市面上的高價口罩沒有人去買了。

在中國，從中央到地方，各省市都發動群眾做了很多防疫措施，感染新型冠狀病毒的病人人數逐漸減少，病情得到了控制。

在全球，尤其是在歐美地區，新型冠狀病毒不斷蔓延，有的國家，尤其是美國，因預防措施做得不夠，得病人數不斷上升，數百萬人受感染，數十萬人死亡，上升的數字令人觸目驚心。

為預防新型冠狀病毒在香港繼續傳播，香港政府在好幾個社區設立了新型冠狀病毒檢測中心。內地廣東、廣西、福建三省的醫務精英聯合組織了“火眼實驗室”，支援香港的新型冠狀病毒檢測工作。

在二〇二〇年的九月十六日，香港政府組織了歡送會，歡送內地來港的、支援新型冠狀病毒檢測工作的工作隊回內地。會上有一個大合唱的節目是香港人最熟悉、最愛唱的，鼓舞人心的《東方之珠》。

9. 詐騙案

新型冠狀病毒在香港傳播的初期，有一天，我突然接到了一個長途電話："我是北京大興縣公安局的，有人借用你的香港證件、香港的電話號碼開公司，做網上的非法交易，投機倒把，買賣口罩。我們想跟你核實一下一些資料。"

我聽了吃了一驚，黃永康的老家黃村，就在北京郊區的大興縣，我跟對方說："大興縣是有我家的親戚，可是我的香港證件全在我這兒啊，怎麼會……"

對方打斷了我的話："好了，你先聽我說，你現在身邊有沒有人？"

我回答："沒有。噢，家裏有我先生和一個傭人在客廳，他們不會過來的。"

對方說："我們現在要查案，需要錄音的，要安靜，請你稍等兩分鐘，不要把電話掛上，我去錄音室準備好了馬上再問你。"

我也準備了一下，拿好了紙筆，囑咐在客廳裏的黃永康和在廚房裏的莎莎，不要出大聲。我把小房間的房門關上了。

對方在電話裏"喂"了兩聲，我回了他："喂，我在聽呢。"不知怎麼，我的心有一點兒緊張。

他開始問我了："請你說一下你的姓名。"

我告訴他："姜海燕。"

對方問："你的身份證號碼？"

我回答："K621305(3)。"

對方問："你的手機號碼？"

我回答："91107376。"

對方進一步問："你有幾個銀行的存摺，都是哪個銀行的？"

我告訴他："兩個。一個中國銀行，一個滙豐銀行。"

對方又問："有沒有用網上服務？"

我回答："沒有。我都老了，不會用。"

對方告訴我："你要知道，你去銀行存、取錢或辦什麼手續時，你的證件、資料，都有可能被人影印拿走了。我們查的案件中就有銀行的高級職員，高價賣一些客戶證件資料給詐騙集團的。你要留意，每次拿出證件時小心點兒。"

我"嗯"了一聲："謝謝您提醒我。"

對方接著問我："你有幾個孩子？"

我回答："一個。"

對方又問我："你的孩子是做什麼工作的？"

我告訴他："跟你一樣，在香港警署查案的。請問您貴姓？"

對方回答："我姓許。"說完，他把電話掛上了。

其實，我已經被詐騙過一次了。這次是因為一開始對方說的北京大興縣公安局，一下把我蒙了，怎麼那麼巧，北京大興縣，正好是黃永康的老家。後來越聽越不對勁兒，怎麼他什麼我的資料都不說，每次問話他都在套我的資料，於是我信口編了幾個假的數字給他。

上次我接到的詐騙電話是兩年前，也挺巧，對方告訴我是上海市公安局的，有人用我的資料做了五個假身份證，被上海海關發現了。我當時也蒙了，因為上海也有我的親戚。第一次我被詐騙時，我還告訴了對方我真的身份證號碼、真的手機號碼了。想想那次我真傻。

算我幸運，兩次詐騙案中，我都沒有損失金錢，多少還有點兒收穫：吃一塹，長一智，再也不會被騙上當了；兩次被詐騙的經歷，給我增添了寫作素材。

10. 莎莎想走

二〇二〇年的"十一"國慶節，黃強回家來一起吃了飯。我讓莎莎把她錄在手機上的，黃永康扶著牆走到大房門口，邊走邊唱《紅梅讚》歌詞的照片兒傳到了黃強的手機裏。黃強看了照片兒，聽了他爸的歌聲非常高興，誇了他爸兩句，又謝了莎莎。

剛過完"十一"國慶節三四天，黃永康突然不會走路了，從客廳的沙發到廁所只有十幾步的距離，有人扶著他，他都艱難地要走走停停，坐在椅子上歇歇再起身挪兩步，差不多用了半個鐘才能走到廁所。

他的右手抬不起來了，很軟、沒力氣，穿褲子、吃飯，右手都用不上力了。我和莎莎要幫他穿衣褲。每天早、午、晚三餐我都餵飯給他吃，連切好的香蕉片兒和水，都要餵給他吃、喝。

十月十日晚上九點多，我和莎莎兩人要把黃永康從客廳的沙發上移到輪椅上，好送他去小屋睡覺，他勉強從沙發上半站了起來又站不住了，我和莎莎兩人用力攙扶他，他不要莎莎，一甩手，他和我一起摔倒在地上了。

我只好按平安鐘叫救護車，在等救護車的十幾分鐘裏，我和莎莎忙著整理黃永康去醫院要帶的衣褲、尿片、口罩、證件等物，他卻坐在沙發上唱起歌來了，我和莎莎看著他像要帶他出去玩兒那樣高興，不由得都笑了。

黃永康發著高燒、又一次中風，被留醫院治療了。

因為要預防新型冠狀病毒傳播，所有的醫院、護老院都不允許家人入室內探訪。如果有東西要送給病人，只有通過對講機告訴護士，由護士開門接東西送給病人。

我送了幾次尿片、廁紙、朱古力批、香蕉等東西後，有一次護士對我說："以後不要再送吃的來了，他現在只能吃糊糊。"

黃永康住了十多天醫院後，醫生告訴我兒子："他這次中風比較厲害，整個右半身全不能動了，講話也講不清楚了，以後是走不了路了。你們要考慮好，以後是把他送護老院呢，還是家居護理。醫院是不能長住的。"

香港的護老院院費很貴，就是在最低院費的護老院，每人每月院費都要一萬元左右，相當於僱兩個外傭的工資。護老院裏老人多，護理員少，對病癱在床的病人往往照顧不周。疫情期間護老院是不允許家屬探視的。我們決定黃永康出院後，家居護理。

黃永康這次出院會更難照顧了，黃強怕把我累病了，他堅持要再請一個外傭，他想請一個專門培訓過，有護理經驗的菲律賓女傭。

莎莎知道後，對我講："我和菲律賓人語言不通，不好工作，我在手機裏看到過兩個菲傭打架打得可厲害了。黃老師又不喜歡我，他還打過我的臉，我都不想做了。要不，我先做做看，做不下去我就走。"

　　莎莎從來沒有告訴過我黃永康打過她，這次她不想幹了才告訴我，我不太高興地說："你從來沒跟我說過黃老師打過你，好了，我替他向你道歉。他是病人，你就原諒他吧。你要是想走，現在趁黃老師在住院你可以走，我們也好安排。如果等他出院回家了你要走，那我就不讓你走了。"

　　星期天，莎莎休息，她真的去找工作了，晚上回家後我問她："怎麼樣，找到新僱主了嗎？"

　　她笑著說："我不走了。"

　　我問她："怎麼，沒人要你？"

　　她告訴我："有一家想請我照顧一個婆婆，我不會廣東話，不請我了。還有一家想請我照顧一個小孩子，因為我不會講英語，不請我了。第三家要我照顧狗狗，我不要。公司介紹我工作的小姐都不高興了，她對我說：'跟小狗又不用說話，你還不去，你的工作可真不好找啊？'我是最怕小狗了。"

　　我笑著對她說："你怕小狗，就不怕黃老師了？我還是那句話，等黃老師出院回家，我就不許你走了。"

　　我把莎莎要走的事告訴了黃強，他說："兩個工人語言不通更好，不易謀劃什麼。我爸都癱瘓了，以後不會打她了。還是讓她留下的好。"

　　莎莎想了個主意，告訴我："我有一個跟我同一時間從印尼來的朋友，她現在在照顧一個婆婆、一個女孩子，婆婆總說她沒有以前用過的工人好，說她不會說廣東話。有一次，她沒聽懂婆婆要她做什麼，婆婆一生氣，罰她站了差不多一個小時，站得比幹活還累，後來是婆婆要上廁所了，才不讓她站著了。她在婆婆家工作一點都不開心。我想讓她來這裏跟我一起工作可以嗎？"

我問莎莎："她會說普通話嗎？"

莎莎告訴我："會，她在中國台灣、新加坡都工作過，還在新加坡的醫院裏照顧過病人。"

"她會願意來這兒嗎？"我又問莎莎。

莎莎肯定地說："會，她在婆婆家工作不開心，只要我求她，她會來的。"

"她叫什麼名字？"

"叫阿琪，達琪。"

我想了想說："好吧，你先把黃老師的情況跟她好好講清楚，她要是願意來，我還要跟她談一次。"

在當前疫情沒有好轉的情況下，要請一個外傭有不少困難，就是等三個月來港了，還要隔離十四天。

我約見了達琪，交談了一次，她的條件不錯，黃強也同意她來我家了。達琪回去也徵得了婆婆的同意，她辭了婆婆家的工作。

我和達琪在僱傭公司簽了合約，她可以在聖誕節前來我家工作。

莎莎可以不走了，真是皆大歡喜。

11. "放假" 見面

香港的新型冠狀病毒感染的疫情時好時壞，一波接著一波，香港政府採取了很多措施防止病毒擴散，其中在醫院住院治療的病人不許家屬進病房探視。如果家屬要送病人需用的尿片、食品等物，可以撳電鈴，等病房值班的護理員開門出來拿進去。

黃強買了可以在醫院病房外的樓道裏，通過手機熒光屏跟黃永康見面的器材。每次去看黃永康時，黃強先要摁病房的門鈴，請值班的護理員把一個有大熒光屏的手機和支架拿進病房，安放在黃永康的床架上。

我們在樓道裏通過手機熒光屏看到了幾次黃永康，他的面部氣色還不錯，還有思維意識，他在手機熒光屏中看到我們會對我們笑笑，但是真的不會說話了，只能嗚哩嗚哩地唔唔發聲，也不知道他在說什麼。每次我們看他時，都會對他說："你好好在這兒治療，等病好了我們接你回家。"他每次聽了都會對我們笑笑，點點頭。

一年前，黃永康曾有幾次小便尿出很多血，仁濟醫院沒有泌尿科，把他轉到瑪嘉烈醫院看的病，排隊照超聲波的日期正好排到這次黃永康在仁濟醫院的住院期間，仁濟醫院打電話告訴我，去瑪嘉烈醫院照超聲波那天，家屬需要陪黃永康去。

因為疫情關係，只許一個家屬坐醫院的車陪同黃永康去瑪嘉烈醫院。

我們和黃永康已經有一個多月沒有見面了，二〇二〇年十一月十六日那天早上九點半鐘，我提前半小時到了仁濟醫院，護士讓我在一張表格上簽名，說："他今天放假，需要家屬簽字。"

我說："他今天是去看病，去瑪嘉烈醫院照超聲波。"

護士解釋道："我們這兒離開病房就是放假。"

護理員把黃永康的病床推出來了，我心情激動地走到病床旁："永康，我來了，來陪你去瑪嘉烈醫院看病。"

我們有一個多月沒有見面了，他見到我有點兒驚喜，昂起頭來想說什麼，可是不會說話了。

我安慰他："你不要動，好好躺著，只要你能再忍一段時間，在醫院裏聽醫生的話，好好治病，會好起來的，我們會接你回家的。"

這一路上他都沒有閉眼休息，一直用一種思念的，想親人、想回家的眼神看著我。

在瑪嘉烈醫院，我、黃強、莎莎都去看黃永康，陪他了。黃形因為要教學生鋼琴沒有去。在醫院的樓道裏陪病人看病是沒人管的。

我們利用等候照超聲波的時間，搶時間幫黃永康清潔了一番，莎莎幫他剪指甲，我幫他清理鼻毛，黃強幫他用電推子剃了鬍鬚，最後又幫他理了頭髮，一下子他變得既乾淨又精神了許多。

照完超聲波，因為車中只有黃永康一個病人，司機和此車的服務員好心讓我們一起坐車，把黃永康送回了仁濟醫院。臨走時，我和黃強又說了不少安慰他的話，我又一次告訴黃永康："家裏正在裝修，等裝修好了，我們馬上接你回去。"

我們互相都有點兒依依不捨地告了別。

12. 裝修　住酒店

我和子女商量好了，黃永康出醫院後是家居護理，我們請了負責為黃永康做物理治療的物理治療師來我家查看了家居護理的條件。在他的建議下，我家需要小裝修一番：

最重要，稍大的工程是洗手間，需要拆除浴缸、坐廁，重鋪地磚、安裝新坐廁；要拆掉洗手間的門，好進手推的可以洗澡、可以架在坐廁上大小便用的小輪椅。

小屋是黃永康的病房，需要拆除掉大衣櫃，搬走小床，在窗戶處放一個床頭可以升降、有欄杆的病床。小屋的房門也要拆除，便於手推輪椅進出。我們還準備在小屋牆上裝一個小電視機。

在客廳的一角要間隔成供女傭阿琪來睡覺的小間，莎莎還睡在大房的套間（原儲物室）裏。

定下裝修方案後，我請來了曾經幫我裝修過大房套間的裝修公司，公司老闆告訴我，裝修洗手間需要重新整修臭氣孔，需要在廁所牆外搭棚，最後的估價是四萬兩千元。裝修時間是十天左右。

裝修洗手間，有幾天需要停水、停用坐廁，家中無法用水、上廁所，我和莎莎只好住了一個星期的酒店，是黃強在網上幫我訂好的酒店。

在香港居住了三十多年，我第一次住香港的酒店。我們住的是在荃灣區的一家酒店。酒店很華麗、乾淨、舒適。

我們剛走進酒店房間放下行李沒有多久，我就發現了一個問題，此間房中，房間和洗手間相隔的牆上有一塊特大的、幾乎佔據整個牆身的長方形的透明玻璃。在房間裏透過這塊玻璃牆看洗手間，裏面的梳洗台、坐廁、浴缸，樣樣都看得一清二楚，就是把浴簾拉上，如果有人洗澡，照樣會看得清清楚楚。

我不由得想起香港回歸前，在旺角、油麻地等地方，有很多亮著五光十色光管的樓座裏，設有不少充滿色情的私人旅館。香港回歸已經有二十多年了，雖然香港的馬照跑、舞照跳，但是很多樓座前的彩色光管已經逐漸自然消失了。

在這麼大，看上去很正規的酒店裏，怎麼會有這種連洗澡都不帶遮掩的房間呢？難道這是專為新婚夫婦、情侶設計的房間，給錯了？我差點兒想打電話讓黃強幫退房、換房。再想想，可能沒有其他房間了，不要再給兒子添麻煩了。

我把洗手間的浴簾拉上了，起碼解決了誰上廁所大小便時，不至於讓在房間裏的人看到。我跟莎莎說："如果換不成房間，只有誰洗澡時，另一個人出去買東西或者拿張椅子在房門外坐一會兒了。"

　　為了這塊透明的玻璃牆，我還真費了些腦汁兒，想了些辦法。莎莎只是覺得很好笑，還笑出了聲來。

　　酒店房間的空調開得有點兒冷，我想把它調得溫暖點兒，可調空調的按鈕太多了，我看不懂，不敢隨便按，怕弄壞了。於是我開了兩次門，看看樓道裏有沒有服務員，第二次開門看到了一個女服務員，我請她幫忙調了調空調，調合適了室內的溫度後，我忍不住問她："你先別走，還有一個問題，怎麼洗手間和房間之間的玻璃牆是透明的，從房間裏看洗手間，什麼都被看得清清楚楚的。"

　　女服務員笑了，她讓我進洗手間看了靠門旁梳妝台側牆上的電按鈕，其中一個按鈕是控制那塊玻璃牆的。原來那塊很大的長方形玻璃，是一塊很先進的霧玻璃。按下電鈕通電後，會立即變成一塊什麼都看不見的霧玻璃。關上電鈕，它又變成了一塊透明的玻璃了。

　　服務員走後，我和莎莎又笑了起來，這一次笑，是笑我們自己見識少，惹出了大笑話。我想起了小說《紅樓夢》中劉姥姥逛大觀園的情節，我是鄉下人住酒店，讓人看笑話了。

　　在住酒店的這一個星期中，我和莎莎天天都要回家兩次，每天早上九點前到家開窗，放幾瓶給裝修師傅喝的蒸餾水。晚上六點多回家關窗，看看裝修進展得怎麼樣了。

　　有一天晚上，都七點多了，我和莎莎剛想走，突然有開門聲，我喊了聲："誰？"外面卻又沒聲音了。

我走過去開大門一看，是個六十多歲，矮個子的阿伯來送裝修用的磚來了。他把磚搬進屋後，走到廚房，開開電冰箱的門翻找了起來，我納悶地問他："阿伯，你在電冰箱裏找什麼呢？"

他不說話，還是一個勁兒地找，差不多全搜遍了，還是找不著，他直起腰說了聲："錢。"

他拿出身上的手機打了一個電話，問了負責裝修的師傅後，又要開冰箱門找錢，這時莎莎高興地像尋到寶似的告訴阿伯："我看到了，在這兒，在冰箱上的紙盤下面。"

阿伯把錢拿到手中數了數，收起錢："唔該晒[1]！"謝了一句就開大門走了。

我和莎莎都鬆了一口氣。

在住酒店的日子裏，我帶莎莎到荃灣、深水埗等低消費的地方去吃飯，買了些日常生活用品，準備黃永康回家，阿琪來我家時好用。

很快，我家的裝修工程完工了。我和莎莎回家忙碌了好幾天，打掃房間搞衛生，整理東西，就差等黃強訂購好的病床、小輪椅送來了。估計聖誕節前接黃永康回家是沒問題的。

13. 餘輝

莎莎剛來我家時，黃永康的病情還不算嚴重，因為莎莎幹活兒動作慢，我也想活動活動身體，所以有的活兒我就自己做了。

三十年香港

1　唔該晒：太謝謝了。

差不多有半年多，家裏的地都是我用拖把擦的，我擦地時，就讓莎莎帶黃永康去樓下平台散散步，呼吸呼吸新鮮空氣。我快擦地板，地好快乾，就不怕有時黃永康很快就要回來上廁所了。

有時我還會擦擦桌子、椅子，做一兩個菜，給黃永康煮冰糖梨水⋯⋯黃永康每當看到我在幹活兒，莎莎坐著休息時，他就會生氣，發脾氣：「幹嗎你幹活兒，她坐著。你讓她幹活兒，沒活兒幹，把她辭了。」

這以後，莎莎一見我幹活兒，就要我讓她幹，她很怕黃永康發脾氣。只要我坐在黃永康身旁，就是半天不跟他說話，他都挺乖的，不發脾氣了。

我是個忙慣了的人，每天我坐的時間長了，無所事事，覺得很不好過。於是我有時找一兩本書看看，翻看一些過去我記的日記。我已經好幾年沒好好看過書了。

我看了有半個月的書、日記後，我又想寫點兒文章了。我覺得我過去記的幾本日記本，收集的素材本、詞句本中，有不少內容可以寫成鮮為人知的故事，如果一直把它們放在一邊不用，真感到可惜。於是，我開始構思，用幾張已經放黃了的，很多年前寫作剩下的原稿紙試著寫了起來，越寫越覺得有很多故事可寫，越寫越想寫，我停不下筆了。

我計劃以我本人的經歷為主，把我聽到的、看到的一些故事編寫在一起，寫成一本半自傳體形式的長篇小說，題為《三十年北京　三十年香港》。

我對黃永康說：「我準備寫長篇小說了。」

他並不反對我寫，只說了一句：「好啊，你寫吧。」

這以後，我沒在黃永康身旁，我在大房間的書桌上寫多長時間，他都不會來打擾我。

有時我看到黃永康站在大房間門口看我，我會站起來對他說："我讓你，你進來吧，你到窗戶跟前看一會兒海景，我去大廳沙發上坐一會兒，歇歇眼睛。"等他看完海景從大房間出來後，我再進大房間繼續寫作。

年輕時，黃永康的記憶力是很不錯的，會背很多古詩詞。他就像一本活字典，有時我忘了的，或者怕記錯了的字、詞，不用我查字典，一問他，百分之九十九他馬上就能說對了，省了我不少時間。自從二〇一七年夏天他小中風後，記憶力逐漸衰退，很多事都忘了，很多字、詞也忘了，連自己的名字都寫不好了。

我在寫"三十年北京"時，開始我也記不清上大學時，我們住的北京師範學院學生宿舍的樓名了，我問他："……我記得是德、智、體、美樓，總覺得不叫'樓'，應該叫什麼你還記得嗎？"

他回答我："我忘了。你記不得，我更不記得了。"

後來我在查字典時，無意中看到了一個詞："書齋"，使我一下想起來了，北京師範學院學生宿舍的樓名是：德齋、智齋、體齋、美齋。

我是二〇二〇年八月中開始寫《三十年北京 三十年香港》的，我已經七十七歲了，我的記憶力也一年不如一年了，有的字、詞忘了，有的寫出來了，沒把握對還是不對，總要花一些時間在查字典上。

我寫完前幾篇章節時，曾經讀了幾段給黃永康和莎莎聽，聽完徵求他們的意見時，黃永康不知是聽完就忘了呢，還是覺得提不出什麼意見，兩眼有些發呆，也不知道他在想什麼。

莎莎是半懂半不懂地聽著，更提不出意見了。她對"七嘴八舌""琳琅滿目""日新月異"一些詞，根本就聽不懂，我經常在她面前對牛彈琴。

莎莎不太愛動腦子，肥胖，很能吃，尤其愛吃菜，每天晚飯後，飯桌上就沒有什麼菜剩了。我曾經給她講過，內地有一個有名的相聲演員侯寶林說過的一個詞："好養"，她聽了我誇她也好養，她還挺高興。她來我家半年多後，開始不太好養了，經常想換花樣吃。

有一次吃晚飯時，我左手拿起一個小奶黃包讓莎莎看著它，我對莎莎說："你看著它，它要對你說話了：'莎莎，我有那麼難吃嗎？你把我們幾個奶黃包放在冰箱裏快一個星期了，吃厭了，先不想吃了。你剛來半年就挑食，你看我的主人，都吃了好幾年了，都不厭棄我們。'"

我不知道莎莎聽了會怎麼想，會不會不高興。

我說完了，她居然笑個不停，把我都笑蒙了，我問她："你笑什麼呢？有什麼好笑的。"

她說："真好玩，你會讓它說話。"說著，她又半捂嘴地大笑起來。

我想她一定沒好好聽我講的話是什麼意思，光覺著包子也能說話很是可笑。

我告訴她："讓包子也像人一樣講話，這是一種寫故事的寫法，叫'擬人法'，就是把事物人格化，把動物、植物、吃的、用的東西假設是人，也就是當成人的故事來講，這樣講故事，小孩子最愛聽。在寫故事的方法上有童話故事、神話故事、寓言故事……，咳，我又講多了，我又在對牛彈琴了。這樣吧，先吃飯，等我有空了，找幾篇童話、神話故事讀給你聽。我以後高興了，也寫幾個'擬人法'的故事給你聽聽。"

如果上天能多給我一些時間的話，我還真想寫童話、寓言故事了。

從我動筆寫小說後，我感到生活充實了，有意義了。

轉眼就快到十二月了，我家的洗手間、小房間、客廳的裝修工程基本完工了。我寫的長篇小說初稿也快完成了。我期盼著聖誕節快點兒到來，等把黃永康從醫院接回家後，我好讀給他聽，其中有他和我一起生活的故事，有我們共同經歷過的《三十年北京 三十年香港》。

14. 尾聲

二〇二〇年十二月初的一天凌晨，我聽到有門鈴聲，我穿上外衣，開大門一看："永康，是你，你回來了！"

黃永康坐在輪椅上，見了我只是笑了笑，什麼話都說不出來。

是醫院的兩個護理員把他送回家的，送到家後他們就走了。

我去廚房給黃永康準備早餐，不知什麼時候他會走路了，他從客廳的沙發上下來，挪步扶牆走到廚房門口，我問他："你幹嗎來了？"他笑笑沒有說話。

我對他說："你是不是想說：'我來看你來了。'"他點點頭。

我剛要拿碗，聽到電話鈴響了，鈴聲一下把我驚醒了，我眼前的黃永康消失了。天還沒亮，剛才我是在做夢，我希望電話鈴聲也是在夢裏聽到的。

不到一分鐘，電話鈴又響了，這次是真的，電話真的響了。

初到香港，作者在小板房的小床板上寫作。

作者在澳門大三巴牌坊留影。

可觀台灣海峽的中興塔。

香港荃灣區沙咀道新冠病毒檢測中心。

香港市民在排隊領取防疫用品。

餘輝

責任編輯	席若菲	
書籍設計	a_kun	
書籍排版	何秋雲	

書　　名	三十年北京　三十年香港——我的跨世紀故事	
作　　者	江紅	
出　　版	南粵出版社	
	香港北角英皇道 499 號北角工業大廈 20 樓	
	South China Press	
	20/F., North Point Industrial Building,	
	499 King's Road, North Point, Hong Kong	
香港發行	香港聯合書刊物流有限公司	
	香港新界荃灣德士古道 220-248 號 16 樓	
印　　刷	美雅印刷製本有限公司	
	香港九龍觀塘榮業街 6 號 4 樓 A 室	
版　　次	2023 年 7 月香港第一版第一次印刷	
規　　格	大 32 開（140 mm × 210 mm）368 面	
國際書號	ISBN 978-962-04-5159-1	

© 2023 South China Press

Published & Printed in Hong Kong, China.